suhrkamp taschenbuch 1785

Martin Walser, 1927 in Wasserburg (Bodensee) geboren, lebt heute in Nußdorf (Bodensee). 1957 erhielt er den Hermann-Hesse-Preis, 1962 den Gerhart-Hauptmann-Preis. 1981 wurde Martin Walser mit dem Georg-Büchner-Preis ausgezeichnet. Prosa: *Ein Flugzeug über dem Haus und andere Geschichten; Ehen in Philippsburg; Halbzeit; Lügengeschichten; Das Einhorn; Fiction; Aus dem Wortschatz unserer Kämpfe; Die Gallistl'sche Krankheit; Der Sturz; Jenseits der Liebe; Ein fliehendes Pferd; Seelenarbeit; Das Schwanenhaus; Brief an Lord Liszt; Meßmers Gedanken; Brandung; Dorle und Wolf; Jagd.* Stücke: *Eiche und Angora; Überlebensgroß Herr Krott; Der Schwarze Schwan; Der Abstecher; Die Zimmerschlacht; Ein Kinderspiel; Das Sauspiel; In Goethes Hand; Die Ohrfeige.* Essays: *Erfahrungen und Leseerfahrungen; Wer ist ein Schriftsteller?* Aufsätze und Reden: *Selbstbewußtsein und Ironie.* Frankfurter Vorlesungen; *Liebeserklärungen; Heilige Brocken.* Aufsätze – Prosa – Gedichte; *Über Deutschland reden.*

»Die Suche nach erotischem Leben ist bei Walser eine erotische Suche nach Leben. Eros, Ehe und Erlebnishunger sind die äußeren Markierungspunkte dieses Romans, das Verhältnis von Leben, Literatur und Todeslust sein geheimes Motiv. Kaum einer vermag die Verwerfungen und Abgründe in den menschlichen Verhältnissen besser auszuloten als Walser.«
Volker Hage, Die Zeit

Da Gottlieb Zürn seine Unterlegenheit als Immobilienmakler erkennen mußte, überließ er seiner Frau Anna, die sich im Handel und Wandel mit den Kunden erfolgreich gezeigt hatte, den Part der größeren Einträglichkeit: Anna, das Zentrum der Familie, die Ärztin, die Glaubensfähige, die Tonangebende. Es beginnt idyllisch, aber die Idylle hält nicht. Die Jagd beginnt. Als die Tochter Julia, achtzehn, verschwindet, erweist es sich, wie wenig der Familienfrieden einer war. Das Jagdmotiv, handle es sich um Lebenssituationen oder um gesellschaftliche Bereiche, wird aufs vielfältigste variiert. Sechs Frauen sind es, die diese Variationen bewirken.

Martin Walser
Jagd

Roman

Suhrkamp

Umschlagbild von Alissa Walser

suhrkamp taschenbuch 1785
Erste Auflage 1990
© Suhrkamp Verlag Frankfurt am Main 1988
Suhrkamp Taschenbuch Verlag
Alle Rechte vorbehalten, insbesondere das
des öffentlichen Vortrags, der Übertragung
durch Rundfunk und Fernsehen
sowie der Übersetzung, auch einzelner Teile.
Druck: Ebner Ulm
Printed in Germany
Umschlag nach Entwürfen von
Willy Fleckhaus und Rolf Staudt

1 2 3 4 5 6 – 95 94 93 92 91 90

Jagd

1

Gottlieb Zürn träumte, er liege in einer Wiege und diese Wiege stehe mitten im Rheinfall und über die Wiege beuge sich eine Frau und die Frau singe, aber man hörte sie nicht, das Getöse des herabstürzenden Wassers war zu laut. Gottlieb Zürn erwachte. Er hörte immer noch Wasser; nicht mehr als Getöse, aber als Platschen und Klatschen, als machten Elefanten drunten am Ufer eine Wasserschlacht. Es war kurz nach vier, am dritten Juni. Ein solches Wasserschlachtgeräusch hatte er noch nie gehört. Er kam leichter aus dem Bett als sonst. Anna war noch ganz ins Bettzeug verschlungen. Also leise hinaus und hinunter. Der Garten feierte den Junimorgen. Sobald Gottlieb Zürn die von hellviolett strahlenden Tamariskenzweigen fast unpassierbar gemachte Gartentür hinter sich hatte, sah er, was ihn geweckt hatte. Der im Juni fast bis zum Wegrand volle See wimmelte von durcheinanderschwimmenden, immer wieder jäh die Wasseroberfläche durchbrechenden und auf das Wasser mit Schwanzflossen einschlagenden Fischen. Und zwar nur hier, nur vor Gottliebs Haus und Grund. Brachsen waren das. Allmählich begriff er, daß hier Fortpflanzung betrieben wurde. Ein ruhiges, aber doch zügiges Dahinschwimmen, dann peitscht sich einer in Schwung, nähert sich von schräg hinten einem anderen, der beziehungsweise die bemerkt es, plötzlich jagen beide davon, sie flieht nun vollends in die Uferzone, durchbricht die Oberfläche, dabei wirft sie sich, dreht sie sich, aus dem dunklen Rücken ist ein blitzender Leib geworden. Eine Berührung, dann eine einzige

gemeinsame Bewegung vom Kopf bis an die Schwanz-
flossenenden, dann das Auseinanderschwimmen dunkler Rücken, daneben neue glitzernde Leiber, die durch
die Oberfläche brechenden Flossen – ein Durcheinander, das Gottlieb schön vorkam, weil keine dieser wim-
melnden Bewegungen ganz zweckmäßig aussah und alle
Bewegungen zusammen trotzdem einen Sinn ergaben.
Gottlieb schlüpfte, fast ohne es zu wollen, aus seinem
Schlafanzug. Kleider waren doch nichts als eine Beein-
trächtigung. Sobald er nackt war, bildete er sich ein,
jetzt sehe er besser. Er verstand besser, was er sah und
hörte. Die Fische predigten ihm. Er konnte nicht genug
kriegen von dieser schäumenden, rauschenden, klat-
schenden und dann gleich wieder vollkommen lautlos
dahinfließenden, sich in nichts als Glanz und Gleiten
auflösenden Bewegungspredigt. Gottlieb empfand
seine eigene Nacktheit großartig. Ein Wohlsein, das er
noch nie empfunden hatte. Er sagte sich, daß er nicht
etwas Besonderes sei und schon gar nicht besonders
aussehe. Jeder, der jetzt hier stünde, müßte sich ganz
genauso fühlen, wie er sich jetzt fühlte. Die Büsche waren seine Verbündeten, die Bäume sein Chor, das Wasser sein Element, der Himmel wölbte sich nur über ihm.
In Kleidern empfand er sich nie so friedlich wie jetzt.
Seine Nacktheit richtete sich gegen niemanden. Wann
konnte er, angezogen, je sagen, er sei im Augenblick
gegen niemanden eingenommen? Plötzlich stand Armin
neben ihm. Vor lauter Wasserschlachtgeräusch hatte
Gottlieb Armin ganz vergessen gehabt. Er entschuldigte sich bei dem riesigen Hund und schlüpfte wieder
in seinen Schlafanzug.
Erst als sich das Durcheinander lichtete, immer mehr

Brachsen seeauswärts wegtauchten und schließlich nur noch einzelne gänzlich unanbringbar übrigblieben und wie ratlos kreuz und quer pendelten, erst als wirklich nichts mehr los war, konnten Armin und Gottlieb durch Büsche und Türchen zurück und hinauf in den Garten gehen. Ach DA seid ihr, rief Anna, die, noch in einem schwarzen, gleichmäßig durchsichtigen Nachthemd, schon mit ihren unzähligen Blumen beschäftigt war. Gerade mußte sie einem Bataillon verblühter Tulpen die leer ragenden Stengel möglichst tief unten mit der Schere abzwicken und die Stengel auf einen Haufen werfen, der dann auf eine ganz bestimmte, nur Anna bekannte Art wegzuschaffen war. Was denn da drunten los gewesen sei. Eine Brachsenversammlung, sagte Gottlieb. Brachsen, sagte Anna und quetschte dem Wort durch eine damit zusammenfallende Abknipsbewegung alle Luft weg. Anna begriff offenbar überhaupt nicht, wie sie wirkte. In der vollen Morgensonne, nackt in ihrem schwarzdurchsichtigen Nachthemd. Das hatte ihr vor zehn Jahren Ludwig aus Paris mitgebracht. Er hatte, solange er noch gekommen war, immer solche belebenden Geschenke gebracht. Wenn Ludwig ein schwarzseidenes Dior-Nachthemd überreichte, hatte man das Gefühl, man sei gar nicht mehr da, Ludwig war mit der Beschenkten allein. Dann drehte sich Ludwig heraus aus dem Bann, den er selber bewirkt hatte, und ließ die anderen wieder zu. Das hatte stattgefunden an Annas 38. Geburtstag. Wie oft seitdem hatte Gottlieb sich vorgenommen, Anna in diesem durchsichtigsten und durch die Schwärze dann doch wieder alles dämpfenden Behang zu photographieren. Gottlieb rannte ins Haus, holte seinen Apparat. Die Bewegungen, die Anna bei

ihrem Blumenschneiden machte, wie die schwarze
Seide sich bauschte, bog, spannte! Das Sonnenlicht
wurde durch die schwarze Seide auf Annas Haut honig-
farben. Und Bäume und Büsche rundum glitzerten geradezu vor Vogelgezwitscher. Das war der Augenblick,
auf den er gewartet hatte. Aber sie durfte nicht bemer-
ken, daß er sie photographieren wollte. Normalerweise
war sie morgens immer vor ihm im Garten. Es mußte
von April bis November immer etwas blühen. Seit sie
das Immobiliengeschäft, wenn nicht gegen Gottlieb, so
doch ganz und gar ohne ihn führte, blieben ihr nur der
frühe Morgen und der späte Abend für ihre Blumen.
Wenn Gottlieb an ihr vorbeiseufzt: sich so abmühen für
Blumen! sagt sie, sie könne ohne Blumen nicht leben.
Sie braucht Blühendes, und zwar draußen, rund ums
Haus. Wo sie hinschaut, muß es blühen. Sonst geht ihr
der Sinn aus, sagt sie. Wenn die Tulpen ihre schweren
Farben fallen lassen, muß schon die eitel wirkende Iris
violette Samttöne ausstellen. Die Pfingstrosen müßten
auch schon aufplatzen und dann ihre prallen Blüten lok-
kern und lockern, bis zum Zerfall. Aber die Pfingstrosen kommen ja jedes Jahr zu spät. Und jedes Jahr erfährt
man, daß Anna fürchtet, die Glyzinien seien erfroren,
und dann kommen sie doch und hängen am Haus als
blaues Geläut. Dann gibt Anna dem Mohn den Einsatz
für sein kurzes, aber schmachtendes Gastspiel. Länger
bleibt, aber leuchtend vor Unaufdringlichkeit, die einzige Akelei. Die blaue Siedlung Rittersporn wird aufge-
rufen, die Lupinen entzündet, die Königskerze errich-
tet, und endlich wird den Lilien der Einsatz gegeben,
hoch genug sind sie jetzt, sie dürfen mit ihren Edelkel-
chen angeben und ihren Duft herrschen lassen. Und

dann in noch höheren Türmen die viel herzlicheren
Malven, die bei Anna Stockrosen heißen. Und in dieses
blühende und wieder blühende und von blauen Korn-
blumen und gelben Calendula chorisch gestützte und
von Nelkenkissen fundierte Konzert kommen noch
Levkojen und Zinnien, der Sommer ist da beziehungsweise vorbei. Die Astern übernehmen den Ton. Aber
noch kurz vor ihnen hat Anna den Einsatz gegeben den
Solisten schlechthin: den Rosen. Die bleiben bis in den
Schnee. Anna kann Blumen streicheln wie Katzen. Riechen kann sie an Blumen, als sei der Duft ein Getränk.
Daß Blumen Lebewesen sind, daran läßt sie keinen
Zweifel. Sie hat einen Anschluß, den er nicht kennt. Mit
ihren Kräuterbeeten geht sie sowieso magisch um.
Wenn ihr da, was sie will, nicht glückt, zweifelt sie an
sich. Wenn er mit Anna am Abend eines heißen Tages
an anderen Gärten vorbeigeht, in denen jemand seine
Gewächse mit kaltem Wasser besprüht, möchte sie am
liebsten eingreifen. Blumen nach einem heißen Tag mit
kaltem Leitungswasser schockieren – das tut ihr weh.
Oft genug reicht ihr die Stunde am Abend nicht, es
wird zehn, elf, bis sie hereinkommt, zerschürft, zer-
schrammt, als hätte sie draußen mit einem wilden Tier
zu tun gehabt. Sie hat es inzwischen aufgegeben, von
ihm oder von den Kindern Hilfe zu erwarten in ihrem
Kampf um einen immer blühenden Garten und ergie-
bige Beete. Gottlieb qualifizierte ihren Garteneifer als
bäuerliches Erbe. Anna mußte sich so zwanghaft bük-
ken, als gehe es nicht um gleich wieder welkende Blumen, sondern um Nahrung und Heil.
Schon beim dritten Knipsen bemerkte sie, was er trieb,
und verscheuchte ihn. Er konnte zwar den Apparat

weglegen, aber er konnte nicht ins Haus gehen. Wahrscheinlich war der Apparat nur ein Mittel, mit dem er
ausdrücken wollte, daß er ihr zuschauen, sie anschauen
müsse. Da sie ihm den Apparat verbot, sollte sie sich
sein Interesse eben unverhüllt gefallen lassen. Sie bemerkte, worauf dies zutrieb. Er bemerkte, daß sie es
bemerkte. Stand eine Machtprobe bevor? Er oder ihre
Blumen! Daß sie seine Brachsen so verächtlich wegge-
seufzt hatte, ärgerte ihn. Und daß sie gar nicht wissen
wollte, was das für eine Brachsenversammlung gewesen
sei! Sie lachte zwei-, dreimal in seinen unverschämten
Blick, machte gschschsch, um ihn aus seinem Hinstie-
ren zu verscheuchen. Der Schmetterling will den Fänger
vertreiben. Aber er blieb. Er würde jetzt einfach aus seinem Schlafanzug schlüpfen und sie überfallen. Noch
konnte sie es anders haben. Sie hatten noch eine halbe
Stunde Zeit, bis Julia und Regina aufwachten und das,
was er wollte, unmöglich machen würden. Er wollte
mit Anna hinunter ins Wasser und das Brachsenspiel
nachmachen. Komm jetzt doch! dachte er. Und Anna,
die Gedanken nicht lesen mußte, weil sie sie – das war
hinreichend bewiesen – hören konnte, antwortete: Was
machen deine Hämorrhoiden? Wie bitte, was? Deine
Hämorrhoiden, sagte sie und quetschte das Wort durch
eine Tiefstbeugung böse heraus und bewirkte auch
noch, daß es, weil ihr Kopf zwischen Blumen verschwunden war, wie aus der Natur selbst tönte. Ich
habe nichts dergleichen, sagte er, seit Jahren nicht mehr.
Ach, sagte sie. Was sie sagte, wie sie, was sie sagte,
sagte, war vollkommen lächerlich. Das wußte sie.
Mußte sie wissen. Sie wollte ihn abhalten, vertreiben.
Das gelang ihr. Er spürte eine Sperre im Hals. Eine sol-

che Gemeinheit. Ihre Methode. Wenn sie gut aufgelegt war, lachte sie ihn weg. Das konnte sie auch. Nähere dich später, rief sie dann. Er hätte alle Ablehnungen notieren und zählen sollen. Für irgendeine Abrechnung. Einhundertneunundzwanzigmal hast du abends im Bett nach dem Buch gegriffen statt nach mir. Erdstrahlungen oder die Heilkunde in Tibet waren für dich immer interessanter als ich. Oder sie fängt, wenn sie spürt, daß er sich nähern will, einfach im absoluten Schicksalston von einem Kind an: Wenn man bloß wüßte, bei Regina, das an den Lippen, woher das kommt. Das muß ja auch irgendwoher kommen. Ihn machten diese Verhinderungstöne böse. Meistens näherte er sich ja sowieso nur, wenn er mehrere Tage lang ein Illusionsprogramm entwickelt hatte. Es sollte eine Schutzschicht solide werden, damit sie darunter zusammenkommen könnten, ungestört. Er hoffte, sie arbeite mit an der Illusionshülle. Ein über mehrere Tage laufendes Verführungs- und Selbstverführungsprogramm. Und wenn er glaubt, die Hülle sei solide genug, wenn er sich selber über alles Verhindernde weggetäuscht hat und zu ihr will wie eh und je, dann fährt sie, alles vernichtend, dazwischen mit ihrem Schicksalston. Oder sie zaubert eine ebenso groteske wie zerstörerische Frage hervor wie eben jetzt. Er nahm seinen Photoapparat und rannte ins Haus. Als er sich beim Rasieren ins Gesicht sehen mußte, wurde ihm die Zerfurchtheit und Versacktheit seines Gesichts unerträglich. Er mußte sofort versuchen, mit den zwei Zeigefingern links und rechts neben den Augen die Haut aufzuspießen. Er stupste und hievte sein Gesicht nach oben. Alles Faltige und Versackte verschwand aus der unteren Gesichtshälfte. Mund, Wangen, bis zu den

Augen sah alles fünfundzwanzig Jahre jünger aus. Ja, er erkannte sich wieder. So hatte er mit dreißig ausgesehen. So sähe man also geliftet aus. Warum nicht! Aber die Augen. Der Blick. Grotesk, wie wenig sein Augenausdruck zu diesem jungen Gesicht paßte. Er ließ das Gesicht wieder fallen. Falten und Abschüssiges traten wieder in Kraft, und sofort paßten auch die Augen wieder. Sein Blick, der eines kranken Tieres, war wieder gerechtfertigt durch das Gesicht, aus dem er kam.

Nachmittags würde das Ehepaar Ortlieb eintreffen, die ersten Gäste des Jahres. Er hatte die obere Ferienwohnung vorbereitet, aber die Betten mußte er noch überziehen. Gestern hatte er sich nicht entscheiden können, ob er das Ehepaar Ortlieb mit einem lebhaft geblümten oder matt in sich gestreiften Überzug empfangen sollte. Er wußte ja nicht, wie alt die waren. Herrn Ortliebs Stimme am Telephon hatte hell und weich geklungen. Der konnte vierzig oder sechzig sein.

Sobald Gottlieb unter der Dusche stand, ärgerte er sich, weil es ihm nicht gelungen war, Anna mitzuteilen, was ihn ausfüllte: eine Hingezogenheit, eine Abhängigkeit, eine Hörigkeit. Die Entfernung, die durch Annas Verhalten zwischen ihnen entstanden war, fühlte er als eine Sehnsucht, die in Feindseligkeit umschlagen wollte.

2

Es war nun einmal so, daß er sich, wenn er an seinem Schreibtisch saß, nicht mehr hätte rühren müssen. Nie mehr. Dieses Gefühl hatte er. Telephonanrufe störten ihn also. Seine Stimme teilte das offenbar dem Anrufenden sofort mit. Manche entschuldigten sich dann dafür, daß sie anriefen. Frau Reinhold natürlich nicht. Ihre Art war ungestüm. Man hätte den Hörer auf den Tisch legen und zuhören können. Sie hat wieder ein Haus für ihn, eins am See, in Nonnenhorn. Bekannte von ihr, wohnhaft in Frankfurt, wollen es verkaufen; den Mann hat der zweite Schlaganfall zum Krüppel gemacht; vordem ein begnadeter Segler; ein Genußmensch; aber einmal ist eben Schluß, die Frau war nie eine Seglerin; *Tristan*, die Jacht, ist schon verkauft; das Sommerhaus, tüchtig fürs ganze Jahr, könnte Gottlieb Zürn verkaufen, wenn er will, und er will hoffentlich; am besten, er fährt hin zu Liliane Schönherr in der Lilienthalallee in Frankfurt und spricht mit Liliane; mit Schönherr selber kann man nicht mehr sprechen, da es ihm, wie man wohl sagen muß, die Sprache verschlagen hat; nicht einmal mit Hilfe der Hörgeräte, die Herr Schönherr für den amerikanischen Hersteller in Europa vertrat, kann man mit ihm in Kontakt kommen; man muß das Leben wirklich nützen, bevor es zu spät ist, stimmt's Gottlieb?

Er hörte Frau Reinholds ausgebildeter Sopranstimme gern zu. Wenn telephonieren, dann mit Frau Reinhold. Sie singt beim Sprechen, lacht koloraturhaft dazwischen und erwartet nicht, daß man auch etwas sagt. Gottlieb konnte froh sein, daß sie ihm ein Objekt vermittelte. Seine Mitwirkung am Immobilienhandel beschränkte sich immer mehr auf die Objektbeschaffung. Er war der Akquisiteur und der Anzeigenverfasser, den Verkauf hatte Anna übernommen. Ihr kaufte man lieber etwas ab als ihm. Ihr glaubte man lieber als ihm. Das begriff er doch. Anna betrieb den Handel wie eine Lebensberatung. Sie behauptete, sie werde ein Haus nie an eine Familie verkaufen, zu der dieses Haus dann nicht passe. Und zwar in jeder Hinsicht: finanziell, psychologisch, biologisch, soziologisch. Anna hat, als ihre Überlegenheit offenbar geworden war, in Einsiedeln einen Kurs im Pendeln gemacht. Als sie es selber noch nicht konnte, hat sie zu jeder Kaufverhandlung einen im Ruhestand lebenden Architekten hinzugezogen, der sich als Baubiologe noch etwas verdiente. Anna wollte jedem Interessenten sagen können, in welchem Zimmer geschlafen werden soll und wie die Betten gestellt werden müssen, damit die schädlichen Strahlungen aus der Tiefe keinen Schaden anrichten konnten. Nach dem Kurs wußte sie selber, wie man per Pendel die Kreuzungsquadrate der Globalgitter und der Diagonalgitter und der Curry-Gitter ausfindig macht. Von Einsiedeln hat sie eine Pendelrute mitgebracht, die sehr technisch aussieht. Eine Art Doppelantenne mit Kugelgelenk. Zuerst stellt sie immer einen Kompaß auf. Von Ost nach West stößt sie auf Curry-Gitter, von Nord nach Süd auf Hartmann-Strahlen. Bei der Besichtigung von Bauplätzen gerät sie in ein Fieber. Rote Flecken kriegt sie auf ihren Wangen, wenn sie ihre farbigen Meterstäbe mit dem Aufdruck *Forschungsgruppe Geobiologie* auf dem

Baugrund auslegt. Wenn sie heimkommt, ist sie noch durchströmt von dem, was sie auf dem Baugrund erlebt, gespürt und in Kundenberatung umgesetzt hat. Anna hat Abmachungen mit Lieferanten von biologischen Baustoffen. Sie kassiert Prozente, wenn das Haus gedeckt wird mit den von ihr empfohlenen Biberschwänzen, die eben nicht in Silikon getaucht sind; wenn das Dach mit Ölpappe unterfüttert wird. Und bitte nur Ziegel ohne Aschenanteil. Nur Biobeton, also mit Kalksand und Kalkschotter. Offenbar verlaufen ihre Demonstrationen an Ort und Stelle immer sensationell gut. Und dann kann sie noch dazu sagen, was sie in Einsiedeln erfahren hat: in alten Kirchen hat man festgestellt, daß die Kanzeln immer in den Schnittpunkten der Diagonalgitter gebaut wurden.

Gottlieb hörte nur Annas neuen Wortschatz, Anna selber aber hat eine neue, ihr allerdings vertraute Sache. Was sie jetzt geopathische Zonen nennt, hat sie – woher bloß?! – immer schon gewußt. Die Kunden sind glücklich zu erfahren, daß, wo Buchen wachsen, keine Wasseradern sind, also soll man da bauen, nicht aber bei Eichen und Weiden. Haben nicht schon die Römer, sagt Anna jetzt, bevor sie einen Platz bebauten, ein Jahr lang eine Schafherde da weiden lassen, dann geschlachtet, die Leber geprüft, war sie gesund, baute man! Gottlieb rät Anna, an dieser Stelle den römischen Eingeweidebeschauer mit dem Wort Haruspex einzuführen. Aber Anna lehnt alles bloß Bildungshafte ab. Sie rät dem Bauwilligen, Erbsen zu säen; geht nur die Hälfte davon auf, ist Geopathie am Platz, also Vorsicht. Bäumen und Büschen sieht sie sowieso an, was im Untergrund herrscht: Metalle, Wasser, Verwerfung. Gottlieb beneidet Anna um ihre Glau-

17

bensfähigkeit und die daraus entspringende Tatkraft. Soviel hat er nie verdient. Und die Jahre, in denen Anna den Handel übernahm, waren für den Immobilienmarkt eher dürre Jahre. Gottlieb hatte sich in dieser Zeit oft gefragt, ob er sich in sein Zimmer zurückziehe, weil Anna den Handel übernahm, oder ob Anna den Handel übernehme, weil er sich zurückzog. Auf jeden Fall hatte sie, als es notwendig war, eine seit vielen Jahren spürbare Neigung parat, die konnte sie rasch bis zur Brauchbarkeit ausbilden. Es fügte sich großartig, fand er. Die Kinder, die beiden, die noch im Haus waren, protestierten zwar, weil sie nicht mehr so unmäßig bedient wurden wie zuvor, aber das konnte ihnen – darüber waren sich Anna und Gottlieb einig – nur nützen. So war allen gedient. Ach, wieviel schöner war es, Objekte zu suchen als Käufer. Objekte kann man auch im Sitzen suchen, Käufern muß man nachrennen. Bewegungen fielen ihm von Jahr zu Jahr schwerer. Er setzte sich dreimal in der Woche ins Café und las die lokalen Zeitungen auf Nachrichten durch, die zu Immobilienobjekten führen konnten. Todesanzeigen und Unglücksmeldungen. Wenn er das Einschlägige gelesen hatte – etwas anderes zu lesen war ihm unmöglich geworden –, saß er und wartete darauf, daß ein Kunde vorbeikomme, ihn sehe und deshalb daran denke, daß er Herrn Zürn ein Objekt anbieten könnte. Wenn keiner kommt oder einer kommt und sieht Zürn nicht oder einer kommt, sieht Zürn zwar, denkt aber nicht daran, ihm ein Objekt anzubieten, dann hat Herr Zürn umsonst gewartet. Das macht ihm überhaupt nichts aus. Das ist sein Beruf, warten. Warten, das man als Arbeit verstehen konnte, lag ihm. Langeweile kannte er nicht. Wenn er durch die Straßen ging, fand er sich plötzlich hinter einem greisen Paar. Konnte nicht der Mann oder die Frau in jedem Augenblick tot umfallen, und war dann das Haus nicht wirklich zu groß? Wenn in einer Hausbesitzerfamilie jemand tödlich verunglückte, nahm Gottlieb Witterung auf. Wenn ein Direktor spektakulär entlassen wurde, suchte Gottlieb Kontakt. Meistens auf Umwegen, über Bekannte der Betroffenen, telephonisch. Hoffnungsgeschädigte, Gedemütigte, vom Unglück Geschlagene verkaufen leichter, das war seine Erfahrung. Auch der zur Akquisition nötige Bewegungsaufwand fiel ihm noch schwer genug. Er selber hatte den Eindruck, er schleppe sich. Seine andauernde Selbstansprache: Keiner darf merken, wie schwer du bist! Keiner darf merken, wie du dich schleppst, an welchen Stellen du gebrochen bist. Wenn du Schmerzen zugibst, sind's allgemeine. Hat nicht jeder was?! Sobald er seinem Konkurrenten Paul Schatz oder dem über jede Konkurrenz hinaus widerwärtigen Jarl F. Kaltammer begegnete, wurde er ganz von selbst und sozusagen mühelos quicklebendig. Die eingebaute Täuschung funktionierte. Man hielt ihn für lebenslustig usw. Wenn in der Samstagszeitung die Kaltammerangebote angeführt wurden von einem Schloß auf einer Insel vor der Bretagne, und er traf Kaltammer in den Tagen danach irgendwo, gratulierte er dem zu dieser wunderbaren Akquisition; das brachte er vielleicht nur über sich, weil er davon überzeugt war, daß es, falls es diese Insel wirklich geben sollte, ein solches Schloß auf ihr ganz sicher nicht gebe. Der frühere Radikale und Erzrevoluzzer Kaltammer hatte sich zum angesehensten Schlössermakler entwickelt. Gottlieb Zürn gestand sich ein, daß Kaltammer diesen Ruf in der

Branche mit fingierten Schlössern allein nicht errungen hätte. Aber eigensinnig blieb er am Samstagvormittag vor der neuesten Schloßofferte dabei, daß DIESES Schloß garantiert wieder ein erfundenes sei; zumindest die Stallungen *für Kaiser Maximilians Pferde*, mit denen Kaltammer so ein Inserat aufputzte. Mit solch märchenhaften Kraftausdrücken verführte er das Zeitungspublikum dazu, seine Inserate zu lesen. Anstatt ein Schloß auf einer Insel und eine Burg mit Stall für Kaisers Pferde kriegten sie dann das Apartment im 6. Stock, aber mit Seeblick. Wie oft hat man diesen Seeblick schon verkauft. Gottlieb Zürn ekelt sich, wenn er das Wort nur hört. Er bringt es nicht mehr über sich, es in einem Inserat zu verwenden. Schaden-Maier, immer noch der Mann, der im Maklermilieu am meisten weiß, behauptete, daß der große Schloßmakler Kaltammer neunzig Prozent seines Millionenumsatzes mit Hochhäusern und Industriebauten mache. Gut, Schaden-Maier war einmal Kaltammers Angestellter gewesen, war spektakulär entlassen worden, aber seinem Ruf, der Mann der unheimlichen Kenntnisse zu sein, hat das nicht geschadet. Als Schätzer ist er sowieso konkurrenzlos. Man hat es Kaltammer allerdings auch als einen Beweis brillanten Selbstvertrauens zugerechnet, daß er es gewagt hat, den alleswissenden und immer ein bißchen ruchlosen Schaden-Maier zu entlassen. Schon wie Schaden-Maier sich als Trinker im Geschäft hielt, wie er oft für Monate verschwand, dann, das Mondgesicht so leichenblaß wie nie vorher, wieder auftauchte und mit seinem ebenso unberechenbaren Freund Rudi W. Eitel laut lachend durch die Straßen schwankte! Gottlieb hätte es nie gewagt, sich mit so jemandem schlecht zu stellen. Gottlieb kriegte mit, daß man ihn für freundlich und liebenswürdig hielt. Das hatte er dem Umstand zu verdanken, daß er keinem gefährlich werden konnte. Genial von diesem Spitzentänzer Kaltammer, daß der von Schaden-Maier nur schwärmt. Schaden-Maier dagegen kotzt Verachtung, sobald die Rede auf Kaltammer kommt. Kaltammer dagegen kann das bleiche, huschende und wispernde, dann wieder krakeelende und dröhnende Schaden-Maier-Wesen wunderbar preisen. Er nennt ihn den See-Gogol. So spielt er auf Unheimlichkeit, Blässe, Schärfe und auch noch auf eine Fasnachtsfigur an. Er, der frühere Dialektverächter, rühmt jetzt Schaden-Maiers Hang zum unflätig deftigen Dialektgebrauch. Schaden-Maier lebt mit seiner Tante zusammen, die ihm die Ausbildung bezahlt hat und die, wie jeder, der Schaden-Maier je anrief, weiß, noch nie ein hochdeutsches Wort über ihre Lippen gebracht hat. Jeder kennt und zitiert den Satz, den die Neunzigjährige jedem, der Schaden-Maier sprechen will, sagt: I spring woalle und luag wo'n'ar isch. Wenn er wieder einen Blutsturz hat, ruft er mit schier schon jenseitiger Stimme aus dem *Krankenhause* an: Adee, Gottlieb, etz butzt's me gar. Gottlieb war nicht der einzige, den Schaden-Maiers jeweils letzte Anrufe erreichten. Obwohl man keinen dieser Anrufe mehr ernst nahm, erschrak man doch, wenn man dann plötzlich auf der Hofstatt das vollkommen blasse Leidensgesicht des genialen Mondkalbs mit der Baskenmütze auf sich zukommen sah. *Das geniale Mondkalb mit der Baskenmütze* war natürlich eine Prägung Kaltammers. Wie wird dieser Kampf enden? Offenbar ließ sich Schaden-Maier durch keine Preisung Kaltammers fangen und zähmen. Schaden-Maier fuhr fort, Haß und Abscheu zu verkünden, sobald Kaltammers Name fiel. Kaltammer fuhr fort, Bewunderungsfloskeln zu produzieren, sobald jemand Schaden-Maier erwähnte. Gottlieb zählte sich zu denen, die meinten, Kaltammer werde diesen Kampf verlieren und irgendwann Haß mit Haß vergelten.

Ach ja, einen einzigen gab es noch, den Gottlieb gern sah, den Maler Urs Burg. Der kam auch in Gottliebs Café. Saß Burg, wenn Gottlieb kam, schon an einem Tisch, setzte sich Gottlieb immer an den Tisch daneben. Genauso hielt es Burg. Keiner setzte sich je zum anderen an den Tisch. Aber immer grüßten sie einander. Immer ohne Namen. Es hätte sein können, sie kannten einander nur vom Sehen. Aber Gottlieb wußte von Anna, was man über Urs Burg wissen konnte oder wissen mußte. Burgs Frau war Chemie- und Biologielehrerin. Herr Burg malte nur Selbstporträts. Er lehnte es ab, Bilder auszustellen und zum Verkauf anzubieten. Noch lehnte er es ab. Man wußte, er sei noch nicht soweit. In Burgs Haus vermutete man Hunderte von Burgschen Selbstporträts. Frau Burg wußte, daß sie einen großen Maler ernährte. Nur sie wußte es. Gottlieb hätte Herrn Burg gern einmal angesprochen. Er hoffte, Herr Burg denke, daß er gern einmal Herrn Zürn ansprechen würde. Und diese Überlegung war eigentlich noch schöner, als wenn einer von beiden den anderen tatsächlich angesprochen hätte. Gottlieb fand, sooft er sich das überlegte, daß es dazu zu spät sei. Das hätten sie vor fünf oder zehn Jahren tun sollen. Zum Glück hatte es keiner getan, als es noch möglich gewesen war. So war ein Verhältnis zwischen ihnen entstanden, das schlechthin als ideal empfunden werden konnte. Manchmal verglich Gottlieb seine Versemacherei mit Burgs Selbstporträts. Das war eine Anmaßung von seiner Seite. Burg war Maler. Von Beruf. Gottlieb hatte es nicht über die vierzeilige Dilettantenstrophe des 19. Jahrhunderts hinausgebracht. Aber wie vielen Dichtern hat diese Dilettantenstrophe Glück gebracht. Heine und so weiter. Nach dem Gespräch mit Frau Reinhold saß Gottlieb und ärgerte sich. Er hätte Frau Reinhold bitten sollen: Über das Sommerhaus in Nonnenhorn kein Wort zu einem Konkurrenten! Er hätte ihr sagen müssen: Bitte, nicht wie bei jenem Schwanenhaus, Lissi, das Sie leider auch noch Herrn Kaltammer hinplauderten, der mir's dann natürlich wegschnappte! Aber genau das hatte er eben nicht sagen können. Das, worauf es wirklich ankam, konnte man nie sagen. Er nicht. Sein Part war Schlucken, Schweigen. Solange er dabei sitzen und vor sich hin schauen durfte, wollte er sich nicht beklagen.

Er hörte den See rauschen, aber da er, wenn er so saß, nichts zergliederte, rauschte für ihn nicht der See, sondern der Tag oder die Welt oder das Dasein selbst. Das war Gottliebs Lieblingstätigkeit, so zu sitzen. Nichtstun war seine Lieblingstätigkeit. *Nichtstun* war auch sein Lieblingswort. Manchmal bedeckte er Seite um Seite mit diesem Wort, schrieb es in einem oder in zwei Wörtern. Schrieb man es in zwei Wörtern, dann wurde noch spürbarer, daß nichts tun auch eine Tätigkeit war. Man tat ja nichts. Das war unbestreitbar ein Tun. Dieses *Tun* wurde durch das *nichts* überhaupt nicht aufgehoben. Es war eine spezielle Tätigkeit, nichts zu tun. Etwas tun war eine Art, nichts tun eine andere Art Tätigkeit. Man kann sehr fleißig sein beim Nichtstun. Das hatte er bei Else gelernt, Magdas Katze, die, sobald Magda das Haus verlassen hatte, überfahren worden war. Er wußte, warum er das Nichtstun jeder anderen Tätigkeit vorzog: die Zeit verging dabei am schnellsten. Kaum saß er an seinem Schreibtisch und fing an, nichts zu tun, rief ihn Anna schon wieder zum Mittagessen. Da man nicht einmal den engsten Familienangehörigen begreiflich machen konnte, daß Nichtstun eine Tätigkeit und als solche achtenswert sei, mußte er sein Nichtstun verbergen; natürlich unter etwas, das sofort als Tätigkeit erkennbar war. Büroarbeit, zum Beispiel. Er war Annas Buchhalter. Anna lobte ihn, wie man einen Angestellten lobt. Seit er sich auf den Innendienst zurückgezogen hatte, erledigte er sogar alle Steuerangelegenheiten selber. Er hätte gern gewußt, ob Anna und die Kinder ihn für faul hielten. Er wagte nicht zu fragen. Er fürchtete sogar, sie würden ihm, ohne daß er fragte, eines Tages sagen, was sie von ihm hielten. Wenn sich Annas Schritte wie ein rasantes Schlagzeugsolo seiner Tür näherten, begann er zu schwitzen. Leider nur in den Achselhöhlen. Er hätte ihr zu gern Schweißtropfen auf seiner Stirn präsentiert. Vom Nichtstun, liebe Anna. Das ist nämlich, so schön es ist, doch auch anstrengend. Vielleicht sogar aufreibend. Manchmal. Aber verglichen mit den Scheußlichkeiten, die dem zugemutet werden, der draußen eine Ware anbieten muß, war sein jetziger Zustand Idylle, Paradies. Er mußte, um das zu empfinden, nur an seine letzten Versuche im Immobilienhandel denken.

Jahrelang hatte es nur diese eine Zahnarztwitwe gegeben, die ihm, wenn sie ihn sah, quer über die Straße zurief: Grüß Gott, Herr Immobilienschwindler. Und das, weil er ihr einen Bungalow vermittelt hatte, im Glauben, der Erwerber komme in den Genuß der 7b-Abschreibung; das hatte der Verkäufer behauptet. Gottlieb hatte die Gesetzeslage nicht überprüft, seine Kunden, das Ehepaar Dr. Ruß, verloren zirka DM 60 000 durch entgangene Abschreibungsmöglichkeiten. Wenn die Rußin ihn anpöbelte, sagte er jedesmal wie ein Stoßgebet ein OLG-Urteil auf, das seine Schuld milderte, wenn nicht gar auflöste. Aber für seinen letzten Abschluß gab es keinen OLG-Trost. Das OLG schützte diesmal den Schwindler. Der Schwindler, in der ersten Instanz unterlegen, geht in Revision und kriegt recht. Daß der schon drei Jahre eingesperrt gewesen war wegen Betrugs, darf das OLG nicht interessieren. Zwar wurde der Notar vom OLG wegen des Kaufvertrags gerügt, aber Frau Reuchlin, die Verkäuferin der Villa, verübelte es doch Gottlieb, daß der ihr einen Schwindler als Käufer vermittelt hatte. Zwei Jahre hatte der in der Villa gewohnt, hatte eine hohe Miete bezahlt, dann wurde der Kaufpreis fällig, den er nicht hatte; inzwischen war die Villa eine Baustelle. Frau Reuchlin hatte eine verwüstete Villa und keinen Käufer mehr. Herrn Deswegs gehörte auch das Auto nicht, mit dem er alle beeindruckt hatte. In der kleinen Landgemeinde, zu der die Villa gehörte, war Herr Deswegs als großer Spender aufgetreten. Fünftausend für den Gesangverein. Die Villa sollte in eine internationale Begegnungsstätte für Meditation umgewandelt werden. Die Tiefgarage sollte drei Millionen kosten. Daß die Behörden dem eine Tiefgarage für 36 Autos genehmigt hatten, daß der Notar den Kaufvertrag so drechselte, wie der ihn brauchte, das alles spielt jetzt keine Rolle mehr. Jetzt redet man nur noch davon, daß es Dr. Gottlieb Zürn war, der diesen Hochstapler in die Gegend gebracht hat. Wenn es gutgegangen wäre, hätten Stadt und Land sich gebrüstet: eine internationale Begegnungsstätte für Meditation hatten sie ermöglicht. Gottlieb beneidete Herrn Deswegs, von dem es hieß, er sei nach Portugal geflohen und erschließe dort mit gewaltigem Erfolg ein Feriengebiet für deutsche Anleger. Die allerletzte Kundenberührung war trotz ihrer Flüchtigkeit für Gottlieb fast noch nachhaltiger als die von der ganzen Gegend beobachtete Deswegs-Blamage. Professor Dr. Michael Schasa-Abs und Frau! Die waren einfach vor der Tür gestanden. Das heißt, zuerst nur die Frau. Der Mann noch im Auto. Mürrisch. Die Frau will etwas hier in der Gegend. Für Juni bis Oktober. Häuschen oder Apartment. Der Mann ließ sich von ihr dann doch noch dazu bewegen, das Buch, das er, auf dem Beifahrersitz sitzend, las, wegzulegen, auszusteigen und hereinzukommen. Anna war unterwegs. Gottlieb sagte, als die im Haus waren, es sei besser, sich mit Anna zu verabreden, die führe das Immobiliengeschäft. Das ist praktisch, sagte der Herr Professor, und das war das erste, was man von ihm zu hören bekam. Die Frau hatte, als der noch im Auto gewesen war, gesagt, ihr Mann schreibe in Zeitungen, über Literatur, wenn Gottlieb sich für Literatur interessieren würde, wäre ihm ihr Mann ganz sicher ein Begriff. Sie hatte das überdeutlich so formuliert, daß klar wurde: Gottlieb Zürn interessiert sich natürlich nicht für Literatur, er ist ja Immobilienhändler. Die wollte durch die Mitteilung über ihren Mann ganz offensichtlich ausdrücken, daß man sie ernster zu nehmen habe als jeden anderen Kunden. Dann hatte sie ihren Mann hereingeholt. Der hat von Anfang an alles mißbilligt, was hier geschah. Kaum saß der, stand er wieder auf und sagte, seine Frau möge doch, bitte, nicht vergessen, daß man hier bei einem Immobilienhändler sei. Der einzige Sinn, den der Aufenthalt in diesem Haus für ihn haben könne – jetzt wisse er endlich, wie es in einem Immobilienhändler-Bungalow aussehe. Er erfaßte noch einmal alles mit einem Blick und ging. Die Frau mußte folgen. Gottlieb fiel zu spät ein, daß er dem Herrn Professor hätte nachrufen sollen, dies sei nach allen Bezeichnungsgepflogenheiten ganz sicher kein Bungalow, dessen unerläßliches Charakteristikum doch die Eingeschossigkeit sei. Aber ein Zeitungsmensch ist nicht belangbar. Gottlieb stand da, von einem Literatur-Zeitungsmann im Handumdrehen erledigt. Wenn auch mit einem völlig unangebrachten Wort. Das wurmte Gottlieb. Ein Zeitungsmensch! Der war das gewohnt, Wörter zu gebrauchen, wie es ihm paßte. Gottlieb hatte Anna gefragt, wodurch ihrer Meinung nach der Bungalow definiert werde. Anna, ohne Zögern: Eingeschossigkeit. Eben, eben, sagte Gottlieb. Aber er hatte Anna dann nicht vermitteln können, was passiert war. Die Beleidigung, die ihm dieser Zeitungsprofessor zugefügt hatte, war sachlich nicht belangbar. Sie lebte von nichts als Anspielung, Geste, Ton, kurz: von Laune. Gottlieb spürte, wie ein paar Muskeln sich härteten, wenn er jetzt an den dachte.

Manchmal fürchtet Gottlieb, er könne einmal enden wie Herr Birk, der sich jeden Tag grell schminkt, bunte Tücher um den Hals bindet, durch die Straßen eilt, ununterbrochen ganz schnell vor sich hin spricht, sich plötzlich einen Passanten herausgreift, den festhält und so lange auf ihn einredet, wie der es sich gefallen läßt. Herr Birk ist mit einer Boutique bankrott gegangen, seine Frau hat sich scheiden lassen, hat einen Lieferanten geheiratet, Herr Birk ist, muß man sagen, seitdem verrückt. Gottlieb weicht, wenn er den von weitem sieht, auf die andere Straßenseite aus. Er wüßte nicht, wie er Herrn Birks Hand von seinem Unterarm je wieder lösen sollte.

Wie dankbar war er Anna dafür, daß sie ihn aus dem Zwang, etwas verkaufen zu müssen, erlöst hatte. Er hatte bei jedem Satz gefürchtet, der Kunde, dem er etwas anbiete, nenne ihn gleich einen Lügner. Nur aus Höflichkeit, hatte er immer gedacht, höre der Kunde zu. Und wenn ein Kunde ihm geglaubt, also gekauft hatte, war es fast noch schlimmer, als wenn er sich nicht mehr gemeldet hatte. Schuld daran zu sein, daß einer etwas gekauft hatte, war ihm immer unerträglicher geworden. Viel lieber geniert er sich ein bißchen dafür, daß er in seinem Büro hockt und zu schwitzen beginnt, wenn Anna von ihren Fahrten zurückkommt und ihre eiligen Schritte plötzlich aus allen Gegenden des Hauses hertrommeln. Dürfte er nicht stolz sein? Er kennt noch eine Heldin! Ist sogar verheiratet mit ihr! Er schreibt ihr zum Ruhm manchmal sogar Gedichte. Solange er den Handel besorgte, hatte er der nicht ausmerzbaren Knabenleidenschaft nur sonntags nachgegeben. Seit Anna ihm den Innendienst ermöglichte, zog er das Buch, in das er seine Verse eintrug, auch unter der Woche manchmal aus der Schublade. *Achillesverse* nannte er, was er so zustande brachte. Er genoß es förmlich, daß der Zeitungsliteraturmensch Schasa-Abs diese Verse nie zu Gesicht bekommen würde. Der nicht! Wieviel Frieden strömte schon aus dieser einen Gewißheit.

Er mußte, möglichst sofort, Frau Liliane Schönherr anrufen. Wähl doch endlich, Mensch, 069... Er konnte sich nicht herausreißen aus seiner Lieblingstätigkeit. Nachmittags! Aber dann hat das Büro Kaltammer, falls die Reinhold auch dorthin geplaudert hat, schon angerufen. Also, los, sofort! Jetzt! Wäre doch schön, wenn er zum Mittagessen eine neue Akquisition mitbrächte. Bitte, Anna, ich habe was geschafft heute vormittag, schau, ein Sommerhaus in Nonnenhorn, Seeplatz, im Alleinauftrag! Er stellte sich vor, wie schön es wäre, beim Mittagessen von Anna gelobt zu werden. Gottlieb, das Kind! hatten Schaden-Maier und Rudi W. Eitel Gottlieb genannt. Sich selber nannte Schaden-Maier Helmut, den Soifer. Der dritte in ihrem Bund, Rudi, nannte sich selber den Hochstapler. Unvorstellbar inzwischen, daß er mit Rudi W. Eitel und Schaden-Maier durch die Kneipen zöge wie vor zehn Jahren! Skat spielte mit denen, nächtelang. Seit Gottlieb nicht mehr im Verkauf tätig war, wollte er keinen mehr sehen von seinen früheren Bekannten. Rief einer an, sagte Gottlieb: keine Zeit, leider, total überlastet. Dann saß er wieder und widmete sich seiner Lieblingstätigkeit. Er hatte überhaupt nichts gegen die Menschen, er ertrug sie nur nicht mehr. Wenn das etwas war, was man einem vorwerfen konnte, bitte, er nahm gern die ganze Schuld auf sich, Hauptsache, er mußte keinen sehen. Zum Glück gab es Anna, die Heldin, die Meisterin. Er stellte sich Anna so lebhaft vor, daß es ihm gelang, die Frankfurter

Nummer zu wählen. Frau Schönherr meldete sich. Gottlieb brachte sich in geschmeidigen Schwung und konnte, als er aufgelegt hatte und seine Gesprächsnotizen überflog, mit sich zufrieden sein: sie hatte keine Lust, dieses Haus, in dem sie wunderbare Stunden verbracht habe, einem Dutzend Makler auszuliefern; ein Alleinauftrag an Dr. Zürn sei, da er der erste sei, der sich melde, und da er sich auf ihre liebe Freundin Lissi berufen könne, vorstellbar; allerdings, man müsse sich treffen, ehe der Alleinauftrag wirklich erteilt werden könne; für sie sei das persönliche Erlebnis immer noch das Entscheidende; also, in den nächsten zwei Wochen, hier oder dort; seine Stimme sei ihr sympathisch. Das war ihr letzter Satz. Fabelhaft. Und er, der Idiot aus Blei, hatte nicht geantwortet: und die Ihrige mir! und wie, gnädige Frau, und wie! Tatsächlich hatte ihn ihre Stimme richtig berührt. Eine tiefe Stimme, ein sich eher schwer dahinschleppender Tonfall. Das reine Gegenteil des Vögleins Lissi Reinhold. Ihre Stimme ist mir auf jeden Fall sympathisch: das könnte er nie, nie, nie jemandem einfach so sagen. Schon gar nicht, wenn der Mann, vom zweiten Schlaganfall ein Krüppel, vielleicht neben dieser Frau saß. Ausrede! Nein! Doch! Nein...

Da hatte Annas Schrittesolo schon seine Tür erreicht. Wie oft müsse sie noch rufen, das Essen stehe auf dem Tisch. Und war schon an ihm vorbei und am Fenster, riß es auf, sagte einen ihrer Standardsätze, daß er doch wenigstens einmal am Tag lüften könne, war wieder draußen und rief, als sei sie selber am Ertrinken: Julia! Regina! Als alle am Tisch saßen, sagte Anna: Wenn alle mit solchen Gesichtern am Tisch sitzen, das halt ich nicht aus. Ohne die geringste Verzögerung antwortete

Julia: Ich habe kein anderes. Anna schaute Julia wild an. Also fuhr Julia fort, das finde sie schon toll, die, von denen man das Gesicht hat, machen einem dann auch noch Vorwürfe, daß man dieses Gesicht hat. Also wenn das nicht toll ist. Anna schaute Gottlieb an. Der sollte, bitte, jetzt klarstellen, daß Anna es anders gemeint habe und daß Julia, bitte, nicht schon wieder ihre alte Klage- und Vorwurfsplatte abspiele, die hänge einem nämlich längst hier heraus! Gottlieb konnte Anna nicht helfen. Er konnte einfach nicht. Anna hatte zwar recht, alle saßen am Tisch wie eine Versammlung von Verdammten; jeder war von irgend jemandem an diesem Vormittag beleidigt worden, das trug er jetzt in die Familie, die sollte es ihm abnehmen; aber Anna war offenbar selber so überreizt, daß ihr der vielleicht beabsichtigte allgemeine Entspannungston völlig mißlang. Inzwischen war Julia schon dabei, ihre Unzufriedenheit mit sich selbst an einem Makel zu demonstrieren, den sie bis jetzt noch nicht eingesetzt hatte. Die Ringe unter den Augen. Das Bindegewebe zu schwach. Die Knochen kommen durch. Die Haut um die Augen herum fällt ein, wird also schattig, also Ringe. Die dagegen aufgebotene Creme hilft überhaupt nichts. Diese ererbte Bindegewebsschwäche sei an anderen Stellen noch peinlicher. Die sogenannten Schwangerschaftsstreifen. In dieser Familie wohlbekannt, oder nicht?! Was sie empört: ihr wird etwas vererbt, sie kann also nichts dafür, aber ihr wird es vorgeworfen, vorgerechnet, lebenslänglich, von jedem Mann, dem sie begegnen wird. Wenigstens hier, habe sie gedacht, fange man nicht auch noch damit an. Aber bitte, wenn die Frau Mama darauf bestehe, dann sei jetzt Schluß mit dem Verschweigen dessen, woran alle die ganze Zeit denken ... Gottlieb fragte jetzt doch, ob Julia heute morgen habe eine Klassenarbeit schreiben müssen. Julia sagte, sie werde in dieser Schule keine Klassenarbeit mehr schreiben, da sie diese Schule ja ohnehin ab Herbst nicht mehr besuche. Und warum? Entweder sei sie im Herbst im Internat oder ... Oder, fragte man, weil sie nicht weitersprach. Oder etwas, was euch so gut wie nichts angeht, sagte sie. Anna sprang auf, rannte hinaus, schlug die schwere Zimmertür zu, daß die Wände bebten. Draußen trommelten ihre Schritte so dicht aufeinander, daß es klang, als wetze man ein Messer. Und schon schmetterte die nächste Tür zu. Die Schritte eilten weiter. Tür Nummer drei flog zu. Und droben eine vierte. Jetzt war Anna im Schlafzimmer. Ein weiteres Türschmettern war nicht mehr zu befürchten. Gottlieb schaute Julia an. Die war purpurrot im Gesicht. Fast violett. Die Farbe der reinen Erbitterung. Gottlieb schaute die blasse Regina an. Die wußte auch nicht weiter. Das Essen war beendet, bevor es angefangen hatte. Gottlieb spürte auch einen Zorn. Nicht einmal sein erfolgreiches Telephongespräch mit Frankfurt hatte er melden können. Anna war überarbeitet. Sie war heute vormittag in Sankt Gallen und in Bad Schachen gewesen, hatte zwei wahrscheinlich schwierige Kunden besucht. Jeder Mensch wird, wenn man ihm etwas verkaufen will, auf die widerwärtigste Weise schwierig. Den in Bad Schachen besucht sie seit über drei Wochen, bietet ihm Herrlichkeiten an, und er sagt immer nur: Eigentlich interessieren ihn nur noch amerikanische Angebote, weil die Türken hier sowieso alles entwerten. Anna hat ihm mit Hilfe einer früheren Freundin, die jetzt im Immobilienhandel in Südkalifornien ist, schönste Pacific-Lagen angeboten, aber er findet überall etwas, das ihm nicht gefällt oder sogar Angst einflößt. Er sucht dringend etwas, wo sein Geld sich ruhig vermehren dürfte. Arme Anna. Ihn tröstet es fast, daß der Handel Anna auch veränderte. Im Augenblick konnte jede Kleinigkeit Anlaß werden für solche Ausbrüche. Julia ließ etwas im Bad liegen, Regina hatte gedankenlos Glyzinienblätter gerupft und auf die Terrasse fallen lassen. Bei den ersten Ausbrüchen dieser Art hatte Gottlieb Anna noch zur Vernunft mahnen wollen, aber Anna hatte dann ihre Blicke so gequält nach schräg oben gewendet, daß man hätte erwarten können, auch der leerste Himmel müsse sich jetzt öffnen und eine helfende Hand herabreichen. Aber da das immer wieder nicht geschah, rief Anna dann sozusagen in die Welt, sie wisse ja, daß sie keine Hilfe habe, daß hier niemand begreife, was sie mache ... Es ging oft um Hauswirtschaftliches, das ihr, weil sie soviel außer Haus zu tun hatte, durch Gottlieb und die Kinder hätte erleichtert werden müssen. Ihr ständig wiederholter Vorwurf: Gottlieb sei schuld, weil er, da er selber zutiefst unordentlich sei, den Kindern gegenüber alles der Hauswirtschaft Dienende lächerlich gemacht habe. Die Kinder seien nur zu gern zu ihm und seiner fundamentalen Unordentlichkeit übergelaufen. Je deutlicher es wurde, daß Annas Empfindlichkeit und Reizbarkeit immer unbeherrschbarer wurden, desto weniger wagte Gottlieb, etwas einzuwenden. Wenn er sich aber einmal vergaß, schrieen sie einander an bis zur Erschöpfung. Wenn sie nur mit den Kindern schrie, saß Gottlieb in seinem Zimmer, duckte sich und schwitzte. Eine halbe Stunde schrie Anna auf Julia ein, bis es sich herausstellte, daß nicht Julia den roten Spiegel aus dem Bad geholt und verschlampt hatte, sondern daß Regina ihn in ihrem Zimmer aufgehängt hatte. Bis das aber bekannt wurde, hatte Julia schon fünfmal geschrieen, daß sie hier nicht mehr wohnen wolle, daß alle nur auf sie einbrüllten, daß das hier die Hölle sei. Und Anna hatte ebenso oft und laut geschrieen, daß sie keine Hilfe habe, daß sie es nicht mehr aushalte, daß sie so nicht mehr weiterleben wolle. Und Gottlieb hatte zugehört und geschwitzt. Wenn Anna auf ihrer Türschmettertour durchs Haus jagte, endete sie immer im Schlafzimmer, und sie jagte immer so durchs Haus, daß sie möglichst viele Türen zu- schmettern konnte, bis sie sich dann im Schlafzimmer in einer fürchterlichen Stille auflöste. Wie hätte sich da Gottlieb nicht an die Zeiten erinnern sollen, als er noch den Handel betrieb. Seit er sich in seinem Büro gebor- gen wußte, dachte er nur noch mit Schauder und Ekel an diese Jahre zurück. Die wichtigsten Schmerzpunkte in den Lebensläufen seiner Kinder hat er immer nur mit Theaterdonner beantwortet. Seine Kinder hatten in den schwierigen Lebenslagen keinen Vater gehabt, sondern einen Donnermimen, der seine Unschuld und seine Ge- martertheit darstellte. Der einzige Unterschied zur wirklichen Bühne: er wollte keinen Beifall, ihm genügte die vollkommene Zerknirschung seiner Familie. Erst wenn das Familienmitglied, um das es jeweils ging, völ- lig zerbrochen dasaß vom Übermaß der väterlichen Wut und Schmerzen – er demonstrierte ja immer die grelle Unerträglichkeit seines eigenen Leids, das durch eben- dieses Kind in diesem Augenblick ins Unermeßliche ge- steigert worden war –, erst wenn er die Vernichtetheit der Kinderexistenz förmlich einatmen konnte, schaltete er um und baute hektisch, weil er das Leid des Kindes auch nicht ertrug, alles wieder zusammen, was er gerade noch kaputtgemacht hatte. Er konnte froh sein, daß diese Ausbrüche jetzt von Anna vollbracht wurden und er nur Ziel oder Zuschauer war. Dabei verdiente Anna mehr Geld für die Familie, als er je verdient hatte. Er begriff im Grunde nicht, warum sie fast so empfindlich und reizbar geworden war, wie er gewesen war. Er hatte immer nur gerade so viel verdient, wie die Familie gerade brauchte. Ihm hatte immer der Erfolg gefehlt, also das Geld. Mit mehr Erfolg, also mit mehr Geld wäre er, glaubt er, ein geduldiger, hilfsbereiter Vater gewesen. Die Gelegenheit, das zu beweisen, hat er allerdings nie gehabt. Wenn Anna schrie, hätte er am liebsten gesagt: das hast du doch gar nicht nötig, Anna! Er hatte immer gebrüllt. Anna schrie. Hätte sie gebrüllt, hätte er etwas sagen können. Eigentlich hätte er sagen müssen, er übernehme den Handel wieder. Übermorgen fahre er nach Bad Schachen und rede mit diesem Herrn Mark Dumoulin Klartext. Gar alles müsse man sich nämlich auch nicht bieten lassen ... Aber das konnte er nicht sagen, weil es unvorstellbar war, daß er morgen nach Bad Schachen führe. Gottlieb machte sich auf den Weg, trat unendlich leise ins Schlafzimmer, setzte sich auf den Bettrand und legte eine Hand auf die Schulter seiner vornüber auf dem Bett liegenden Frau. Anna, sagte er und spürte, wie wenig von dem, was er empfand, in seinen Ton gelangte. Er probierte es noch einmal, sagte den Namen mit fünf n und ließ sie alle vibrieren vor Empfindung. Am liebsten hätte er gesagt, er liebe Anna unendlich, aber das wäre, so wahr es seinem Gefühl nach war, jetzt völlig unmöglich. Er konnte nur sitzen, warten, seine Hand auf ihr liegenlassen, in der Hoffnung, das Leben zwischen ihnen beginne wieder zu fließen. Nach einer nicht meßbaren Zeit öffnete sich die Tür, Regina kam herein, setzte sich und legte auch eine Hand auf Anna. Irgendwann war es möglich, daß sie Anna hinunterführten an den Tisch, an dem, bewegungslos, aber etwas abgeblaßt, Julia noch immer saß. Regina trug das Essen auf, das sie inzwischen warm gestellt hatte. Sie wünschte allen einen guten Appetit. Das nahmen alle dankbar an. Am dankbarsten Gottlieb. Er mußte Regina ganz schnell am Arm berühren. Weil Julia das gesehen hatte, mußte er sie genauso am Arm berühren. Und da Anna das zur Kenntnis genommen hatte, mußte er auch sie noch berühren. Dann konnten alle essen. Es war ja nichts Schlimmes passiert. Es war einfach das abgelaufen, was ablaufen mußte, damit die, die draußen beleidigt worden sind, es fertigbringen, ihre Familienmitglieder nicht genau so zu behandeln, wie sie draußen selber behandelt worden sind.

Gottlieb, rief Anna, wo bist du? Gottlieb antwortete erst, als sie zum dritten Mal gerufen hatte. Erst da fiel ihm auf, daß Anna, wenn sie so hochdeutsch rief, nicht allein sein konnte. Die Gott-Adam-Floskel klang wie Laientheater. Das Münchner Ehepaar mußte eingetroffen sein. Herr Diplombibliothekar Ortlieb und Frau saßen sicher schon auf der Terrasse und sollten ein bißchen bewirtet und unterhalten werden, daß sie sich besser eingewöhnten. Jedesmal hoffte er, Anna werde ihm dieses peinliche Umdentischherumsitzen mit fremden Leuten erlassen. Sie erließ es ihm also auch in diesem Jahr nicht. Daß er keine Lust auf Leute hat, weiß Anna. Aber sie hält es für wichtig, daß Gäste, die sich hier erholen wollen, sich auch aufgenommen fühlen können.

Aufstehen, das heißt eine Last hochstemmen und diese Last fortbewegen. Oh Anna! Eigentlich war Anna eine Ärztin. Nein, sie war etwas Vorärztliches, sie war ununterbrochen mit Heilstiftung beschäftigt. Alles soll gesund sein. Ein anstrengendes Programm. Nicht nur für Anna. Er war ziemlich sicher, daß Anna ihm das Zusammentreffen mit anderen geradezu verschrieb. Es war gesund für ihn, andere zu treffen. Ihr Satz: Du verkommst da drüben. Dabei zeigte sie in Richtung Büro. Mein Gott, heute ist doch der dritte, der 3. Juni, Klothildentag. Nicht nur der Tag der Patronin der Notare und Makler, sondern der Namenstag der letzten noch lebenden Schwester seiner Mutter. An diesem Tag muß er nach Bodnegg. Und kann nicht. Schon das zweite Mal versäumt er diesen Familientag. Er kann nicht mehr. Schert aus. Bleibt zurück. Zerfällt. Er rief Anna zu, daß er noch ein Telegramm aufzugeben habe. Vor den Gästen machte ihn das wichtiger. Noch viel viel länger sollte man sie warten lassen können. Und nicht nur die Gäste. Alle. Schnell den herzlichsten Telegramm-glückwunschton für Tante Klothilde entzündet, dann hinaus zu den Gästen. Anna eilt gerade herein, um das Bier zu holen, das Frau Ortlieb offenbar als Begrü-ßungstrunk gewählt hat.

Frau Ortlieb stand auf, sie war so groß und hatte einen so kurzen Rock an, daß ihr Rockrand einen Augenblick lang noch über dem Tischrand erschien. Ein Jeansrock. Und ein weißes T-Shirt, auf das ein mächtiger Würfel gemalt war, mit einer Kante nach vorn und verschieden-farbigen Seiten. Ihre Brüste und die Würfelform erga-ben ein ziemlich aufgeregtes Durcheinander. Die brau-nen Haare erreichten ihre Schultern nicht ganz, dafür war der Hals zu lang. Eine schwere, in eine einzige Welle gefaßte Haarflut schob sich vom Scheitel weg über die Stirn herab auf das linke Auge zu. Diese asym-metrische Haarschwere trug dazu bei, daß Frau Ort-liebs Blick so schwer auszuhalten war. Gottlieb drehte sich sofort dem Garten zu. Bitte, hier die Aussicht. Der See. Die irrsinnig ruhige Versammlung aller Blumen, von der unverschämt auflappenden Iris bis zu den ge-rade platzen wollenden Pfingstrosen. Gott sei Dank war da einiges, auf das man hinweisen konnte. Das ist echt das Paradies, sagte Frau Ortlieb. Gottlieb dachte an Annas Ruf: Gottlieb, wo bist du. Aber Frau Ortliebs

38

Satz hatte nicht laienspielhaft geklungen. Nur Gottlieb und Anna sprachen, wie man auf Stelzen geht. Sie sprachen, sobald sie nicht allein waren, hochdeutsch. Keiner in der Familie konnte mühelos hochdeutsch sprechen, aber jeder sprach es, sobald ein Fremder dazukam, auch wenn der Dazukommende hier aus der Gegend war. Nur wenn Verwandte kamen, sprach man natürlich. Frau Ortlieb sprach sorglos Ruhrdeutsch. Ihr Mann klang bairisch. Er war kleiner als sie. Eine Narbe vom linken Ohr zum linken Mundwinkel. Eine Narbe in einem Kindergesicht. Ein mühelos auszuhaltender Blick aus runden freundlichen Augen. Herr Ortlieb bewegte den Kopf beim Sprechen immer so, als müsse er sich durch nach oben kreisende Bewegungen in die Höhe schrauben. Das war das einzige, was einen an ihm ein bißchen ungeduldig machen konnte. So klein war er auch wieder nicht. Vor allem wurde er durch dieses Hochrecken und -kreisen auch nicht größer. Nur sein Kinn geriet in die Höhe, weil der Kopf sich beim Höherschrauben unwillkürlich etwas nach hinten senkte. Er präsentierte also eigentlich andauernd seine Narbe. Vielleicht hatte er früher gestottert, das hätte er gänzlich überwunden, aber diese Hilfsbewegungen wären übriggeblieben. Trotz dieser nicht gerade beruhigenden Kopfmanöver sah Gottlieb viel lieber Herrn als Frau Ortlieb an. Frau Ortliebs Blick war so, daß Gottlieb jedesmal, wenn er ihm begegnete und nicht gleich wieder wegschauen konnte, seine Augen zusammenkniff, als blende ihn ein grelles Licht. Er hatte das Gefühl, die forsche, wenn sie ihn anschaute, in seinen Augen. Und zwar ganz ungeniert. Also weg von ihr. Als er wieder zurückkehrte zu ihren Augen, empfingen sie ihn plötzlich ganz milde, mit einer Art Innigkeit. Er atmete auf. Das merkte sie, und sofort stärkte sie ihren Blick wieder zur Durchdringungskraft. Betrieb die das als Spiel? Was würde passieren, wenn er nicht jedesmal gleich wieder wegschauen würde? Alle müßten aufhören zu reden, würden nur noch Frau Ortlieb und Gottlieb anschauen. Gottlieb kam sich, obwohl er immer sofort wieder wegschaute, schon verwundet vor. Blutete er etwa nicht? Er würde überhaupt nicht mehr hinschauen zu der! Am unangenehmsten war es eben doch, wenn man bei jüngeren Ehepaaren vortanzen mußte. Herr Ortlieb, höchstens Mitte vierzig. Sie, allerhöchstens fünfunddreißig. Haut ab, tut sonst was, laßt mich in Ruhe! Was alles mußte er sagen, um diesen, seinen eigentlichen Text zu vermeiden. Er hatte denen zugetrunken, hatte sie willkommen geheißen, jetzt ergötzte man sich an Annas Platten, die kalte Gemüse anboten, zubereitet nach italienischer Art. Der nachfragenden Frau wurde gesagt: kalabresisch. Der Mann hatte sich von Anfang an für hiesigen weißen Wein entschieden. Jetzt wechselte die Frau auch über. Damit die beiden sich auch ja nicht zu unaufgenommen vorkämen, sagte Gottlieb: Dann geh ich auch zum Wein über. Anna trank jetzt als einzige noch Bier. Sie trank selten Wein. Sie wußte ganz genau, wann Wein dran war. Heute offenbar nicht. Man erfuhr, daß Herr Ortlieb beziehungsweise sein Vater aus der Gegend stammte und dem hiesigen Wein in München ein immerwährendes Andenken bewahrt hatte. Getrunken hat er dort Bier, aber er hat die Bayern immer damit geärgert, daß sie eben nur eine Bierkultur seien. Direkt so habe er es gesagt: Ihr seid eben nur eine Bierkultur. Herr Ortlieb senior war aus der östlichen

Seegegend nach München gekommen ... Eigenartig, dachte Gottlieb, daß man sich das anhört. Weghören ist schwerer als wegschauen. Andererseits ist es doch völlig gleichgültig, was man hört, also kann man doch auch zuhören, wenn ein Diplombibliothekar erzählt, wie sein Vater als Bahnbeamter es sich zum Lebensziel gemacht hat, von Lindau-Reutin über Kempten und Buchloe nach München hineinzukommen. Nach München-Ost allerdings. In den Frachtdienst. Und sobald er dort war, hat er dort auf eine eher nervös machende Art vom Bodensee geschwärmt. Wahrscheinlich der einzige Beamte im mittleren Dienst, dem es gelungen sei, nach München hineinzukommen. Nach München hinauf. Wie ein Lachs in widerständigen Stromschnellen aufwärts hüpfend.

Gottseidank sitzt Herr Ortlieb dir gegenüber und sie auf der Tischseite rechts von dir. Anna links. Du mußt Frau Ortlieb also nur anschauen, wenn du willst.

Das Vesper, das Anna zur Einführung anbietet, wäre eigentlich vorbei jetzt. Anna möchte sicher noch ihre Gartenabendstunden haben. Aber irgendwie ist diesmal das Aufnahmezeremoniell mißglückt. Irgend jemand ist nicht im richtigen Augenblick aufgestanden. Bist es du, Gottlieb? Anna hat schon ein paarmal so hergeschaut, daß du als Hausherr eine endgültige Willkommensformel hättest anbringen können. Statt dessen hast du, weil Herr Ortlieb den Wein so gelobt hat, noch eine und noch eine Flasche geholt und eine kleine Trinkerei beginnen lassen, wenn nicht gar selber inszeniert. Inzwischen erzählt Herr Ortlieb schon, warum er hierhergekommen ist. Er ist als Bibliothekar hier. Nicht direkt beruflich. Was er hier tun will, tut er aus eigener Initiative. Sein ehrgeiziger Vater war – Gott sei's geklagt, sagt er – ein Nazi. Gottlieb hat das Gefühl, einen kleinen Stromschlag gekriegt zu haben, so wenig paßte dieses Geständnis zu allem Bisherigen. Der Lachs war also auf der Parteileiter nach München hineinhinaufgehüpft.

Wo bloß Julia blieb? In diesem Augenblick stand Anna sachte auf und sagte so leise, daß wahrscheinlich nur Gottlieb sie hörte, sie müsse nach einer Tochter schauen. Regina war mit Armin unterwegs. Das zeigte kraß, daß eine neue Epoche beginnen wollte. Mit Schreikrämpfen hatte Julia jahrelang reagiert, sobald jemand außer ihr den Hund berühren wollte. Und in den letzten paar Wochen wäre Armin ohne die allerdings gierig einspringende Regina verhungert.

Herr Ortlieb sagte, daß er, Jahrgang 47, gutzumachen versuche, was sein Vater falsch gemacht habe. Er arbeitet an einem Buch, in dem das KZ Dachau dargestellt werden soll, vor allem die Filialen, die sogenannten Außenkommandos. Am 14. April 1945 hat das KZ Dachau 176 Außenkommandos gehabt. Er will darstellen, wie diese Außenkommandos mit den örtlichen Industrien zusammengearbeitet haben in Augsburg-Haunstetten, Friedrichshafen oder eben hier in Überlingen. Er will die Behauptung widerlegen, die Bevölkerung habe von den KZ-Lagern nichts gewußt. Deshalb verbringen Ortliebs jeden Urlaub an einem Ort, an dem eines der Außenkommandos eingerichtet gewesen war. Herr Ortlieb stöbert in den Archiven, spricht mit alten Leuten, inspiziert die Friedhöfe. Das alles tut er in seiner freien Zeit. Er sagt, das sei sein Hobby. Und lacht schrill. In der Bibliothek arbeitet er an einer Bibliographie, zusammen mit einem Theologen in Rom. Der Name die-

ser Bibliographie sei so kompliziert, daß er sich ange-
wöhnt habe, ihn gar nicht mehr zu nennen, die Leute
könnten ihn sich ohnehin nicht merken. Was Ökumeni-
sches, auf jeden Fall. Gisela Ortlieb war inzwischen unter dem Tisch an Gottlieb herangetreten. Gottlieb erschrak, konnte aber nichts tun. Ihr nackter Fuß tastete
sich an ihm hoch und nistete sich dann irgendwo bei ihm
ein. Daß es so etwas gibt, hatte er schon gehört oder
gelesen, aber er hätte nie gedacht, daß es ihm passieren
könnte. Er war eine Zeit lang nicht sicher, ob Gisela
Ortlieb sich nicht einfach täuschte. Von ihr aus gesehen,
saß ihr Mann an der rechten, Gottlieb an der linken
Tischseite. Vielleicht verwechselte sie rechts und links.
Das gibt es; besonders bei stark empfindenden Natu-
ren; die wollen einfach nicht abstrahieren. Sollte er sich
melden? Er könnte sagen, es müsse eine Art von Leg-
asthenie in den Beinen sein. Wie lang diese Beine sein
mußten! Da drüben saß, ein wenig zurückgelehnt, Gisela Ortlieb, und ihr Fuß ist hier, mitten in ihm! Und
der Mann schildert den Computereinsatz bei der Erar-
beitung einer ökumenisch-theologischen Bibliographie. Oh du mein zwanzigstes Jahrhundert! Gottlieb
schaute zu Frau Ortlieb hin. Nein, es war kein Irrtum.
Ihr Blick bohrte ihn noch stärker an als ihr Fuß. Dabei
prüfte dieser Blick auch noch die Wirkung, die der Fuß
anstrebte. Und Herr Ortlieb schraubte den Kopf in die
Höhe. Frau Ortlieb rauchte so wie jemand, der beim
Arbeiten raucht. Was jetzt, dachte Gottlieb. Anna telephonierte drinnen mit Julias Freundinnen, das kriegte
er mit. Offenbar wußte keine, wo Julia war. Sozusagen
in Not, redete Gottlieb einfach in Ortliebs Erzähleifer
hinein. Das mußte der doch verstehen! Wie lange redete

der jetzt schon! Der hatte einfach den falschen Maßstab, kartenmäßig gesprochen. 1:10000 genügt, Herr Ortlieb. Bis der zur Herkunft der interessanten Narbe in seinem Bleichgesicht kam, war es Weihnachten. Gottlieb sagte also einfach: Und was macht Ihre Frau so, Herr Ortlieb. Warum fragen Sie nicht gleich mich, sagte Frau Ortlieb mit ihrer sehr tiefen Stimme. Verglichen mit ihr quiekste ihr Mann. Also, verglichen mit ihr, war ihr Mann ein Mädchen. Jetzt fiel Gottlieb wieder dieser Kürzestrock ein. Sah sie aus wie ein Transvestit?
Sie sprach ohne jeden Eifer und in einem ganz anderen Stil. Sie sagte so tief wie ruhig: I'm a hard dog to keep under the porch, you know. Gib nicht so an, Gisi, sagte er mit seiner knödeligen Hochstimme. Wissen Sie, was poignant heißt, fragte sie. Nein, sagte Gottlieb. Aber ich, rief der Bibliothekar. Shut up, sagte sie. Keine Angst, rief Herr Ortlieb, sie spielt nur. Gisi ist eine verhinderte Schauspielerin. I'm consumed by the desire to write a good book, sagte sie. Herr Ortlieb sagte: Leider hat sie Geschichte studiert. Das war nicht ihr Fach. Aber so haben wir uns wenigstens kennengelernt. Warum und zu welchem Ende studiert frau Geschichte, hahahahaa.

Anna kam zurück. Beunruhigt. Wegen Julia. Julia ist nirgends, sagte sie so laut, wie es sich gehörte für diese Mitteilung. In diesem Augenblick läutete es. Anna rannte zur Haustür. Es war Regina. Laut weinend rannte sie ins Haus, die Treppe hinauf in ihr Zimmer, Anna hinter ihr her. Entweder war Armin ihr weggelaufen, oder er war überfahren worden. Aber der Familie Ortlieb war natürlich das eine so gleichgültig wie das andere. Frau Ortlieb, die ihren Fuß sanfte Bewegungen an Gottlieb machen ließ, erzählte jetzt, wie es ihr ergangen war. Während sie sprach, kam Anna zurück und sagte in eine der Lücken, die Frau Ortliebs ganz uneilige Sprechweise ließ, daß Regina und Armin Julia begegnet seien, irgendwo im Wald, Julia mit einem Mann, Julia habe Regina den Hund einfach abgenommen. Nothing ever happens, sagte Frau Ortlieb, als Anna ihre Meldung eingeflochten hatte. Nicht von mir, sagte Frau Ortlieb. Aus *Casablanca*, sagte sie, als spreche sie zu Begriffsstutzigen. I like pictures that will make your skin crawl, sagte sie. Jetzt protestierte Herr Ortlieb. Sie: Ihn ärgert Englisch, weil er nur totes Latein und noch toteres Griechisch kann. Life goes to the movies. Zum Wohl. Das ist echt das Paradies, was Sie hier haben. Ich war 'n paar Jahre überhaupt nicht im Paradies. Lebte da mit 'm geistreichen deutschen Jazznachfolgemusiker, Namen spielen keine Rolle, meinen Mann habe ich erst seit sieben Monaten. Stimmt nicht, rief hochhell Herr Ortlieb, vor sieben Monaten war Hochzeit! Gut, vorher ging er fremd mit mir, zwei Jahre. Bis Frau Nummer eins das Handtuch warf. Frau Ortlieb zwo zündete sich ganz langsam eine weitere filterlose Camel an. Zwischen dem Musiker und Herrn Ortlieb hat sie studiert. Geschichte, Politik und so. Auch Englisch. Aber auch gearbeitet, als Kellnerin, Frühschicht, sechs bis dreizehn, oder Nachtschicht, siebzehn bis drei Uhr, geht aber immer bis vier. Dann bis neun gepennt, dann Uni. Drei Semester. Dann hatte sie's bis hier, dieses surrealistische Kasperltheater. Im Mittelalter war der Mensch wahrhaft frei, so tönten die Profs aus ihren Maßanzügen. Und was die Offiziere der Punischen Kriege für Unterhosen anhatten. Und die

Studis rundherum nichts als Aah und Ooh. Hart, sehr hart. Nichts gelernt, womit auch nur eine müde Mark zu verdienen wäre. Sobald sie draufkommt, daß, was die Uni bringt, nicht mal fürs Kreuzworträtsel gut ist, beschließt sie, den Vormittag lieber im Bett zu verbringen. Dann zu den *Roadies*. Show Service. Dann im Catering-Bereich. Dann bei 'ner US-organisierten Verkaufsschulung. Diamantnadeln 1., 2. oder 3. Klasse für Verkaufsasse. Dann für die Johanniter in deren Tracht von Tür zu Tür, die Oma flötet, wie gut dir die Johanniterklamotten stehen, und jammert über ihre 320 pro month. Ihr die Unterschrift abgepreßt und fort, dafür zahlt die 'n Jahr, du kriegst den Monatsbeitrag mal vier. Gelegentlich aufbrechende Geborgenheitssucht wird raschestens auf dem nächsten Bahnsteig kuriert. Mit Hilfe des Ehepaars, das in der kompletten Kaufhausfreizeitkleidung die beiden Koffer aus derselben Kaufhausabteilung bewacht. Beide Koffer mit Plastik überzogen, daß das Nappa keinen Tropfen abkriegt. Mann und Frau mit Miesbittervisagen, als seien die Koffer schon naß geworden ... Plötzlich steht Anna auf, Frau Ortlieb zieht ihren Fuß nicht zurück. Sie hat Anna genau im Blick. Anna entschuldigt sich auch noch dafür, daß sie der Tochter nachfahren muß, und geht. Gottlieb kann wieder atmen. Hätte Anna nicht hinter Julia herdenken müssen, hätte sie sicher nach drei Minuten unter den Tisch gegriffen und hätte der Ortliebin ihren Fuß höflich zurückgegeben. Er mußte auch aufstehen, Wein holen. Kaum war er im Keller, stand die hinter ihm. Sie war größer als er. Nun also die Küsserei. Wo ist das Clo, mampft sie in seinen Mund hinein. Er geht ihr rasch voran, zeigt ihr die Aborttür und rennt zum einsamen Ortlieb. Der empfängt ihn mit einem Lächeln aus nichts als Wohlbefinden und Zufriedenheit. Gottlieb hat das Gefühl, jetzt helfe nur noch Alkohol. Möglichst rasch möglichst viel. Kaum sitzt man wieder, kommt wieder ihr Fuß. Unruhiger jetzt. Wieviel muß man trinken, um Frau Ortliebs Blick auszuhalten? Kann man soviel trinken? Anna kommt zurück. Ja, natürlich, Anna gibt es auch noch. Aber wie es hier weitergehen soll, ist unvorstellbar. Anna hat Julia gefunden, gefangen, zurückgebracht. Samt Armin. Julia ist hinaufgerannt. Die Türe hat sie zugeschlagen, wie Anna sie immer zuschlägt. Anna sieht aus, als habe sie gekämpft. Sie will auch ein Glas Wein. Gottlieb entfernt vorsichtig den Fuß. Er muß Anna bedienen. Sie soll rasch nachtrinken, aufholen. Anna, komm! Wir eröffnen den Sommer heute. Nicht jeden Sommer können wir mit so liebenswürdigen Gästen eröffnen. Denk nur einmal, wieviel Jahrzehnte Herr Ortlieb senior von dem Wein, den wir trinken, nur schwärmen konnte. Die Kinder, Anna, fang jetzt nicht von den Kindern an, sind sowieso keine mehr, also Schluß, Anna, noch leben wir. Anna konnte sich nicht gut wehren. Die Ortliebs lachten nur noch. Gottlieb nahm zur Kenntnis, daß er zwar betrunken war, aber nicht so betrunken wie die zwei Ortliebs. Was der Wein bei Anna bewirken würde, war noch nicht zu sagen. Zuerst tat sie wie eine Zuschauerin, dann ließ sie sich in das Gläseranstoßen hineinziehen, aber zum Großetönespucken kam es bei ihr nicht. Anna blieb gebunden. An was? An das Leben, das ihr Leben gewesen war, bevor Familie Ortlieb hier angekommen war. Gottlieb merkte, daß er losgerissen war. Wie ein Boot, in dem keiner ist. Es treibt dahin. Gottlieb blieb jetzt so nah bei Anna, daß Gisela Ortliebs Fuß ihn nicht erreichte. Er vermißte diesen Fuß jetzt. Ungeheuer, wie er den vermißte. Aber bevor Anna nicht aufgeholt hatte, war kein Fortschritt möglich. Wohin auch immer die Nachtreise ging, Anna mußte mit. Er gab sich bewußtloser, als er war. Er brauchte den Anschein der Unzurechnungsfähigkeit. Vielleicht war er auch unzurechnungsfähig. Was ihm durch den Kopf ging jetzt! Anna, trink, bitte. Daß sie langsamer trank, als er wollte, erbitterte ihn. Er wandte sich an Herrn Ortlieb. Bitte, probieren Sie, ob sie mit Ihnen lieber trinkt als mit mir. Herr Ortlieb war begeistert von dieser Einladung. Er rückte sofort näher zu Anna hin. Ihm fielen sogar nicht nur haltlose Komplimente ein für Anna. Er hatte in den paar Stunden in diesem Haus mehr mitgekriegt, als Gottlieb für möglich gehalten hätte. Ehepaare können offenbar sehr wenig verbergen. Eigentlich nichts. Einer allein kann etwas verheimlichen. Ein Paar demonstriert immer das, was es verheimlichen will. Diesen Herrn Ortlieb hatte er sehr unterschätzt. Der nahm Anna ernster, als Gottlieb sie im Augenblick nehmen konnte. Der sprach sogar schon über Regina und Julia und den Hund. Armin lag inzwischen unter dem Tisch. Julia hatte ihn heruntergeschickt. Aber Regina, der diese Geste erwiesen wurde, konnte ihr Zimmer nicht mehr verlassen. Sie war zu sehr beleidigt worden. Ihr Armin einfach abzunehmen! Vor einem Zeugen! Einem männlichen! Inzwischen hat Gisela Ortlieb Armins Kopf zwischen ihren Beinen. Sonst habe sie gar niemanden, sagt sie. Gottlieb war geradezu glücklich über die Ernsthaftigkeit und Zurechnungsfähigkeit des Herrn Ortlieb. Er hat zwei Kinder aus der ersten Ehe. Die sind bei der Frau. Seine Frau habe nicht, wie es von Gisi formuliert worden sei, das Handtuch geworfen, sondern eine sehr sehr vernünftige Entscheidung getroffen. Er sei ein Mann, der eine Frau so beanspruche, daß sie in ihrer Selbstentfaltung, in ihrem Eigenleben bedroht sei. Er könne von einer Frau nur zuviel verlangen. Wenn eine sich dafür zu schade sei, müsse sie ihn verlassen. Der dramatische Autounfall, den seine erste Frau verschuldet habe, der ihn – er zeigte auf die Narbe – fast das Leben gekostet habe, sei unversehens zu einer Demonstration gemeinsamen Mißgeschicks geworden. Also, er könne, wenn es um Kinder gehe, mitreden, denn er entbehre die seinen sehr. Frau Zürn dagegen wisse ihre beiden unter dem eigenen Dach. Man kann Kinder auch zu ernst nehmen. Frau Zürn, das wisse er, wäre genau die Frau, die er suche, wahrscheinlich ein Leben lang vergeblich suche. Er kann nicht leben ohne eine Frau, von der man zuviel, also eben alles verlangen kann. Frau Zürn, das habe er nach einer Minute gewußt, sei ganz genau diese Frau. Prost, sagte Gisi und lachte und rief: Ist er nicht süß! Oh, er ist wirklich süß, unser Stefan. Herr Ortlieb redete weiter. Dem floß es nur so heraus. Und er vergaß nicht, immer wieder auf weitere Qualitäten Annas zu trinken. So brachte er Anna zum Mittrinken. Gottlieb mußte manchmal einfach in die Hände klatschen, so schön fand er die Reden des Bibliothekars. Das ist Bildung, rief Gottlieb, so kann einer nur reden, wenn er die ganze Bildung genossen hat, von der Antike bis jetzt. Genossen würde ich nicht sagen, sagte Gisi, aber intus hat er den Kram. Verbal kann ihm keiner was. Stefan Ortlieb entwickelte jetzt eine kühne Gedankenkonstruktion. Entgegen allen Polizeibehauptungen gebe es das vollkommene Verbrechen. Davon höre man nur nichts. Das gehöre eben zum vollkommenen Verbrechen, daß es, einmal gemeldet, als unaufklärbar mit den Akten verschwinde. So auch die vollkommene Ehe. Von ihr erfahre man nichts. Über etwas Vollkommenes könne man nicht sprechen oder schreiben. Das wäre das Langweiligste überhaupt. Die Sprache lebt vom Mangelhaften. Je schlimmer, desto besser. Das ist die Sprachgleichung schlechthin. Deshalb verzweifle er jetzt ein bißchen, weil er Zürns, die er als neue Freunde empfinde, so gut wie nichts mitteilen könne über seine Ehe mit Gisi. Gerade noch, daß Gisi nicht ganz so vollkommen sei wie Frau Zürn, könne er sagen. Frau Zürn ... Call her Anna, man! brüllte Gisi und lachte wirklich wüst. Hoffentlich schlafen die Kinder tief. Ein solches Frauengelächter hatten die noch nie gehört. Und sollten sie auch nicht hören. Wenn er es verhindern konnte. Anna, rief Herr Ortlieb und hob sein Glas, sie stießen an. Im Handumdrehen war man mit Ortliebs per du. War das je vorgekommen? Mit Feriengästen? Am ersten Abend?! Anna hat sich nicht gewehrt. Man hat einander also jetzt offiziell geküßt. Gisi hat auch diese Gelegenheit unverschämt mißbraucht. Spätestens von diesem Augenblick an mußte Anna wissen, was hier vor sich ging. Stefan entwickelte weiter, daß die vollkommene Ehe stumm sei. Die so vollkommen miteinander Verheirateten selber könnten es nicht sagen, daß sie in einer vollkommenen Ehe lebten. Sie wüßten es ja gar nicht. Nur von dem, was fehlt, hat man ein Bewußtsein. Was stimmt, ist stumm. Schade, sagte Gottlieb. Aber es stimmt ja genug nicht, sagte Anna. Aber zwischen ihm und Gisi, rief Stefan Ortlieb, stimme so ziemlich alles. Gut, Gisi lasse sich von ihm noch nicht gänzlich vereinnahmen. Aber er versuche es jetzt anders. Durch Vormachen, Vorleben, durch Beispiel also. Er lasse sich von ihr überfordern. Er überfordere sich selbst. In ihrem Namen. Er esse jeden Mittag, seit sie verheiratet seien, zu Hause. Von der Schönfeldstraße in die Schlotthauer, jeden Mittag. Vom Zentrum bis in die Au. Nicht sehr weit. Aber auch nicht gerade Nachbarschaft. Für ihn wäre ein Essen in der Kantine eine Art Ehebruch.

Also inzwischen kriegt er 'ne Stulle mit und 'nen Appel, murrte Gisi.

Ja, sagt Stefan, es ist meine tägliche Kommunion. Ich bleibe in ihrem Bann. Er will nie mehr aus ihrem Bann. Er ist eins mit ihr und wird eins mit ihr sein, solang er lebt, so wie sie eins ist mit ihm, sie sind eins. Anna, du verstehst mich, sagt er und schaut Anna aus einem Zweizentimeterabstand in die Augen. Da stieß Gisis Fuß an Gottliebs empfindlichste Stelle. Gottlieb rückte näher zu Anna. Ich verstehe schon, sagte Anna, aber die anderen, die müsse er fragen, Gottlieb und Gisi. Nein, nein, sagte Stefan, nicht fragen, vorleben. Sich selbst überfordern, nicht den anderen. Durch Selbstüberforderung den anderen einladen zur Selbstüberforderung. Gisi lachte wieder so laut. Sie lacht transvestitenhaft. Sie ist auch so gerade gewachsen. So schmal. Die Hände sind groß und mager. Stefan kriegt, wenn er so mit hochschraubendem Kopf und Grünewaldfingern redet, etwas Pfarrerhaftes. Gottlieb dachte sogar: Kastratenhaftes. Einen Kastraten und einen Transvestiten hat er zu Gast. Na bitte.

Ist das heiß hier, sagte Gisi, die sowieso schon am wenigsten anhatte. Richtig schwül. Dieser Wind, der da neuerdings weht, das ist ja der reine Friseurfön. Da könnte man echt 'n bißchen weich werden. Sie könne nicht mehr. Sie gehe jetzt mit Armin, dem Cherusker, ins Wasser. Gisi, rief Stefan, genial! Was täte er ohne sie! Sie wisse immer ganz genau, was jetzt dran sei. Sie hat einen Sinn für das Fällige. Oh du mein Gisi-Genie! Wenn man sich Gisi anvertraue, könne man praktisch nichts mehr falsch machen. Aber er bestehe darauf, daß man, bevor man sich in die Wogen stürze, noch die Gläser austrinke. Unausgetrunkene Gläser bedeuten Unglück. Und sowieso, wer wisse denn, ob man je wieder zurückkehre aus den Fluten, dann wär's schade, diesen Wein nicht ausgetrunken zu haben. Er danke mit dem letzten Schluck für diesen betörenden Abend. Schon mehr 'ne Nacht, sagte Gisi und trank auch aus. Anna war die letzte, die das Glas leer auf den Tisch zurückstellte. Gisi und Stefan lachten gemeinsam, als Anna und Gottlieb gestanden, daß sie sich zum Baden etwas anziehen wollten. Es war ja eine helle Nacht. Der Mond stand genau vor Zürns Anwesen über dem See. Die beiden Nackten ließen sich, als Anna und Gottlieb herunterkamen, schon von den Wellen umwerfen und ans Ufer spülen. Gisi gab jene Schreck- oder Entzückkens- oder Entzückensschrecklaute von sich, die Frauen oft von sich geben müssen, wenn sie ins Wasser kommen. Eigentlich sind das Bettlaute, dachte Gottlieb.

Anna zögerte. Zum Glück waren die Wellen jetzt so hoch, daß man immer wieder in einem Wellental verschwand. Gegen die Wellen anzuschwimmen war nicht möglich. Gottlieb schwamm an den von Westen her drängenden Wellen entlang. Er sah, daß Stefan immer auf der Stelle schwamm. Gisi schwamm hinter Gottlieb her. Anna schwamm wie Stefan auf der Stelle. Gut, rief Gottlieb Gisi zu. Sie lachte. Kommt doch, rief Gottlieb zu Anna und Stefan, die jetzt schon deutlich zurück und weiter westlich waren. Die beiden versuchten nachzukommen. Gottlieb legte sich auf den Rücken und ließ sich treiben. Gisi machte es sofort nach. Sie trieben wieder aufs Land zu und kamen seeaufwärts ans Ufer, an ein Schilfstück. Gisi wurde, da Gottlieb voraus war, von den Wellen praktisch an Gottlieb hingeworfen, auf ihn draufgespült. Sie lachte. Gottlieb griff nach ihr, sie nach ihm. Da kamen, im Ufergewell stampfend, Anna und Stefan, also stießen Gottlieb und Gisi sich ab voneinander. Gottlieb dachte an die Brachsen. Gottlieb warf sich wieder in die Wellen, schwamm wieder an den Wellenkämmen entlang, ihm war nach Verschwinden. Aber die anderen folgten ihm. Und er war ja kein großer Schwimmer. Schon wenn er mit Anna schwamm, kam er kaum mit. Sie immer voraus, er, mit mehr Mühe, als er zugeben mochte, hinter ihr drein. Wie bei den Enten. Bei Anna war eben alles besser koordiniert. Gottlieb hatte oft das Gefühl, er schwimme gar nicht, er wehre sich nur dagegen, daß er unterging. Aber in einer Mondnacht mit hohen Wellen konnte er vor Leuten, die ihn nicht kannten, den tollen Schwimmer spielen. Er wußte ein bißchen besser, wie man mit Wellen umging. Aber dann wurden doch alle vier wieder ans Ufer gespült. Noch weiter seeaufwärts.

Stefan patschte ins Wasser wie ein Kind und lachte vor heller Freude über dieses stürmische Nachtbad unter

dem Mond. Gottlieb machte klar, daß sie jetzt im Ufer-
bereich zurückgehen müßten. Er machte es gleich vor.
Bis zu den Hüften im Wasser, kämpften sie sich zurück
gegen die von außen schräg über sie hereinschlagenden
Wellen. Gottlieb drehte sich immer wieder um. Hinter
ihm die nackte Gisi. Also weiter. Anna und Stefan folgten dicht hinter ihm und Gisi. Gottlieb hätte Stefan und
Anna am liebsten zugerufen, daß sie dem Alter nach
einander am nächsten seien. Vielleicht waren beide sogar *ein* Jahrgang. Gottlieb wollte so schnell wie möglich
unter seine hohen Bäume, die würden das grelle Mondlicht abhalten. Aber fast mit ihm drängte sich Gisi hinein. Und schon lehnte sie an einem Baumstamm. Gottlieb vor ihr. Sie war zu groß. Es blieb keine Zeit, das
auszuprobieren. Sie stand ja auch auf den auslaufenden
Wurzeln, er in der abfallenden Wiese. Also so war sie
wirklich zu groß. Aber Stefan und Anna waren schon
da. Stefan sagte: So, ihr Ausreißer, ihr. Gisi sagte einfach: Arschloch. Und lachte zum ersten Mal nicht. Gisi,
sagte Stefan. Das klang, als seien seine Stimmbänder gerissen. Es klang sowohl quieksend wie gurgelnd. Es
klang furchtbar. Er weinte wohl. Gisigisigisi wim-
mernd, ging er auf Gisi zu und rief vollkommen schrill:
Was ist denn passiert? Gisi sagte locker und rauh: Nothing ever happens. Drehte sich und ging aus dem Baumschatten hinaus, den im grellen Mondlicht liegenden
Wiesenhang hinauf. Der blühte ja auch. Wie das wieder
aussah. Stefan rannte ihr nach. Anna und Gottlieb folgten erst, als die beiden verschwunden waren.

4

Gottlieb wachte kopfschüttelnd auf. An seinem eigenen Kopfschütteln erwachte er. Er mußte etwas heftig verneint haben. Aber er konnte nicht in den Schlaf zurück. Was er so verneint hatte, daß er daran erwachen mußte, blieb verborgen. Gisi Ortlieb! Natürlich. Er mußte sich beherrschen, sonst hätte er sofort weiter den Kopf geschüttelt. Er wollte ununterbrochen den Kopf schütteln, um diese Frau abzuwehren. Er wollte nichts zu tun haben mit der. Er brauchte sie überhaupt nicht. Als er sah, daß Annas Bett leer war, daß ihr Bettzeug fehlte, sah er ein, daß seine Abwehr zu spät kam. Anna war nachts noch mit dem Auto weggefahren. Einen wirksameren Terror gab es nicht: zum Auto rennen, mit zuviel Gas aus der Garage fahren und mit aufheulendem Motor in der Nacht verschwinden. Der Zurückbleibende wartet auf das Unfallgetöse in nächster Nähe und, wenn das ausbleibt, auf das Aufheulen der Unfallsirenen in weiterer Ferne. Bevor sie weggefahren war, mußte sie noch ihr Bettzeug geholt haben. Gottlieb hatte sich im Bademantel auf das Bett gelegt und war eingeschlafen. Eine weitere Beleidigung Annas. Es war jetzt gerade vier Uhr vorbei. Er hatte nicht ganz zwei Stunden geschlafen. Er ging hinunter, legte sich in einen Liegestuhl auf der Terrasse und starrte in den pathetischen Tagesbeginn. Man kann also gleichzeitig wach und betäubt sein. Als es Zeit war, weckte er Julia und Regina und machte ihnen das Frühstück. Ihre Mutter sei fortgefahren. Warum, wisse er nicht. Sie müßten also zu Fuß zur Bushaltestelle. Da die beiden ja noch zerstritten waren miteinander, konnten sie sich nicht gegen ihren Vater zusammentun. Als er mit ihnen vors Haus ging, sah er, daß Ortliebs Auto auch fehlte. Er verabschiedete sich von den Töchtern, ging in die obere Ferienwohnung: sie war leer. Ortliebs waren ausgezogen. Gottlieb stöhnte. Er ging auf die Terrasse zurück, legte sich wieder in den Liegestuhl. Eigentlich hatte er an diesem Liegestuhl vorbeigehen wollen. Es zog ihn in den Garten. Ihm war nach Verbergen. Am besten tief im Gebüsch. Das Gesicht in die taunassen Sträucher legen, bis du dich nicht mehr fühlst. Stell dich tot. Sei tot. Du bist tot. Eine Lebensfähigkeit ist nicht mehr spürbar. Ein Mißlingen in diesem Ausmaß bewirkt offenbar, daß man sich ausgelöscht vorkommt. Seit er gesehen hat, daß Gisi Ortlieb nicht mehr im Haus ist, weiß er, wie unhaltbar die Einbildung war, er brauche diese Frau überhaupt nicht. Diese Einbildung hatte nur entstehen können, weil er geglaubt hatte, Gisi sei noch im Haus, er werde sie gleich wiedersehen und dann, ununterbrochen, zwölf Tage lang. Da kann man leicht denken: ich brauche dich nicht. Jetzt will er nur noch, daß Gisi möglichst schnell erfährt, wie ihm zumute ist, wie er hier liegt. Telephonieren. Die müssen, wenn sie heute nacht gleich weggefahren sind, schon wieder in München sein. Er rennt zum Telephon. Die Nummer ist in seiner Gästekartei. Er wählt, läßt läuten, solange es geht, dann legt er auf. Wenn ihr Mann sich gemeldet hätte, hätte er aufgelegt. Dann hätte sie wenigstens gewußt, daß Gottlieb versucht hat, sie anzurufen. Er konnte auf den liebenswürdigen und weißhäutigen Herrn Ortlieb keine Rücksicht nehmen. Er konnte ja nicht einmal auf Anna Rücksicht nehmen. Wenn Ortliebs dageblieben wären, hätte er jede Rücksicht versucht. Daß Gisi weg war, war auch Annas Schuld. Anna hatte Gisi vertrieben. Aber ja. Daß Anna weg war, war nicht mehr so furchtbar, seit er wußte, daß Gisi nicht mehr da war. Daß Gisi fehlte, nahm ihn so in Anspruch, daß er Annas Fehlen fast nicht mehr spürte. Das stimmte nicht. Annas Fehlen tat weh. Aber dieser Schmerz war anderer Art als der, den Gisis Verschwinden erzeugt hatte. Er konnte nicht in dem Liegestuhl bleiben. Er rannte im Garten herum. Auf und ab. Sobald er den See sah, mußte er sich umdrehen. Er konnte nichts ertragen, was ihn an Gisi erinnerte. Er legte sich in die Wiese, das Gesicht im Gras. Er hatte das Gefühl, er verblute! Aber viel zu langsam. Zugrunde gehen. Das war jetzt sein Wort. Schneller, bitte. Alles viel viel schneller.

Er mußte andauernd etwas vernichten. Energie mußte er vernichten. Andauernd. An Gisi denken, hieß, aufspringen, anrufen, hinfahren, Herrn Ortlieb wegstoßen, Gisis Hand ergreifen, Gisi herziehen... Was auch immer entstand und getan sein wollte, er mußte es vernichten. Er hatte das Gefühl, dabei vernichte er etwas von sich selbst. Er wurde spürbar kleiner, hohler, mutloser, schwerer. Wieder dieses Blutverlustgefühl. Er bemerkt, daß er zittert. Er muß sich abfangen. Wenn er sich jetzt nicht sofort fängt, wird aus diesem Zittern ein Anfall, den er dann nicht mehr beherrschen kann. Dann wirft es ihn. In die Höhe. Und wieder auf den Boden. Und wieder in die Höhe. Wie von Stromschlägen geschüttelt, schlüge es ihn auf den Boden. Schnell dieses Zittern abfangen, unterdrücken, ersticken. Kaum hat er die zitternden Hände zur Ruhe gebracht, fängt sein Kopf wieder an zu schütteln. Es könnte einem schwindlig werden. Er bremst den Kopf, bringt ihn zu völligem Stillstand. Jetzt fangen Ober- und Unterkiefer an zu schlagen, zu klappern. Er hält Ober- und Unterkiefer mit beiden Händen fest. Sein rechtes Knie fängt an zu schwanken, zu zucken. Er kann sich nicht mehr helfen. Gisigisigisigisi. Er hatte nicht das Gefühl, daß es bei ihm klang wie bei Herrn Ortlieb. Er konnte den Namen nicht mehr bei sich behalten und verschweigen. Er lallte ihn vor sich hin. Dieser Name war furchtbar, der hatte eine materielle Gewalt. Gottlieb konnte nicht mehr liegen bleiben. Er mußte wieder herumrennen und den Namen sagen. Sie sollte ihn hören, sehen. Daß sie ihn nicht hörte und nicht sah, war spürbar wie ein Schmerz. Anstatt daß dieser Schmerz nachließ, wuchs er. Warum ruft sie nicht an? Irgendwo ist sie doch. Er legte sich in den Liegestuhl und machte die Augen zu und wünschte sich, das Bewußtsein zu verlieren. Warum ließ bloß dieser Abwesenheitsschmerz nicht nach. Der mußte doch nachlassen. Das weiß man doch. Warum ließ der nicht nach!? Weil er zunahm! Gottlieb wünschte sich, dieser Schmerz möge sowohl zunehmen als auch nachlassen. Es wird doch nicht überall Logik herrschen, mein Gott! Die Zeitung! Die mußte doch schon eingetroffen sein inzwischen. Er holte sie, wollte lesen. Dadurch wurde der Gisischmerz ganz scharf. Offenbar durfte Gottlieb nichts tun, um diesen Schmerz zu betäuben oder zu überlisten. Der Schmerz vergrößerte sich sofort, um sich gegen das Verdrängtwerden zu verteidigen. Und er blieb so grell, bis Gottlieb die Zeitung auf den Terrassenboden fallen ließ. Sobald er kapituliert hatte, versprochen hatte, nichts gegen Gisis Herrschaft zu unternehmen, wurde der Gisischmerz wieder ruhiger.

Gottlieb ging seine Erinnerungen an Gisi durch. Er beschäftigte sich mit Einzelheiten, am liebsten mit der schweren Haarwelle, die auf die linke Augenbraue zuschiebt. Mein Gott, was wollte er denn von ihr, mit ihr? Was war das für ein rücksichtsloser Befehl, der ihn hetzte? Sind es wirklich nur die der Fortpflanzung dienenden Aktionen, die du an ihr, mit ihr verüben willst? Warum aber dann gerade an ihr und mit ihr? Woher diese jähe Heraushebung einer aus allen? Auf einmal diese fürchterliche Unvergleichlichkeit. Eine völlig blödsinnige Einzigartigkeit. Das Garagentor ging auf. Da nur Anna den Öffner hatte, mußte Anna zurückgekommen sein. Jetzt war also das Schlimmste vorbei. Entsetzlich, daß Anna endlich zurück war. Dadurch wurden die Gedanken an Gisi noch schmerzlicher, aber er ertrug sie viel lieber. Sobald Anna im Haus war, wurde alles viel leichter und viel schwerer. Er würde liegen bleiben in diesem Liegestuhl.

Anna blieb im Haus. Vielleicht frühstückte sie. Ihre Blumen mußten an diesem Morgen ohne sie auskommen. Er brauchte jetzt nur Geduld. Wenn er Gisi erreichen wollte, mußte er jede Bewegung in ihre Richtung vermeiden. Gelinde Bewegungsversuche in der Gegenrichtung. Je mehr er von ihr haben würde, desto mehr würde er mit ihr verlieren. Alles, was ihm also gelingen konnte: den Verlust vergrößern. Fang also sofort mit dem Verzichtstraining an. Das wurde in ihm und von ihm scharf abgelehnt. Das wäre ja, als müsse er sich mit einem Messer ein Stück Fleisch aus dem Körper schneiden. Sich selber einen Finger abhacken – das war genausowenig vorstellbar wie der Entschluß, auf Gisi zu verzichten. Man kann offenbar nur drauflosleben. Einem noch viel schmerzhafteren Verlust entgegen. Je mehr gewesen sein wird, desto weher wird es tun, darauf zu verzichten. Aber eben erst später. Gottlieb schlich sich in sein Büro, setzte sich in seinen Schreibtischstuhl, kippte den nach hinten und starrte auf die oberen Regalbretter, auf denen die Ordner mit allen Inseraten standen, die er je verfaßt und veröffentlicht hatte. Er hätte, wenn Anna immer noch nicht zurückgekehrt wäre, nicht so sitzen können. Aber Anna war zurück. Das war eine Basis. Er konnte sitzen und starren. Das war er gewohnt. Er muß das Gefühl stabilisieren, das man hat, wenn man im Recht ist. Bloß kein schlechtes Gewissen jetzt. Der Druck, den er spürte, war etwas sehr Lebendiges, Scharfes, Bitteres, Böses, Negatives. Haß? Nein. Er brauchte keine Bezeichnung, er suchte kein Wort. Er wehrte Wörter ab, die sich dafür anboten. Mag der Chemiker sagen, was da fließe, sei, wenn man's untersuche, Wasser. Was ihn bewegte, mußte er gegen Bezeichnungen verteidigen. Jedes Wort ist eine furchtbare Einschränkung. Und tausend Wörter sind nichts als tausend Einschränkungen. Austreibungen des Lebens. Abtreibungen. Etwas nahm zu. Unbestreitbar. Und zwar in ihm. War es ein Rechtsgefühl? Auf jeden Fall etwas, was er gegen die Anwesenheit Annas verteidigen mußte, das spürte er.

Er hatte das Gefühl, er müsse eine schwarze Wand mit schwarzer Farbe streichen. Auf jeden Fall wird er von jetzt an in der Nähe des Telephons leben. Das ist so sinnvoll, wie an Gott zu glauben. Es bringt etwas. Ehe das erste Läuten zu Ende wäre, hätte er schon den Hörer in der Hand. Am liebsten hätte er Anna einen Brief geschrieben, aber was er ihr gern geschrieben hätte, war eben das, was er ihr nicht schreiben konnte. Den ganzen Tag kam niemand in sein Zimmer. Er wurde nicht zum Essen gerufen. Annas Stöckelsolo trommelte nicht durchs Haus. Ihn hätte interessiert, was Anna den Kindern gesagt hatte. Plötzlich fiel ihm ein, wie wenig Gisi über ihn, von ihm wußte. So wenig, daß er in ihrer Empfindung wahrscheinlich keinen weiteren Tag überleben konnte. Vielleicht lachten Herr und Frau Ortlieb inzwischen schon laut und herzlich über diese komische, stürmische, lauwarme Nacht bei Zürns. Erst sieben Monate verheiratet. Und mit welcher Selbstverständlichkeit sagt Gisi: mein Mann. Und vor acht Monaten gehörte der noch einer anderen. Nur denken, was hilft, daß du kriegst, was du kriegen mußt. Ein Jäger weiß genau, was ihm hilft und was ihn hindert. Ein Jäger macht instinktiv nur das Richtige. Und sofort mußte er sich sagen, daß auf die Jägereinbildung kein Verlaß sei. Vielleicht gab es in ihm eine Übermacht, die ruhig zuschaute, wie er Gisigisi stammelte; die Übermacht wußte, daß es bei dem Gestammel bleiben würde, daß er gänzlich unfähig war, etwas Einschneidendes, Umwerfendes, Welt- beziehungsweise Lebenveränderndes zu tun. Gottlieb erschrak. War sein Gisigisigestammel nur ein Mittel, sie in Wirklichkeit entbehren zu können? Was durfte er sich alles vorsagen? Was mußte er sich glauben? Wer, bitte, war er?! Was passiert denn dem, mein Gott! Mein Gott? Ja, mein Gott! So ohnmächtig hatte er sich zum letzten Mal gefühlt, als er zwölf oder vierzehn war. Und, wie damals, bis zum Zerreißen ausgefüllt von einem Wunsch, dessen Unerfüllbarkeit er spürt, aber nicht zugeben kann. Mein Gott! Er hatte das Gefühl, er kämpfe wie damals. Und damals hatte er immer wieder

Gott auf sich aufmerksam machen wollen. Das war ihm tatsächlich möglich erschienen, damals. Aber damals lebte er von dem wilden, nur auf ihn wartenden Zeit- und Zukunftsvorrat. Davon war so gut wie nichts übriggeblieben. Was Möglichkeit gewesen war, war verbraucht, bevor es hatte Wirklichkeit werden können. Daß er sich jetzt aufführt wie einer, der noch etwas beabsichtigen kann, ist nichts als ein Beweis seiner momentanen Unzurechnungsfähigkeit. Diese Unzurechnungsfähigkeit ist aber nichts Höheres, keine Lebensaufwallungsfolge, sondern reine, banale Unzurechnungsfähigkeit, wie sie jederzeit auftreten kann, wenn Wollen und Können weit genug auseinanderklaffen. Sein Gisigisigestammel war doch überhaupt nicht nötig; das produzierte er doch nur, um Gisi, wenn er sie wiedersehen würde, sagen zu können, wie er sich aufgeführt habe in den ersten vierundzwanzig Stunden nach ihrer Flucht. Ja, Flucht, das war es doch. Sie hätte ihren Mann doch totschlagen können, mein Gott. Gottlieb schrieb eine Karte an sie: Herzliche Grüße von der *Bewegung 3. Juni!* Daß sie wenigstens wußte, sie habe ihn getroffen. Sollte er diese Karte wirklich abschicken? War seine Gisigisiwunde nicht doch schon ein wenig ausgeblutet? Könnte er jetzt nicht schon an Arbeit denken? War es nicht schon eher künstlich und eine Art Eigensinn, daß er nur an Gisi denken können wollte? Er braucht doch gar keine, also will er keine, er hat doch Annannanna. Wer redet ihm das ein, daß er keine braucht, keine will? Er will, daß er eine will. So sehr, wie er früher eine wollte. Die Sehnsucht nach dem Bedürfnis ist so heftig wie früher das Bedürfnis selbst. Laß dich nicht ablenken. Keine Sorge, Gisi, er verteidigt dich. Er rührt sich nicht von seinem Schreibtischstuhl und verteidigt dich. Mein Gott! Jetzt weiß er doch, was er versäumt in jeder Sekunde. Vielleicht ist die Welt voll von solchen Gelegenheiten. Mein Gott! Da kann einem schwindlig werden. Und er lebt an allem vorbei. Was er erlebte, war doch wohl der dürftigste Verlauf, der überhaupt denkbar war. In Dunkelheit und Armut lebte er flach dahin, sozusagen. Nur sozusagen. Aber, bitte, wer schritt in diesem Augenblick durch helle Säle auf eine südliche Terrasse hinaus, ließ sich in ein schon anfahrendes Auto fallen, stieg ganz lässig aus einem Flugzeug, öffnete endlich eine unheimliche Bluse?! Er doch nicht, mein Gott! Je mehr seine Vorstellung sich mit Gisis Körper beschäftigte, desto deutlicher spürte er eine Abneigung. Es machte ihm nicht nur keinen Spaß, es quälte ihn, ekelte ihn, wenn seine Vorstellung geschlechtlich tendierte. Sofort war nämlich Herr Ortlieb im Bild. Wenn einen das nicht ekeln durfte! Dieser weiße Frosch. Eine rote Narbe, die einen Mundwinkel bis zum Ohr zerrt. Manche Leute darf man sich nicht als Geschlechtswesen denken. Er würde sehr gern an die kleiderlose Gisi denken, wenn er dafür nicht hätte Herrn Ortlieb in Kauf nehmen müssen. Aber war es nicht besser, daß sie den hatte als einen anderen? Und schon wurde er geradezu hineingeschleudert in den Augenblick, in dem sie am Stamm stand, höher als er und sowieso so groß. Und er läuft an von unten und ist in jeder Hinsicht unzureichend. Aber in dem Schilfstück, als er schon gestrandet war und sie sich von den Wellen auf ihn draufwerfen ließ und er nach ihr griff und sie nach ihm und sie einander erreichten, aber die Wellen keine Bewegung zuließen, die zu etwas führen wollte,

und Anna und Stefan auch schon aus der Mondwasser-
welt auftauchten wie etwas Polizeiliches oder Kanniba-
lenhaftes. Aber wie Gisi aus dem Baumschatten hinaus-
ging, hinauf durchs Gras, also bitte, sie war ja ein bißchen eckig, am meisten im Gesicht, aber auch die Schultern, und dreht sich noch einmal um droben neben dem
Jasminbusch, voll im Mondlicht, eine Erscheinung, und
sagt wieder ihren CASABLANCA-Satz und geht. Und seitdem ist sie weg, am besten, er ruft noch einmal an ...
Jetzt läutete es. Er würde nicht hinausgehen. Aber einen
handbreiten Spalt öffnete er seine Tür. Er mußte wissen, wer ins Haus kam. Ortliebs sind es sicher nicht.
Aber er hätte seine Tür sicher nicht aufgemacht und
Horchstellung bezogen, wenn er bei dem Klingeln nicht
an Gisi gedacht hätte. Es war aber der Mann von der
Staubsaugerfirma. Seit Wochen rief man den an, flehte
ihn an, doch endlich einmal zu kommen. Gottlieb hörte
zu, wie Anna dem Monteur erklärte, was alles am
Staubsauger nicht ganz in Ordnung sei. Gottlieb
glaubte, Anna rufe immer zu früh nach Reparaturen.
Aber da alle Maschinen des Hauses ausschließlich von
Anna betreut wurden, konnte er sich nicht einmischen.
Gottlieb schien es, als versuche Anna jetzt den Eindruck zu vermeiden, sie habe nur aus nörglerischer
Laune angerufen, in Wirklichkeit aber funktioniere der
Staubsauger ausgezeichnet. Offenbar hielt sie es für
möglich, daß jetzt, wenn der Monteur da sei, der elende
Staubsauger plötzlich wieder einwandfrei funktionieren
werde. Sie beteuerte hoch und heilig, daß die Sauglei-
stung bis gestern immer schlechter geworden sei. Die
Saugleistung. Oh Anna! Gottlieb ging zu seinem Stuhl
zurück. Welch ein Luxus in diesem Haus noch möglich

war! Die Frau, geradezu fanatisch bemüht, von einem Staubsaugermonteur nicht überführt zu werden, ihn grundlos herbeigerufen zu haben. Der Mann, ebenso heftig dabei, eine Empfindungsart zu entwickeln, die es ihm ermöglicht, an eine junge fremde Frau zu denken, ohne sein nicht mehr zu veränderndes Leben zu beeinträchtigen. Wenn seine Gedanken an Gisi auch noch so kindisch und zu nichts führend und banal waren, Hauptsache, er dachte an Gisi. Was nicht mit ihr zu tun hatte, war wesenlos. Jawohl, wesenlos. Wesen hatte nur Gisi. War er krank? Diese Hast im Kopf. Dieses Ausweichen vor allem, was nichts mit ihr zu tun hatte. Diese Angst. Müdigkeit. Aufgeregtheit. Diese Unfähigkeit, seine Lage zu beurteilen. Diese Hetze. Diese Lähmung. Was nützte es, sich das vorzusagen? Nichts. Er konnte es nicht ändern. Er war nun wirklich der letzte, den er zu Hilfe rufen konnte. Er hat sich ja in diese Lage gebracht. Er mußte aber gerettet werden. Von wem? Von ihr natürlich. Nur von ihr. Aber wie? Keine Ahnung. Ihn zu retten war nicht seine Sache. War nicht seine Sache? Hat er sich aufgegeben? Wenn er Rettung von anderen erwartet, hat er sich aufgegeben. Das muß er wissen. Ja, dann hat er sich eben aufgegeben. Er hat Fieber, hohes Fieber. Hofft er. Das wäre die Lösung. Eine Mordskrankheit. Dann kann Anna ihn retten. Aber so komisch er sich auch fühlt, Fieber ist das nicht, es ist Gisi. Sollte er jetzt nicht vor zur Post, die Karte einwerfen? Herzliche Grüße von der *Bewegung 3. Juni.* Das Telephon. Eine tiefe, aber eher schwache oder unsichere Männerstimme. Streng hochdeutsch. Ob Julia zu sprechen sei. Das ist also der, dem Anna gestern Julia im Wald abgejagt hat. Sehr flott, jetzt schon wieder hier anzurufen! Aber Gottlieb sagte höflicher als jede Telephonvermittlerin im Hotel: Moment, bitte. Er rief nach Julia, sie kam, nahm den Hörer, sprach aber nicht, sondern sah ihren Vater so an, daß der wußte, er habe das Zimmer zu verlassen, da sie ja wohl nicht sprechen könne, wenn er jedes Wort höre. Er wäre ohnehin sofort gegangen, ihr Blick war stark genug, aber zu allem Überfluß sagte sie noch dazu: Eeh! Da verschwand er sehr schnell. Hinaus, in den Liegestuhl. Wo sollte er denn hin im Haus? Julias Eeh! war wirklich stark. So stark wie die ganze Julia. Wenn die mit ihrer Stärke einmal etwas anfangen würde, wäre sie sofort aus all ihren Miseren erlöst. Gottlieb spürte Julias Stärke ganz direkt. Sie bezwang einen einfach. Die stärkste Ausstrahlung hatte ihr Blick. Dann ihre Laute. Zur Zeit: Eeh! Jede Feinheit und Grobheit drückte sie damit aus. Sie hatte immer eine Zeit lang bestimmte Laute. Vielleicht wird sie Eeh! ab übermorgen nie mehr in den Mund nehmen. Aber seit einigen Wochen und bis übermorgen braucht sie es in jedem dritten Satz. Nein, vor jedem dritten Satz. Eeh, des geht fei it. Julia schwankte von allen am meisten zwischen grünem Dialekt und gläsernem Hochdeutsch hin und her. Eeh! das sehn wir dann schon. Eeh! jetzt mach doch nicht gleich den großen Zirkus. Was sie ab übermorgen oder in drei Wochen für Kraftausdruckslaute haben wird, ist, auch für Julia selbst, unvorhersehbar. Sicher ist nur, daß sie sich ohne so etwas nicht ausdrücken kann.

Julia kam heraus auf die Terrasse und sagte: Eeh! du kannst mich kutschieren, Gottlieb. Wohin, bitte? Das sage sie ihm dann schon. Obwohl er sich geschworen hatte, nicht vom Telephon zu weichen, bis Gisis erster

Anruf eingetroffen sein würde, war er sofort bereit, Julia zu fahren. Sag zuerst, wohin? Herdwangen, sagte sie. Herdwangen, sagte er, das sind zwanzig Kilometer, mindestens. Eeh! sagte sie so, daß weiterer Widerstand unmöglich war. Er rief ins Haus hinein, er fahre Julia nach Herdwangen. Sofort erschien Anna und verbot ihm das. Julia bleibe da, sagte sie, und zwar in ihrem Zimmer. Das Telephon klingelte, Gottlieb rannte nur zu gern in sein Büro. Es war Gisi. Tiefste Stimme. Komm, sagte sie. Wohin, fragte er. Sie sind also nicht nach München zurückgefahren, ihr Mann will ja hier eine Außenstelle Dachaus erforschen, also sind sie, weil am See so schnell nichts zu haben war, ab ins Hinterland, wohnen jetzt in Lippertsreute, sehr angenehm übrigens. Also, er soll kommen. Ja, wenn er Julia hätte nach Herdwangen fahren dürfen, hätte er auf der Rückfahrt nach Lippertsreute kommen können. Ohne Anlaß kann er nicht aus dem Haus. Bin ich kein Anlaß, fragt sie. Keiner, den er nennen kann. Das muß sie doch, bitte, einsehen. Ich seh überhaupt nichts ein, Mann, sagte sie unflätig. Immer alles einsehen, nee du! Aber er kann doch nicht! Flasche, sagte sie. Bitte, morgen soll sie anrufen, morgen vormittag, dann wird er einen Termin vorschlagen. Termin, knurrte sie, du hasse wohl nich alle. Aber dann flüstert sie plötzlich ganz schnell und sozusagen innig: Sie brauche ihn, aber gleich, bitte, nicht erst übermorgen, sie habe das Gefühl, sie gehe ein wie eine Primel, wenn er morgen nicht zu ihr komme, verstehsse! Gottlieb ging zurück auf die Terrasse, kaute Gisis Gemisch aus höchstem Ton und billigstem Bild genußvoll nach. Auf der Terrasse standen Anna und Julia einander immer noch gegenüber wie auf der Bühne. Armin saß neben Julia, als warte er nur darauf, von ihr zu hören, auf wen er sich stürzen solle. Gottlieb begriff, daß sein Krieg mit Anna jetzt Pause hatte. Anna tat allerdings, als bemerke sie nicht, daß er wieder da war, offenbar brauchte sie ihn auch gar nicht. Aber er mußte ihr seine Hilfe anbieten. In jedem kritischen Augenblick hatte immer Anna entschieden, was den Kindern zu erlauben und was ihnen zu untersagen sei. Jetzt kam auch Regina herunter, sie hatte mitgekriegt, daß eine der wichtigeren Auseinandersetzungen bevorstand. Julia war gerade dabei, ihrer Mutter zu erklären, daß es sinnlos sei, in diesem Schuljahr noch etwas für die Schule zu tun, das sei gelaufen, sie habe geschmissen, im Herbst werde sie diese Schule nicht mehr betreten. Anna wiederholte, Internat komme nicht in Frage. Eeh! dann eben nicht, aber in diese Schule bringt mich nichts mehr hinein, ist das verständlich: nichts! Das werde man sehen, sagte Anna, so hätten Rosa und Magda auch geredet, beide hätten dann an dieser Schule ihr Abitur gemacht. Eeh! ich nicht, sagte Julia. Und dieses Eeh! war das trompetenhaft spitzeste überhaupt! Regina schaute wie beim Tennis vom einen zum anderen. Gottlieb schaute Armin an. Anna lenkte die Diskussion zurück auf das Thema Herdwangen. Gottlieb konnte nur staunen, was Anna plötzlich wußte, was sie Julia jetzt hinschmettern konnte, was alles Julia jetzt durch Schweigen und Erröten zugeben mußte. Anna muß heute nacht oder am frühesten Morgen ihren Panikaufbruch eiskalt und klug genutzt haben: sie muß in Herdwangen und dort in allen Häusern gewesen sein. Sie wußte jetzt einfach alles. Sicher mehr als Julia selber. Dieser Bert Diekmann, dem Anna gestern Julia weggenommen hat, ist ein ... ach sie will nicht übertreiben, aber er ist nicht nur ein Armleuchter, eine ziemliche Null, eine immer unrasierte, er ist auch eine Art Bankrotteur oder Taugenichts oder Hochstapler, von allem etwas, der eine nennt ihn so, der andere so, aber keiner sagt etwas Gutes oder auch nur Erträgliches über den. Berufslos beziehungsweise Gürtelmacher und Kerzenmacher, zweiunddreißig, beliefert Boutiquen in der Gegend, geht auch selber auf Märkte, in die Gürtel prägt er indische Muster, seine Kerzen sind farbige Halbkugeln, er will Landwirt werden, angeblich biologisch. Sein Großvater und sein Vater haben das Volkswagenwerk in Wolfsburg aufgebaut, ja, so was behauptet der, er habe keinen Bock auf diese Art Arbeit, er lebt mit drei Katzen und einem Sittich, Tiere liebt er, wartet auf dreißigtausend Mark von einer Versicherung, eine Frau ist vor einem halben Jahr frontal in ihn hineingefahren, die Frau sofort tot, er acht Tage Koma, Gehirnquetschung, Beckenbruch, Leberriß. Sobald das Geld kommt, will er zuerst einmal ein Jahr nach Mexiko, Urlaub machen; nachher will er Landwirt werden, biologisch. Sein Freund Udo, Photograph und Waldarbeiter, beliefert ihn mit Nacktphotographien von Mädchen, kriegt 10 Mark pro Photo. Herr Diekmann will nämlich nebenher ein Archiv aufbauen, eine Porno-Agentur. Gottlieb wartete unwillkürlich darauf, daß auch hier angefügt werde: biologisch. Udo habe also auch Julia an Bert vermittelt. Dieser Bert sitzt ja Tag und Nacht unrasiert zwischen seinen Kerzen und Katzen und wartet auf die Mädchen, die Udo ihm liefert. Anna glaubt, Udo werde auch dafür entlohnt. Das einzige, was vielleicht im ersten Hinschauen für den dürren Jeansbuddha sprechen könnte, ist seine Schüchternheit. Es sei selber überhaupt nicht fähig, ein Mädchen aufzureißen, so ein Herdwangener, der Bert seit zwei Monaten beobachtet. Seit zwei Monaten wohne Bert in dem abbruchreifen Bauernhäuschen in Herdwangen. Einerseits spielt er den Schüchternen, andererseits müssen die nackten Mädchen auf den Photos einander küssen. Sie habe herausgebracht, daß Julia zweimal dort gewesen sei, ein drittes Mal komme sie da nicht hin. Lieber bringe Anna sich um. Anna warf Gottlieb nicht einmal vor, daß der naiv oder verdorben genug gewesen wäre, diesem Gürtel- und Kerzenmacher, dieser unrasierten Null die eigene Tochter hinzukarren. Gottlieb war offenbar nicht einmal mehr eines Vorwurfs würdig. Regina und Gottlieb saßen, Julia und Anna standen. Gegeneinander. Beide standen vor Annas Blumen. Annas Blumen waren noch nie so farbig gewesen wie in diesem Augenblick. Der mächtige Armin saß sehr aufrecht neben der stehenden Julia, ganz zu ihr gehörig. Lieber bringe sie sich um, das war Annas letzter Satz. Seitdem schwieg Anna. Julia hatte ja noch kaum etwas gesagt. Sie stand irrsinnig aufrecht, förmlich verrenkt aufrecht und starr stand sie. Es sah nicht aus, als könne sich an ihr je wieder etwas bewegen. Wer an ihr etwas bewegen wollte, bräche es ab. In einer der immer schriller werdenden Streitereien hatte Julia neulich gesagt: Ich weiß nicht, was ich werden will, nur eins weiß ich: ich will nicht werden wie ihr, aber wahrscheinlich bin ich schon wie ihr. Diese Schlußwendung trug sie vor mit einer vor Grauen vibrierenden Stimme. Und so stand sie jetzt da: nichts als Distanz, Nichtdasein, Nichtbeieuchsein. Gottlieb bewunderte, bedauerte, beneidete Julia. So verrückt, rücksichtslos und wirklichkeitsabweisend. An einem Tag strickt sie Vorder- und Rückseite eines Pullovers. Da sitzt sie, als sei sie ein Opfer ihrer Hände. Ein Anhängsel ihrer wild und genau drauflosstrickenden Hände. Am nächsten Tag und an allen folgenden Tagen liegen die beiden Teile herum, wunderbar gemustert von Julias Eingebung und Hingerissenheit, aber verlassen jetzt, und das für immer. Julia hat keine Lust mehr. Und sie tut nur das, wozu sie Lust hat. Mit so jemandem kann man nicht zusammenleben. Sie tut auch nichts für sich selbst, wenn sie keine Lust dazu hat. Sie kann sich auch selber völlig gleichgültig sein. Sie kann, zum Beispiel, jetzt in der Schule überhaupt nichts zu ihrer eigenen Rettung tun. Julia demonstrierte am liebsten, daß nichts zu machen sei, deshalb mache sie nichts. Julia, die Göttin der Überreizung, der Provokation. Die einzige, die sowohl Anna als auch ihn bis zur Selbstvergessenheit trieb, daß sowohl Anna als auch er je einmal zugeschlagen hatten. Das war eingebrannt in Julias Wesen. Gottlieb wenigstens glaubte, sein Schlag in Julias Gesicht wirke immer noch nach. Was ihn schmerzte, wenn er an diesen Schlag dachte: er hatte sich damit auf die Seite der Welt gestellt. Die Welt schlägt die Kinder. In welche Unsicherheit muß ein Kind geraten, wenn auch noch die Eltern anfangen zu schlagen. Es wäre besser, dir würde ein Mühlstein um den Hals gehängt ...

Als Julias Klassenlehrer zum ersten und letzten Mal ins Haus gekommen war, Julia war vielleicht vierzehn oder fünfzehn gewesen, da hatte Gottlieb erfahren, ein für alle Mal, wie unerkennbar diese Tochter für die Welt sein mußte. Julia war, als des Lehrers Stimme von der Haustür her hörbar geworden war, sofort in den Garten

71

geflohen und war, solange Lehrer Gerber da gewesen
war, nicht mehr erschienen, also bis elf Uhr nachts.
Schier endlos lang hatte der Lehrer so über Julia geredet,
daß Anna und Gottlieb einträchtig verstummten. Julia
sei, so der Lehrer, unerschütterlich bequem, in sich
selbst ruhend, eigentlich sei ihr alles egal, sie sei, wie
sie sei, zufrieden mit sich selbst. So Lehrer Gerber.
Kwadddschsch, hätte Gottlieb am liebsten gesagt nach
dieser Aufzählung von Fehlurteilen. Kwadddschsch, so
explosiv ausgesprochen, wie es Julia immer ausspricht,
wenn ihr etwas nicht paßt. In Gottlieb produzierte sich,
als er dem Lehrer zuhörte, eine Antiwörterfolge; er
kannte Julia als erschütterbar, andauernd suchend, sich
mißtrauend, in allem einen Angriff fürchtend. Der Lehrer Gerber, auf jeden Anflug von Einwand: Mir erzählen Sie nichts. Er wolle einmal eine Schülerin aus Julias
Klasse zum Vergleich an die Wand projizieren, sagte
Lehrer Gerber. Judith Schatz also! Von da an hatte
Gottlieb das Gefühl gehabt, der Lehrer sei gekommen,
um zu demonstrieren, daß die unendliche Überlegenheit des Hauses Schatz über das Haus Zürn in der nächsten Generation unvermindert weitergehe. Paul Schatz,
Judiths Vater, war Gottlieb als Konkurrent so überle-
gen, daß Schatz, wann und wo immer er auf Gottlieb traf,
geradezu summte vor Wohlwollen gegenüber Gottlieb.
Schatz war nicht nur Immobilienhändler, sondern Bau-
löwe, Besitzer im großen Stil, mit Firmen im Kanton
Zug, Wohntürmen in Chur und so weiter. Und trotzdem, so unangenehm ihm der gleichfalls absolut über-
legene Kaltammer war, so angenehm war ihm Paul
Schatz. Der ging einem zwar als ein andauernd das Zeit-
alter belehrender Musterzeitgenosse manchmal auf die

Nerven, persönlich aber war er liebenswürdig. Jetzt also die Schatztochter Judith. Die sah Lehrer Gerber so: Judith immer redend, Julia immer zuhörend; vielleicht hört sie nicht einmal zu, ist einfach geistesabwesend; aber auch das nicht im Sinne von verträumt; sie wirkt eher wie schlafend, mit offenen Augen schlafend, also kein bißchen verträumt. Judith dagegen ist schlechthin vive, in jeder Sekunde aktiv; was man ihr zuspielt, kommt groß zurück; sie erfaßt alles, und zwar tief, ganz tief. Also, wenn Judith auf dem Pausenhof nur den Kopf dreht, verändert sich das soziale Umfeld! So Lehrer Gerber. Wenn Julia den Kopf dreht, passiert nichts. So Lehrer Gerber. Im Gespräch hatten Anna und Gottlieb bemerkt, daß der Versuch, Herrn Gerbers Juliabild zu korrigieren, bei Herrn Gerber zu einer krassen Verhärtung führte, ja sogar zu einer Verschlimmerung. Er verteidigte sein Urteil über Julia, und beim Verteidigen seines Negationsgemäldes wurde er immer noch gröber und heftiger, also waren Anna und Gottlieb lieber still. Gottlieb hätte gern Augenblicksbilder von Julias häuslichem Dasein angeboten: Wie sie auf einem Weg durchs Zimmer plötzlich vom Klavier angezogen wird, rasch etwas spielt, aber so, daß man hört, sie ist in Eile, sie denkt an etwas anderes, trotzdem muß sie schnell durch dieses Stück durchrasen; und meistens hört sie auf, bevor sie durch ist. Sehr oft kommt sie und verschafft sich durch unmäßigste Forderungen ein Recht zu Fluch und Klage. Sie weiß, daß sie kein Gewächshaus kriegt für 3600 Mark und schon gar keinen zweiten Hund und auch kein größeres Mofa und eben auch keinen *Bösendorfer*, aber sie verlangt's, als verlange sie das Selbstverständlichste, und wenn es abgelehnt wird, schimpft

oder flucht oder klagt sie, je nach Laune. Ach, und ihre
jähen Strickanfälle, die ebenso jäh wieder verfliegen.
Also, sie ist doch nichts weniger als ein *Phlegma*. Aber
das hatte man Herrn Gerber eben nicht mitteilen können. Seine wiederkehrende Formel: Mir erzählen Sie
nichts. Einmal hatte Julia beim Mittagessen eine Szene
geschildert, in der Judith Schatz vorkam. Julia war von
einer Frau, die zwei Töchter zur Schule brachte, mitgenommen worden, in einem VW. Die Frau hielt direkt an
der Stelle, von der aus der Weg zum Schulportal führt.
Genau in diesem Augenblick kam die vierte Frau Schatz
(eine geborene von Tötensen) mit ihrem Porsche, neben
ihr die Stieftochter Judith. Anstatt daß nun Judith eine
kleine Autolänge entfernt von der Einmündung in den
Plattenweg ausgestiegen wäre, hupte Frau Schatz ganz
kurz und leicht und winkte der Frau im Golf zu, weiter-
zufahren. Die fuhr sofort weiter, hielt zwei Autolängen
weiter vorne an und ließ ihre zwei Töchter und Julia
aussteigen. Inzwischen war Frau Schatz bis zum Plattenweg vorgefahren und ließ ihre Stieftochter Judith
aussteigen. Julia hatte diese Szene ganz ruhig, aber doch
ganz und gar demonstrativ erzählt; im reinen So-ist-es-
eben-Ton. Den konnte sie. Judiths Bruder Stefan war
an der Schule schon eher berüchtigt als nur berühmt für
seinen unerbittlichen Kampf gegen die hiesige *Einwik-
kelpapierdemokratie*. Diese Wortmünze gebrauchte er
so oft, daß jeder in der Stadt wußte, wie der junge
Schatz unsere Demokratie beurteilte. Wie sein Vater
kämpfte er in vielen Initiativen für die Demokratie. Julia
hatte mit ihrem Beispiel kommentieren wollen, daß sie
eine Gegnerin der Schatzschen Demokratiekampagnen
sei. Manchmal staunte Gottlieb darüber, wie klar Julia

schon erfahren hatte, daß ihr diese Schatz-Demokratie nichts bringen konnte. Plötzlich stand sie neben einem und sagte: Weißt du, was Henry Ford schreibt? Wer viel Geld will, kriegt nie viel Geld. Stimmt das? Gottlieb: Ja. Darauf Julia: Also kriege ich nie viel Geld, schrecklich.

Er hatte dem Lehrer Gerber nicht einmal Julias Szene mit den zwei Autos servieren können. Sie paßte einfach nicht. Julia hatten sie nicht sagen können, wie ihr Lehrer über sie dachte. Schon bei den ersten Andeutungen hatte sie ihr gläsernes Gesicht bekommen. Wie erfroren wirkt ihr Gesicht dann. In den Augen sieht man, wie es ihr zumute ist und daß sie nichts tun kann zu ihrer Rettung. Jetzt stand sie wieder so da: die Figur gewordene Ohnmacht. Aber auch Verachtung drückte sie aus, Abscheu vor denen, die Macht ausübten über sie. Gottlieb verfügte nicht über Annas Rechtsinstinkt und Gerechtigkeitseinbildungskraft. Anna wußte immer ganz genau, was jeweils recht und richtig war. Sie strömte förmlich über vor Legitimität. Wie lange war dieses Schweigen auszuhalten? Anna hatte gesagt, daß sie lieber nicht mehr leben wolle, als Julia noch einmal zu der vierzehn Jahre älteren unrasierten Null plus Gürtel- und Kerzenmacher zu lassen. Weiter konnte sie nicht gehen. Das Telephon! Welch eine Erlösung. Gottlieb rannte hinein. Für Julia. Er meldete das ganz sachlich. Wer? rief Anna. Gottlieb zuckte die Schultern. Mann oder Frau? Männlich, sagte Gottlieb. Anna rannte hinter Julia her, überholte sie sofort. Regina und Gottlieb blieben draußen am Terrassentisch. Der hat ja schon ganz schön Leute gelinkt, sagte Regina. Das letzte Wort klang in ihrem Fünfzehnjährigenmund komisch. Wer, sagte Gottlieb, obwohl er wußte, daß es sich nur um die unrasierte Null handeln konnte. Der Typ, sagte Regina. Wie gelinkt, sagte Gottlieb. Regina, bemüht locker, anstrengungslos, im Normalton schlechthin: Na ja, Bestellungen angenommen für Shit, den er in München kaufen sollte, statt dessen ab mit dem Manni nach Ibiza, für 'n halbes Jahr oder so. Hat ja irre viel Feinde drum. Läßt sich richtig bewachen von zwei so Waldarbeitern. Die wohnen dafür umsonst bei ihm in der Romantikscheune oder was das ist. Offenbar wußten außer Gottlieb alle im Haus Bescheid über den Gürtel- und Kerzenmacher. Arme Julia. Wie ihr helfen? Vorgestern abend war sie noch einmal heruntergekommen, war unter der Tür stehengeblieben und hatte leise, aber sehr bestimmt, in den Raum gesagt: Jetzt möcht ich, daß mich jemand auszieht und ins Bett legt und zum Einschlafen bringt. Aber ich weiß ja schon, ich muß mich selber ausziehen, selber ins Bett legen und selber einschlafen. Nur geweckt wird man hier, je früher, desto lieber. Einmal hatte sie gesagt: Ich liebe meine Kinder so sehr, daß ich dafür sorgen werde, daß sie nicht auf die Welt kommen. Kluge Julia. Sobald ein Kind selber Kinder hat, kann es seinen Eltern nichts mehr vorwerfen. Selber ganz sicher keine Kinder zu wollen ist natürlich der seriöseste Vorwurf, den ein Kind seinen Eltern machen kann.

Er habe zu tun, sagte er und desertierte, lag in seinem Sessel und buchstabierte Eindrücke.

Neben ihrem Scheitel hob sich diese große dunkle Welle, zu groß und schwer, um oben auf dem Kopf bleiben zu können; auch zu schwer, um nach vorne fallen zu können; aber schieben konnte sie sich; schwer und mächtig schob sie sich schräg in die Stirn und reichte mit ihrer vordersten Biegung an die linke Braue. Darunter hervor also dieser Blick. Den Mund aus schweren Lippen konnte sie durch nichts seiner selbstvergessenen Wölbungen berauben. Gottlieb konnte nicht aufhören, auf ihre Zähne zu schauen. Die Schneidezähne gingen ein wenig auseinander, so daß zwischen ihnen ein sehr spitzer winziger dunkler Winkel freiblieb. Gottlieb hätte in diesem Gesicht am liebsten gelesen wie in einem Fünfhundertseitenbuch, das heißt, ohne überhaupt an ein Ende zu denken.

Jeden Tag rief sie an und sagte als erstes: Kommm. Jedesmal ein m mehr. Jedesmal mit einer dringlicheren, wütenderen Melodie. Sie telephonierte immer von einer Zelle aus, die in der Sonne stand. Was hast du an, fragte Gottlieb. Haut, sagte sie und lachte kurz und schrill. Dann sagte sie: Kommmm... Man konnte die m's nicht mehr zählen. Dann beschimpfte sie ihn. Dann wurde sie plötzlich ganz leise und weich. Sie komme auch zu Zürns als Mitfrau, sie finde Anna prima, sie wäre gern die zweite, Dominanzgelüste kenne sie nicht. Ob Anna teilen könne. Das mußte er verneinen. Sie sagte, er habe doch keine Ahnung. Anna sei eine prima Frau, sie könnte sich Anna unterordnen, Anna habe etwas Beherrschendes, sie könnte Anna lieben, mit Anna schlafen, er sei borniert, vielleicht warte Anna genau auf eine solche Gelegenheit, Frauen haben Phantasie, er müsse Anna unbedingt fragen, er verspreche ihr das jetzt, bitte, ja, er wird Anna fragen, ob Gisi kommen dürfe, ja?! Er versprach es, weil Gisi sonst nicht aufgehört hätte. Aber er konnte Anna nicht fragen. Ungeheuer, wie wenig Gisi Anna wahrgenommen hatte. Oder sollte er Anna fragen? Mit Anna und Gisi zusammen? Unvorstellbar. Am nächsten Tag war ein Päckchen im Briefkasten. Ein reinweißer Stein, fast Herzform, darauf ein großes rotes G. Gottlieb trug das schöne weiße Fastherz in sein Büro und barg es in einem alten Brillenetui. Abends rief sie an. Aus München. Sie haben es nicht mehr ausgehalten in Lippertsreute. Wann kommt er? Wohin, bitte? Nach München. In die Schlotthauerstraße. Und sofort sagte sie, aus dem Kopf, alle Daten auf, an denen ihr Mann in den nächsten Monaten unterwegs sei, um Außenstellen des KZs Dachau und andere Ex-KZs zu erforschen. Gottlieb wurde es heiß und eng, wenn Gisi ihm so ins Ohr redete. Ich komme, sagte er. München, das sei viel leichter als Lippertsreute. In München hat er Kunden. Jetzt konnte er auch reden. Solange sie aus der Nachbarschaft angerufen hatte, hatte er nur stottern können. Jetzt, da sie in München war, konnte er wenigstens versuchen, sich an ihrer dichten, zudringlichen, anmacherischen Redeweise zu beteiligen. Nicht einfallsreich, eher Gisi nachmachend. Ihm wurde, wenn er sich so reden hörte, schwindlig wie bei einer Bergtour, die plötzlich über einen links und rechts steil abfallenden Grat führt. Hast du mit deiner Frau geschlafen, fragte sie von da an bei jedem Telephonat. Das konnte er leidenschaftlich verneinen. Die hat Vorstellungen, mein Gott! Anna behandelte ihn inzwischen, wie ein Vorgesetzter einen Untergebenen behandelt, wenn er ihn merken lassen will, daß er ihn aufgegeben hat. So ganz und gar aufgegeben, daß er ihm das nicht einmal mehr wörtlich mitteilen muß, weil er es ihn ja in jeder Bewegung ohnehin überdeutlich spüren lassen kann; spüren lassen muß. Anna schlief nicht mehr im gemeinsamen Schlafzimmer. Ob sie darauf wartete, daß er versuche, sie zurückzugewinnen? Jeden Tag gelang es ihr noch besser, ihm zu beweisen, daß er gar nicht da sei. Sie benahm sich, als wisse sie alles, was zwischen Gisi und Gottlieb geschehen war. Aber das konnte sie doch nicht wissen. Wissen konnte sie gar nichts. Spüren alles. Annas Gespür. Die Kinder beobachteten die Elternvereisung, entwickelten eine Art Neutralität, die Gottlieb peinigte. Anna war inzwischen bereit, Julias Internatsvorschlag zu prüfen. Ein Termin in Schweighofen. Der vernehmende Herr fragte nach zwei Minuten zu Julia hin: Rauchen Sie? Und diese Frage wurde so gestellt, daß Gottlieb Julias Antwort billigte. Ja, sagte sie, zwanzig pro Tag, ohne Filter. Die Nichtraucherin Julia sagte das so, daß es hieß: Ich finde Ihre Frage unerträglich. Von da ab war die Sache so gut wie verloren. Was der Herr vor sich hin nörgelte, hieß: Warum soll diese Schule mit Hunderten von Schülern etwas schaffen, was die Eltern Zürn mit noch sage und schreibe zwei Kindern zu Hause nicht schaffen! Die Zeugnisse sind schlecht. Na ja, so schlecht auch nicht. Also, Sie kriegen Bescheid. Julia auf der Heimfahrt: Der sieht mich nie nie nie wieder.

Anna war, zum Glück, fast immer mit Kunden unterwegs, sie hatte Hochsaison, Gottlieb lag in seinem Schreibtischstuhl, starrte schräg hinauf zur Reihe der Inseratenordner, schloß die Augen, buchstabierte Gisis Haare, Gisis Lippen, Gisis Gesicht, telephonierte mit Gisi. Die obere Ferienwohnung stand nicht mehr leer. Schon zwei Tage später hatte er über das Verkehrsamt ein Ehepaar aus dem Rheinland bekommen. Die Frau, frisch aus dem Krankenhaus, Brustkrebs, operiert.

Ganskes waren glücklich. Ein so schön gelegenes Haus. Allein schon diese Blumen, kuck ma, Ansgar, hier Eisenhut und hier Ehrenpreis, so wat von Blau. Das ist ein Glücksfall, sagte Herr Ganske. Frau Ganske sagte: Jetzt geht et wieder aufwärts, dat spür isch direkt. Herr Ganske nickte seiner Frau begeistert zu, aber in dem Blick, den er dann Gottlieb zuwandte, sah Gottlieb, daß Herr Ganske seine Frau für verloren hielt und verzweifelt war. Auch die zweite Ferienwohnung war inzwischen belegt, vom Lehrerehepaar Jetter aus Mannheim mit zwei kleinen Kindern und einem Stallhasen namens Romeo. Jetters hatten telephonisch angefragt, ob sie Romeo mitbringen dürften. Gottlieb hatte gesagt, da schon eine Julia in der Familie sei, freuten sie sich. Er reparierte einen alten Stall, in dem zuletzt Reginas Parzival gelebt hatte. Romeo, der dunkle, angorahafte Zwerghase zog ein. Julia frischte in Armin einen Nachmittag lang alle Verbote von früher auf. Armin versprach, Romeo in seinem Stall nicht zu belästigen. Julia hätte das Pelzding am liebsten mit in ihr Zimmer genommen, aber das ließen Regina und die Jetterkinder nicht zu. Gottlieb lebte von Gisis Anrufen. Daß jemand so nach ihm rief, war er nicht gewohnt. Wenn sie sagte: Los, komm jetzt!, erwartete sie wirklich, daß er jetzt aufstehe und hinfahre. Weiter als Nonnenhorn kam er aber nicht. Er mußte das Schönherrsche Sommerhaus besichtigen, vermessen, photographieren, den Schlüssel wieder bei dem Bauern abliefern, dann nicht weiterfahren nach München, sondern zurück. Heim. Er wunderte sich selbst darüber, daß das möglich war. Dann saß er wieder und wartete auf den nächsten Anruf. So hatte noch nie jemand telephoniert mit ihm. Wie nah

einem eine Telephonstimme kommen kann, hatte er
nicht gewußt. Gisi bearbeitete ihn wie ein Masseur. Mit
ihrer dunklen Stimme berührte sie ihn überall. Und weil
sie gemerkt hatte, daß er diese Rede und Temperatur
eher über sich ergehen lassen als selber produzieren
konnte, erzählte sie eben Einschlägiges. Zum Beispiel:
Als sie mit ihrer Mutter in Dortmund über die Straße
ging, hielt die plötzlich, zeigte auf ein Paar und sagte:
Die kommen gerade davon. Und Gisi war vierzehn und
wußte sofort, wovon die kamen, als sie die Frau sah,
und spürte sofort, daß sie aussehen wollte wie diese
Frau, so gehen wollte wie die. Auch davon kommen
wollte sie. Ach ja, Herr Ortlieb, Gisi ist ein Genie.
Gottlieb starrte auf seine Ordner.

Dann fehlte also Julia. Gottlieb dachte: Es sind die Kinder, die dich zum Vater machen.

Gottlieb konnte nichts tun gegen die Vorstellung, Julia sei geflohen, weil sie alles, was in der Ortliebnacht hier geschehen war, miterlebt hatte.

Die seit Tagen sich ballende Schwüle hatte endlich einen Ausdruck in einer Serie von Gewittern gefunden. An solchen Wettertheatertagen saß Gottlieb und schaute zu. Natürlich mit schlechtem Gewissen. Anna war mit dem Pendel unterwegs. Sie sah Regentage voraus. Und bei Nässe konnte sie zu keiner Klarheit über Gitter und Strahlung gelangen.

Ein klingendes Gewitter war mit steil niederrauschendem Reguß beendet worden. Auf den fast samtigen Riesenblättern, die schon wieder trocken waren, lagen einzelne Regentropfen wie Diamantpatzen. Er sollte Anna einmal fragen, wie diese zwei Meter hohen Pflanzen heißen, die sie an Fenstern entlangwachsen läßt, um im Sommer einen grünen Vorhang zu haben. Aber wann würde er Anna wieder etwas fragen können?! Er schaute auf die gewaltigen Blätter, auf denen die großen Tropfen wie auf Etuisamt liegen. Gerade noch hatte der Donner kompakt geknallt und war dann über das Haus weg- und auseinandergebrochen.

Julia war nicht zum Essen gekommen.

Anna mußte mit Herrn Dumoulin in Lindau essen. Gottlieb hatte gekocht. Regina wußte nicht, wo Julia war. Sie hatte sie auch in der Pause nicht gesehen, aber das kam ja oft genug vor. Oberkläßler haben ihre ganz besonderen Wege.

Er und Regina aßen allein. Anna hätte sicher keinen Bissen zu sich genommen, bevor sie nicht gewußt hätte, wo Julia war. Anna wäre sofort nach Herdwangen gefahren. Aber er hatte ja kein Auto. Sollte er Judith Schatz anrufen? Oder die Reinholdtochter? Wenn Anna heimkam und Julia fehlte, und er saß in seinem Sessel! Aber was sollte er denn tun? Julia war schon ganze Nächte ausgeblieben und war dann zurückgekommen mit einer so frechen Stirn, daß man ihr nichts anhaben konnte. Er sowieso nicht.

Beim Mittagessen hatte Regina ihren Vater in Schrecken versetzt, und sobald sie sah, daß das gelungen war, hatte sie die Nachrichten, die sie gerade noch als auf das Schlimmste hinweisend gedeutet hatte, als reine Harmlosigkeiten dargestellt. Julia hat gestern in englischer Sprache telephoniert, aus ihrem Zimmer drang so ein komischer Geruch oder Duft, ihre Finger- und Fußnägel hat sie noch nie so grell angemalt wie gestern abend, diese schwarze Augenfassung heute, also wirklich wie noch nie, aber das haben jetzt alle Oberkläßlerinnen. Regina fieberte ein bißchen. Am Freitag wollte Julia ja auch nicht zum Mittagessen kommen. Da hätten sie nachmittags Turnen, deshalb komme sie nicht. Alle Auswärtigen machten das so. Dann war sie am Freitag doch gekommen, weil am Freitag nur Bubenturnen sei, für die Mädchen am Montag. Und heute war Montag. Sie hat zwar nichts mehr gesagt, heute. Und alle anderen auswärtigen Mädchen aus Julias Klasse seien im Bus gewesen. Susanne, Marion, Denise … Also ist heute doch kein Turnen. Also wo ist sie? Sie ist sicher mit Tobias Spalinger im

83

Mokkas, sagt Regina, mit dem geht sie ja zur Zeit... Den könnte er anrufen. Spalinger, jawohl, steht im Telephonbuch. Warum schafft er das bloß nicht? Anna hätte längst angerufen. Aber das ist sinnlos. Wenn sie bei dem ist, kommt sie wieder; wenn sie nicht bei dem ist, weiß der auch nicht, wo sie ist.

Ein drittes oder viertes Gewitter rauscht gerade aus. Ganz fern gurgelt noch ein Donner den Himmel entlang. Gottlieb streichelte Armin, der sich vor allen Explosionen fürchtet, also seit dem ersten Donner des Tages unter Gottliebs aufgestellten Beinen kauert. Annas Garten duftete zum offenen Fenster herein. Die vom Prasselregen heruntergeregneten Blüten. Ziemlich süß, dieser Duft. Liliendominanz. Oh Anna. Die Vögel, die beim Gewitter verstummen, haben ihre Stimmen wieder. Leisester Regen, Duft, fernster Donner, die Vögel grell, nah, spitz und wichtigtuerisch. So viele Gewitter an einem Nachmittag! Der Juni ist eben ein junger Monat, dachte Gottlieb und empfand nur noch sein Alter und hätte sich viel lieber nach Anna gesehnt als nach Gisi. Aber das gelang ihm nicht. Die Verbindung schien wirklich zerstört zu sein. Er stöhnte wie Armin beim Donner.

Er schaute immer öfter auf die Uhr. Gegen fünf Uhr fürchtete er, er könne jetzt nicht mehr von der Uhr wegschauen. Aber wie sollte er das aushalten, nichts tun, als dem Sekundenzeiger bei seinem lautlosen Rundumeilen zuzuschauen?! Dann läutete es. Endlich. Er rannte hinaus. Regina kam von oben. Es war aber Rudi W. Eitel. Nein, nein, nein. Die begabteste Schnodderschnauze der Region, ein Bärtchen, immer schwankend zwischen Dali und Wilhelm Zwo, der einzige geborene begnadete Hochstapler, den Gottlieb je kennengelernt hatte, der sollte-wollte doch eigentlich in Südkalifornien sein. Schaden-Maier, Eitels einziger Freund, falls Gottlieb nicht auch einer zu sein hatte, hatte Gottlieb neulich noch extra angerufen und genießerisch ausgeführt, Rudi W. imitiere jetzt ihn, Schaden-Maier, in Gottes eigenem Land, jawohl, 's Rudile habe ihm die neueste Visitenkarte geschickt, auf der stehe, er zitiere: Rudi W. Eitel Real Estate Appraiser. Nun hat Rudi W. Eitel schon viele Visitenkarten drucken lassen, und daß er in Amerika so wenig bleiben wird wie irgendwo sonst, das wußte man; Rudi W. Eitel konnte einfach nicht anwachsen; aber an diesem Montag, kurz vor halb sechs, hätte er nicht vor Zürns Haustür stehen sollen. Wirklich nicht, Rudi! What's the matter, sagte Rudi in rein schwäbischer Aussprache. Did I take you by surprise, Gottlieble? Laß dich herzen, Büble. Ich kann doch nicht durchs Land flitzen und dir kein Aale geben, Mensch, Kerle. Gottlieb stoppte Rudi. Er spürte plötzlich eine Kraft, die er sonst nicht hatte. Es war ihm zum ersten Mal gleichgültig, was der, den er so behandeln mußte, über ihn denken würde. Rudi, es geht nicht, Umstände, hier im Haus, zwingen mich ... Da fuhr Anna vor, bremste scharf, stieg aus, warf die Autotür zu, ging grußlos an Rudi und Gottlieb vorbei und verschwand mit einem Stöckelsolo sondergleichen im Haus. Oh je, sagte Rudi W. Eitel. I get the message. Arms Gottlieble, wenn du Sukkurs brauchst, zünd ein Signal, Schaden-Maier und ich eilen unverzüglich auf jeden Kriegsschauplatz und garantieren: instant relief. Bye, pal. Drehte sich und tänzelte, wie es seine Art war, davon. Er ging offenbar immer davon aus, daß man ihm nachschaute. Und er täuschte sich nicht. Bis Gottlieb ins Haus kam, war Anna schon informiert. Komm, sagte sie. Das war das erste Mal seit dem 3. Juni, daß sie ihn ansprach. Und sie sprach ihn an wie Gisi am Telephon. Aber es hieß wahrhaft etwas anderes. Schon daß sie ihn ansprach, signalisierte nichts als Katastrophe. Er setzte sich auf den Beifahrersitz, sie saß schon am Steuer, es ging nach Herdwangen. Sie fuhren vor wie die Polizei oder sprangen doch so aus dem Auto. Aber verlassener konnte nichts sein als dieses Bauernhaus. Dieses von den Jahrhunderten niedergedrückte Häuschen hatte Untergang geflaggt. Mit Blech und Plastik waren die gröbsten Risse und Löcher gedeckt. Der Makler Gottlieb dachte: Planierraupe. Anna saß schon wieder im Auto, hupte Gottlieb aus seiner Betrachtung, raste heimwärts. Zu Hause ging sie sofort in Julias Zimmer, durchsuchte alle Schubladen, schaute jedes Stück Papier an, legte gewisse Papiere auf einen Stoß, zum Mitnehmen. Regina und Gottlieb und Armin schauten von der Tür aus zu, wie Anna die Schubladen aufriß, Papiere schnellstens erfaßte und dahin oder dorthin legte. Als Anna die gelben Vorhänge zurückzog, um zu sehen, ob hinter ihnen etwas Aufschlußreiches zu finden sei, fiel Gottlieb ein, daß Julia noch vor einer Woche in einem Streit gesagt hatte, daß sie diese gelben Vorhänge hasse seit ihrem siebten Lebensjahr. Darauf Anna: Die wurden gekauft an dem Tag, an dem eure Großmutter starb. Darauf Julia schrill: Na und!

Gottlieb bewunderte wieder einmal diese Entrücktheit, die es Anna ermöglichte, so in den Heimlichkeiten eines Kindes zu wühlen. Annas Gerechtigkeitseinbildung. Anna, überlegitimiert wie immer. Muß wohl Mutterlizenz sein. Eine höhere Moralität, von der er nichts wußte. Aber vielleicht fehlte ihm das Interesse, die

Liebe, die Sorge. Plötzlich ein Aufschrei Annas, sie hatte einen Kondom in der Hand und schon wieder fallen gelassen, offenbar einen gebrauchten. Sie nahm die Papiere und rannte zwischen Regina und Gottlieb durch aus dem Zimmer. Regina folgte ihr hinunter. Gottlieb fühlte sich verpflichtet, das unangenehme Plastikding aus dem Haus hinauszuspülen. Drunten las Anna vor, was auf den erbeuteten Zetteln, Briefen und Karten stand. Gottlieb hörte zwar zu, dachte aber auch: was, wenn jetzt Julia hereinkommt!? Anna las ohne besondere Betonung, aber sie demonstrierte mit jedem Wort. Das las sie: *Liebe Julia, zur Zeit liegt bei mir unheimlich viel Hektik und Action an. Dein Brief hat mich mords gefreut. Nick haben sie an der belgischen Grenze hochgenommen. Mit ziemlich viel dope. Hoffentlich kriegt er nicht zu viele Jahre. Tschüs Bert. Liebe Julia, am Sonntag im H., ich ganz zittrig vor Erwartung, Rolf kam auch, hat bloß hergegrinst, ich geraucht wie ein Schlot, am Dienstag auch wieder nur gegrinst, bin wohl wieder mal reingefallen, ich lern's wohl nie, und vorher, als wir uns küßten, ich hab nämlich die Augen aufgemacht und er auch, ich wollte lachen, es blieb mir aber buchstäblich im Hals stecken, seine Augen waren so ... ich weiß nicht, wie ich es erklären soll, ganz tief konnte man hineinschauen, er war ganz ernst, ich war ja so happy, so geborgen hab ich mich gefühlt, aber als ich gehen mußte, hat er gesagt: Tschüs, machs gut, ich war ganz baff, und jetzt grinst er bloß noch. Ich bewundere Dich, daß Du das so leicht nehmen kannst, mit einem ins Bett und dann vergessen, aber sag einmal ehrlich, möchtest Du nicht auch einen, der Dich beschützt und lieb hat? Oder ist Dir Deine Freiheit so wichtig? Ich bitte Dich, rauch nicht so viele joints, schon gar nicht harte Sachen, und fang bloß nicht an zu spritzen, bitte, Juli, ich hab Dich echt lieb, S.* Regina kommentierte kühl: Daß sie hascht, ist ja klar. Immer zuerst in die Badewanne, dann ohne was an auf dem Bett, mit Platten und Hasch. Das hätten die Eltern doch jederzeit feststellen können, daß die Schwester hascht, die Kippen liegen ja jetzt noch überall rum. Als Regina weiterdiskutieren wollte, sagte Anna, jetzt müsse sie lesen. Und las weiter. Aus einem Schulheft. *Jeden Tag verlieb ich mich in ein neues hübsches Gesicht, nie ernsthaft, den einen Engel Udo gibt's nicht nochmal, klar. Der ist gestorben. Der Körper ist noch da, mit einem neuen Charakter, genau das Gegenteil von Udo. Witzig. Jeden Tag derselbe Scheiß, jeder Tag zum Kotzen. Inzwischen glaubt man schon nur noch manchmal an Gott. Bitte, laß M. klappen, bittebittebitte. Hier gehst du kaputt, wirst nichts als aggressiv. Möchte nur noch schöne Sachen lesen. Die Realität ist mir zu hart. Bert hat mir geschrieben, sehr lieb, weil er wissen will, ob er zärtlich sein darf und wie es sich mit mir und ihm und meinem Körper so verhalte. Lieber Bert, tut mir leid, daß du so fragen mußt ... aber das tut es ja gar nicht. Bert, ich liebe dich, Rolf liebe ich auch, Tobias auch, Andreas auch, ich liebe euch alle, aber jeden auf seine Weise, meine Weise, ich kann euch nicht soviel geben, wie ich möchte. Armin dich am allermeisten. Du verlangst nichts, kriegst aber am meisten. Ich verlang nichts und du gibst mir's trotzdem. Die Legende von Udo und Julia, einsam draußen auf dem Lande, Hunde, Katzen, Kinder, Glück, aber das hätte es kaputtgemacht: das Hanffeld hinterm Haus. Jetzt lernst du hier Grammatikregeln, die dich dermaßen ankotzen.*

Dein Ziel sind Rosen und Veilchen. Eltern und Politiker sind dagegen. Die ganze Gesellschaft. Bert macht einen zweiten Heiratsantrag, er will Frau, Kinder bzw. Bezugspunkte. Lehne vorsichtig ab. Waren in der UNTEREN SONNE. *Am Tag darauf: elend. Die Komplexe, jetzt fest verankert, unausrottbar. Weiß absolut nichts anderes als weg von hier. Und sei's mit Bert. Susanne beschrieb mir heute nochmals die Schlußszene in der* UNTEREN SONNE. *Jemand sagt ihr, sie soll schnell zu Julia kommen und ihr helfen, sie da rausholen, Susanne hin, sah mich, traut ihren Augen nicht, laut heulend ich, Hände ringend, lauter Kerle um mich rum, die mich von oben bis unten betasten, abknutschen, mich nicht mehr weglassen. Sie packt mich, reißt mich raus aus diesem Trance-Verzweiflungszustand. Tatsächlich weiß ich noch, wie ich mich wehrte, wenn sie mich anfaßten, irgendwann ging's nicht mehr. Die liebe Susanne fuhr mich heim. Immer mir muß so was passieren. Komme mir vor wie die allerdümmste Ziege, größte Nutte, dreckigste Sau, die hier rumläuft. Tobias ist bös. Rolf doof. Aber geholfen hat mir Susanne. Keiner ist, wie Udo war. Und nicht mehr ist. Er hat mich verramscht an Bert. Bert ist wenigstens gut. Wölfe, die merken, wo etwas wankt, und darüber herfallen und sich am Blut laben, keine Spur von Gefühl, vom Trieb rasend gemacht, zerfleischen sie einen bis zum Ende.*

Zwischen Anna und Gottlieb kam es zur Diskussion, dann zum Streit, aber nicht zum Krach. Wer hat in den letzten Monaten die Fehler gemacht! Wer war zu Julia mal so, dann wieder so! Wer hat immer nur nachgegeben! Wer hat sie durch Nichtzuhören, Nichtaufsieeingehen zum äußersten, nämlich zur Flucht getrieben! Wer hat zuerst nur Ja und dann nur Nein gesagt!

Regina hatte sich erst kurz vor Mitternacht ins Bett schicken lassen. Gottlieb war es recht, daß sie zuhörte. Sie sollte ruhig erfahren, wie wenig Eltern über ihre Kinder wissen, in welchen Unsicherheiten sie leben, was für schwankende Erscheinungen sie überhaupt sind. Und daß Regina in diesem Streit erlebte, wie eng Anna und Gottlieb verbunden waren, tat ihm geradezu gut. Es wurde überdeutlich, daß weder Anna noch er den Streit außer Kontrolle geraten lassen wollte. Keiner würde aus dem Zimmer rennen, Türen zuschlagen. Beide wußten, daß keiner es aushielte, jetzt allein in einem Zimmer zu sein. Diese Nacht würden sie zusammen verbringen, am Tisch auf der Terrasse, im Streit, aber unzertrennlich. Nein, es war kein Streit. Beide lieferten Julia-Momente, Aussprüche, Andeutungen. Beide deuteten, vermuteten, fürchteten. Er war gegen Annas totale Panik. Sie war gegen seine Leichtfertigkeit, Unempfindlichkeit. Sie rannte plötzlich hinaus, machte das Außenlicht an der Haustür an. Ihr fiel plötzlich ein, sie könne Udos Mutter anrufen. Die war doch Verkäuferin, wohnte also hier, wie hieß die bloß, er wußte es nicht. Anna fing an, ihr Gedächtnis zu reizen. Sie wußte nicht, ob sie den Namen überhaupt je gehört hatte. Aber wenn sie ihn gehört hatte, würde sie ihn finden. Sie ging halblaut das ABC durch, ließ jeden Buchstaben anklingen, ließ ihn suchen in ihrem Gedächtnisnetzwerk. Gottlieb schaute zu wie immer. Anna hat mit ihrer Methode bis jetzt noch jeden Namen herausgereizt. Sie spielte jeden Buchstaben gleich geduldig an. Und tatsächlich, bei P funktionierte es. P sagte sie P, P, P ... Sie ging nicht weiter zu Q, sagte noch einmal P, P ... Putz. Udo Putz. Natürlich. Und zum Telephon. Es war inzwischen zwei Uhr nachts, ihr egal. Frau Putz war nicht erfreut. Sie hat es satt, über ihren Sohn Auskunft zu geben, sie hat seit einem Jahr keinen Kontakt mehr mit ihm, der ist immerzu in Affären verwickelt, ihr Mann hat sich seinetwegen das Leben genommen, dieses ewige Borgen und Nichtzurückgeben, dann Hasch und so weiter, Schluß, aus, gute Nacht. Und hängte auf. Sie probierten den Trost aus: Julia ist nicht mit Udo fort, Udo ist ja, laut Tagebuch, nicht mehr interessiert an Julia, Julia ist fort mit Bert Diekmann, der ist gütig, schwach, schüchtern, Hirnquetschung, Beckenbruch, Leberriß. Unrasierte Null. Gottlieb mußte es Anna noch einmal hinreiben: hätte Anna Gottlieb die Tochter hinfahren lassen zu Diekmann, wäre die nachts um zwölf, spätestens um ein Uhr wieder dagewesen. Weil die Fessel zu eng war, hat sie sie gesprengt. Anna kann solche Vorhaltungen mit einem Blick vollkommenen Unverständnisses erwidern. Sie ist immer noch froh, daß sie das Schlimmste verhindert hat. Das Schlimmste wäre es doch, wenn die Eltern dem das Kind auch noch hintransportiert hätten. Gottlieb sieht das anders. Es wurde schon hell, als sie hinaufgingen in ihr gemeinsames Schlafzimmer. Wie selbstverständlich das jetzt war. Sie lagen nebeneinander und sprachen zur Decke. Das Wichtigste: dieser Diekmann ist etwas weniger schlimm als dieser Putz. Die wichtigste Frage: Was bedeutet *Bitte, laß M. klappen, bittebittebitte!* Gottlieb dachte: *M.* bedeutet München. Aber er wagte das nicht zu sagen, weil Anna dann glauben konnte, er wolle unter dem Vorwand, Julia in München zu suchen, zu Gisela Ortlieb fahren. Das wollte er auch. Nein, im Gegenteil! Wenn Julia wieder auftaucht, wird er Gisi vergessen, sofort und ganz und gar. Er schwört es. Es ist ein Gelübde. Ja, so etwas braucht man eben, wenn man in Not ist, mein Gott. Irgend etwas außer-über sich, dem man Vorschläge machen kann.

Das war auch ein Fehler, Anna, sagte er zur Decke hinauf, daß wir sie an ihrem Geburtstag fortgeschickt haben, abends, als sie nicht allein schlafen wollte und zu uns kam und unbedingt zu uns ins Bett wollte. An ihrem achtzehnten Geburtstag, sagte Anna aufstöhnend, an ihrem achtzehnten Geburtstag wollte sie zu uns ins Bett, ja! Gottlieb wollte sagen: Wohin denn sonst?! Gottlieb sagte: An ihrem siebzehnten Geburtstag hat sie sich aus allen Familien- und Verwandtenphotographien, auf denen sie drauf war, sorgfältig herausgerissen, weißt du noch? Anna sagte: Ja, ja, jaaa! Sie wolle nicht, daß mit solchen Bildern der Anschein erweckt werde, sie habe eine schöne Kindheit gehabt, hat sie gesagt, erinnerst du dich! Anna sagte: Ja.

Um sieben Uhr rief Anna Frau Schall an, die vor Jahren bei Zürns ausgeholfen hatte. Deren Tochter Marion war damals auch so plötzlich verschwunden. Anna wollte wissen, was Frau Schall unternommen hatte. Gottlieb war dagegen. Marion war, soviel er wußte, nie mehr aufgetaucht, also können Frau Schalls Maßnahmen nicht nachahmenswert sein. Aber Anna rief an und erfuhr, daß Frau Schall sofort hundert Marionphotos produzieren ließ, die sie selber in allen Nachtlokalen zwischen Schaffhausen und Ingolstadt verteilte. Marion war eben, sagte Frau Schall, nachtlokalsüchtig. Ihr Vater war Gitarrist in Nachtlokalbands. Als er sich scheiden ließ, hat sich Marion ein Übergewicht von dreißig Pfund angefressen und ist aggressiv geworden. Man brachte sie, wie sich Frau Schall, die Berlinerin, ausdrückte, zum Seelenklempner, der ließ sie die dreißig Pfund wieder weghungern. Die Aggressionen seien umfunktionierte Depressionen, die werde er schon noch auflösen. Aber Marion verschwand. Für immer. Die Mutter sagte: Es ist zwar traurig, aber wenn sie geblieben wäre, wäre sie, die Mutter, kaputtgegangen. Marion habe sie, die Mutter, vernichten wollen. Anna und Gottlieb prüften, was sie aus dem Fall Schall lernen könnten. Frau Schalls letzter Satz: Die Nächte am Telephon, oh je, da verdienen Sie sich Ihre grauen Haare. Nach acht Uhr riefen Anna und Gottlieb zuerst Rosa in Hamburg und Magda in Köln an, im Fall sich Julia, was kaum zu hoffen war, bei einer ihrer Schwestern melde. Rosa fand Julias Verschwinden nicht schlimm. Das habe sie auch öfter im Sinn gehabt in dem Alter. Magda sagte schmerzlich betroffen: Ach. Mehr sagte sie nicht. Dann rief man die Bekannten an, die man in größeren Städten hatte. Die Reaktionen und Ratschläge der Bekannten waren niederschmetternd. Das sei ein Befreiungsschlag, der verrate Kraft, Initiative, Unbeugsamkeit, nur keine Sorge, die beißt sich schon durch, das hätten wir doch auch tun sollen, das haben wir versäumt, man ist nur einmal achtzehn... Am originellsten war Geli, Annas Cousine in Zürich: Zürns sollten sofort noch einmal die Mutter von Udo Putz anrufen, bei diesem Gespräch sollten sie unauffällig verlauten lassen, daß bei Flerden in Graubünden die Berghütte des Mannes der Cousine von Julias Mutter leerstehe. Irgendwann rufe der Sohn Putz wieder an, die Mutter plappere die leere Berghütte weiter, das Pärchen fährt sofort dorthin, und schon hat man die zwei... Anna und Gottlieb bedankten sich bei ihren Freunden und Bekannten für die guten Ratschläge. Es war Mittag, bis sie das hinter sich hatten. Die einen erzählten hemmungslos ausführlich von dem Louis-seize-Tisch, der jetzt endlich den richtigen Platz im Haus gefunden habe, die anderen von dem Schneideratelier, das deren Tochter gerade in London, keine fünf Minuten vom Piccadilly Circus, aufgemacht habe, völlig aus eigener Initiative, und hat schon Kundschaft aus den besten Kreisen, wird in Magazinen gerühmt. Nichts bläht Leute so auf wie Erfolg. Und am widerlichsten fand Gottlieb jetzt die vom Erfolg ihrer Kinder aufgeblähten Eltern. Glückliche sollten das nicht auch noch sagen. Dann rief er den Vetter Xaver an und sprach, weil Xaver mit Kies unterwegs war, mit Agnes. Gottlieb spürte gleich, daß er in Wigratsweiler nicht Information suchte, sondern Trost. Die Wigratsweilerer Julia war einmal mit einem Motorradfahrer *durchgebrannt*, so nannte man das dort. Das Motorrad war kaputt, bevor die den Arlberg erreichten; die Durchgebrannten kehrten mit Bahn und Bus zurück. Daß Agnes ihm nichts Hilfreiches mitteilen konnte, wußte Gottlieb, aber er wußte auch, daß Agnes mitfühlen würde wie niemand sonst. Nur deswegen rief er an. Als er seinen Satz gesagt hatte, rief Agnes: Nein! Ihr Schmerz bettete den seinen ein. Gute Agnes.

Sobald ein Gespräch beendet war, drückte Gottlieb sofort auf die Gabel für das nächste. Er mußte verhindern, daß jetzt ein Anruf Gisis kam. Und allmählich war ihm Annas Panik nicht mehr so fremd. Bei ihm kam noch Wut dazu. Das würde er Julia heimzahlen. Diese Stunden kriegt sie zurück von ihm. Und den anderen Kindern will er es ausdrücklich danken, daß sie sich bis jetzt noch nie so aufgeführt haben wie diese Julia. Terror ist das. Nichts als Terror. Wenn sie jetzt zur Tür hereinkäme, wäre alles wie vorher. Oder noch besser. Aber wenn sie jetzt nicht gleich kommt, wenn sie einfach wegbleibt, ohne Rücksicht auf Angst und Bange ihrer Eltern, dann ... das kann doch nicht mehr gutgemacht werden. Das bleibt.

Sobald Anna in die Küche gegangen war, fiel ihm etwas ein: das Forstamt. Wo erreich ich den Waldarbeiter Udo Putz? Der arbeitet, soviel die dort wissen, jetzt in der Stadtgärtnerei. In der Stadtgärtnerei sagen sie: Müllumladestation Füllenweid. Gottlieb war froh, daß er etwas vorzuweisen hatte. Anna konnte ihn jetzt nicht loben, klar, aber die Nachricht, daß er nach der Mittagspause ein Gespräch mit Udo Putz haben werde, wird in Anna ein Stück Entfernungseis zum Schmelzen bringen. Gottlieb fuhr durch das offene Tor zu dem Häuschen, das zur Brückenwaage gehörte. Als er aus dem Auto stieg und Udo Putz hinter der Scheibe des Waaghäuschens sah, wußte er, daß es falsch war, mit dem Mercedes vorzufahren. Ja, wenn er auf den zugehen könnte und sagen: Sie haben sich eine Zeit lang an meiner Tochter bedient, als Sie sie satt hatten, haben Sie sie für irgendeinen Preis, den Sie nicht versteuern werden, an Herrn Diekmann abgegeben, Sie haben sich schuldig gemacht, Herr Putz, jetzt sagen Sie sofort, wo Diekmann Julia hintransportiert hat, oder ich schlage Sie zusammen, oder ich sorge durch meine politischen Verbindungen dafür, daß Sie diesen sanften Job im Waaghäuschen verlieren und weit und breit keinen anderen finden! So müßte man, wenn man aus einem Mercedes aussteigt, mit so einem Kerl sprechen. Aber Gottlieb spürte, je näher er dem Kerl und dem Fenster kam, daß er unfähig war, aufzutreten, wie er auftreten sollte UND wollte. Mein Gott, ewig diese dahinschleichende Rücksicht und nicht verletzen wollende Freundlichkeit. Er hatte es satt, der zu sein, der er zu sein hatte. Geh hin und lang dem eine oder mach ihn politisch fertig mit erlogenen Drohungen! Tu was, Mensch! Für Julia! Endlich! Fehlt nur noch, daß du dir zurufst: sei ein Mann. Aber genau das solltest du sein. Immer an diesem Punkt fiel ihm Schaden-Maiers und Rudi W. Eitels Ausdruck ein: Gottlieb, das Kind. Udo Putz kam aus dem Häuschen heraus. Ein Riese. Du und dem eine langen! Julia hatte den ein paarmal mit ins Haus gebracht, aber nicht in die Familie. Ein Riese also, eine blonde Kräuselhaarwildnis, vorsichtig freundlicher Blick, schüchternes Lächeln, und reicht die Hand und sagt: Tach, Herr Doktor Zürn, schön, Sie mal hier zu sehen, was kann ich für Sie tun. Der kannte ihn also. Wie liebenswürdig der war. Also, den nicht anbrüllen zu können, mußte man sich nicht vorwerfen. Das war der, von dem Julia einmal abends am Tisch gesagt hatte: Udo sitzt jetzt im Dunkel. Sie haben ihm den Strom abgestellt. Er hat die Rechnung nicht bezahlt. Ja, weil der Förster vom Markgrafen das Akkordholz nicht abnimmt. Gottlieb meinte, dieser Blondkopf müsse leuchten, auch im Dunkeln. Julia hatte nicht gesagt, Udo sitze im Dunkeln, sondern im Dunkel. Gottlieb brachte seine Sache vor, traurig gestimmt, um Hilfe bittend. Ach, das tut mir leid, sagte Udo. Er wohne nicht mehr draußen bei Bert. Seit er diese Arbeit hier habe, wohne er wieder in der Nähe. Ja, wo könne Bert bloß sein? Bert ist ja ein Traumtänzer. Wartet ewig auf seine Dreißigtausend Schmerzensgeld, schwärmt von

96

der Karibik, haut auch schon mal ab nach Ibiza, also er, Udo, könnte so nicht leben, er braucht seine Arbeit, weil er sein Geld braucht, sein Sicheres, Borgen hat er satt, ja, wo könnte dieser Traumtänzer bloß sein? Die arme Julia. Andererseits, Julia läßt sich kein X für ein U vormachen, das weiß er aus eigener Erfahrung. Gottlieb wendet ein, daß sie aber doch mit einem vierzehn Jahre älteren Mann abgehauen sei! Udo findet das nicht so schlimm. Ehrlich gesagt, er habe sich mit Bert verkracht. Wenn er als Photograph arbeiten könnte, kriegte er alles wieder in die Reihe. Vielleicht wären er und Julia noch zusammen, wenn er seinen Job in der Repro-Anstalt hätte behalten können. Seitdem weiß er, daß er nicht werden wird, was er werden wollte; seitdem verkracht er sich mit allen; so eben auch mit Bert, den er ja mag, auch wenn Bert der reine Spinner ist; der wird nie die Kurve kriegen; irgendwie ja beneidenswert; er, Udo, hocke jetzt hier und drücke auf die Knöpfe, wenn die Anlieferer kämen, na ja. Also, sagte Gottlieb und kam sich fast zu zielstrebig vor, Sie haben keine Idee, wo Herr Diekmann sein könnte. Der hat ja kein Geld, sagte Udo und sah seherisch zur nächsten Waldwand hin, also, wo kann einer hin ohne Geld? Gottlieb sah förmlich, wie sich in Udos ganz offenem Gesicht die Gedanken ausdrückten, bevor er sie aussprechen konnte. Norne Marga, natürlich, wenn er nicht mehr weiter wußte, rief er die Norne Marga an, seine Tante in München, natürlich, die Tante in der Nornenstraße.

Gottlieb: Marga wie? Weiß er nicht, die hieß immer nur Norne Marga, darum weiß er auch die Straße noch. Gottlieb bedankte sich mit langdauerndem Händedruck, war aber in Eile.

Anna sagte: Du mußt hinfahren, nach München. Er war froh, daß sie das Wort München ohne Zögern und Schwanken aussprechen konnte. Sie dachte überhaupt nicht mehr an Gisela Ortlieb.

Giselas Anrufe kamen zu jeder Tageszeit; heute, zum Glück, erst am späten Nachmittag. Wie fremd ihm jetzt ihre Stimme war, wie unangenehm ihr andrängender Ton. Aus einer anderen Welt. Er konnte überhaupt nicht reagieren, nichts sagen, keinem ihrer eindringlichen Töne ein Echo sein. Er wartete nur darauf, ihr mitteilen zu können, daß er familiärer Umstände wegen einfach nicht mehr mitmachen könne, adieu. Aber sie ließ ihn vorerst gar nicht zu Wort kommen, sie hatte etwas mit-zuteilen. Und da er nichts sagen konnte, glaubte sie na-türlich, sie rede an den hin, der sich, wie sie gemerkt haben mochte, in ihrem das Innerste wie das Äußerste massierenden Redestrom aalte. Und diesmal floß es ihr wie noch nie. Sie hatte allen Anlaß für eine alles mobili-sierende Rede. Sie hat, wonach sie immer schon trach-tete, eine Frau aufgetan. Aufgetan, sagte sie in ihrer nichts beschönigenden Redeweise. Diese Frau, zwei-undvierzig, will mit ihr und einem Mann eine Nacht verbringen. Der Mann bist du, sagte sie tieftönig, fast nur noch summend, weit ausschwingend. Und dann entwarf sie schnell einen Schauplatz und eine Handlung: Annette Mittenzwei, im Haus gegenüber, Schluß mit dem sym-bolischen Gedöns, jetzt kommt Sache, eventually, Mensch, nothing ever happens, das steht ihr jetzt bis hier, also, jetzt weiß er Bescheid, daß er 'n Mund nicht aufbringt jetzt, ist ihr klar, so ist es, when dreams come true, er braucht ja auch gar nichts zu sagen, Datum ge-nügt, den Rest besorgt sie, es liegt ihr an so was nämlich

soviel wie ihm, sie wollte nämlich auch immer schon mal
'ne Frau dabei haben, daß sie dem Mann gegenüber nicht
einsam wäre, na Junge, jetzt hab dich nicht so, sag: ich
komme, sonst holt sie sich nämlich sonst wen zum Trio,
aber es täte ihr leid, sehr, sehr, sehr leid, du. Gottlieb
hatte nur darauf gewartet, ihr sagen zu können, daß familiäre Umstände alles Weitere verhinderten, aber jetzt, als
sie ihm Sprechzeit ließ, konnte er das nicht sagen. Er
fühlte sich ihr verpflichtet. Sie hat das organisiert, ohne
mit ihm je darüber gesprochen zu haben. Können Be-
dürfnisse genauer aufeinander passen? Aber kann es
einen ungünstigeren Augenblick geben für ihre Verwirk-
lichung? Ist es für den Gesamtzustand nicht auch be-
zeichnend, daß das Erwünschteste genau in dem Augenblick auftritt, in dem man es nichts als abweisen kann?
Aber er brachte es nicht über sich, Gisela zu sagen, wie
wenig er jetzt mit ihrem Angebot anfangen könne. Er
sagte nur, er fahre morgen früh nach München. Er sei
wahrscheinlich ein paar Tage dort und werde sie sicher
gelegentlich anrufen. Er gab ihr sogar noch, um jede Art
abweisenden Eindrucks zu vermeiden, seine Hotel-
adresse an. Daß er sie jetzt auch noch durch Schroffheit
beleidigte, hatte sie nicht verdient. Sie am wenigsten, mein
Gott. Nach so vielen folgenlos in sich selbst zurückgesun-
kenen Jahren, nach Jahrzehnten, in denen die Kindheits-
oder Jugenderwartung, daß demnächst das Schönste in
voller Schärfe wirklich passieren werde, zur Hierogly-
phe geschrumpft war. Nach den allzu erfolgreichen
Selbsteinschränkungs- und Wunschvernichtungsübun-
gen des Erwachsenen kommt eine und sagt: alles kommt
gleich – und die sollte er auch noch vor den Kopf stoßen?
Bitte nicht. Es ist klar, daß jetzt alles, was sie verheißt,

weiterhin Irrlicht und so weiter bleibt, aber die, die es an deiner Biographie wenigstens in scheinbarer Berührungsnähe vorbeiführt, ist ehrbar und liebenswürdig, ihr ist erotische Genialität eigen, also bewundere sie.

Oh ja, gleich beim Bahnhof, kenn ich, sagte sie. Er wußte, er würde sie nicht anrufen. Und wenn sie hier anriefe, solang er unterwegs war, würde Anna sehen, daß es zwischen ihm und Gisela keine Verbindung mehr gebe. Von Anna verabschiedete er sich in voller Einmütigkeit. Er küßte sie, wenn auch nur auf die Stirn. Aber er zog sie auch an sich. Das war genau das, was jetzt möglich war. Aber es war auch der Ausdruck dafür, daß zwischen ihnen nichts Trennendes mehr übriggeblieben war. Der Julia-Ausbruch hatte das Trennende verflüchtigt. Was sie gegeneinander gehabt hatten, war nicht der Rede wert. Also, Anna, bis bald. Und ich bring sie, das ist ganz sicher. Verlaß dich drauf, bitte. Anna konnte ihrem Gesicht nicht beibringen, sie glaube ihm, was er versprach. Aber er konnte nichts anderes sagen. Sie verabschiedeten sich voneinander als ein Ehepaar, das eine Niederlage ohnegleichen erlitten hat. Sie verabschiedeten sich, was auch immer sie sagten, stumm und nichts als traurig; man kann schon sagen: geschlagen.

6

Der Portier gab ihm den Zimmerschlüssel, sagte aber dazu, das Zimmer sei vielleicht noch nicht gerichtet. Man sollte nicht in ein Hotelzimmer gehen, das noch nicht gerichtet ist. Hier war offenbar eine Lebensmittelmesse gewesen, und einer, der damit zu tun gehabt hatte, hatte das Zimmer bewohnt und verwüstet. Gewürzgläser, Verpackungsmaterial, Werbepapier, Plastikbeutel, halb ausgelaufen, ein furchtbar zerknülltes Bett. Unmöglich, dieses Zimmer je wieder bewohnbar zu machen. Die Luft! Als werde einem die Nase in einen Aschenbecher voller Kippen gepreßt. Im Zimmer nebenan arbeitete das Mädchen mit dem Staubsauger. Jetzt verstand er, warum sie nicht aufgeschaut hatte, als er grüßend an der offenen Tür vorbeigegangen war. Das Gesicht, mit dem sie ihre Arbeit verfolgte, hatte ihn an einen Berufsboxer erinnert, der am Verlieren ist. Das verstand er jetzt. Jeden Tag solche Schmutzwüsteneien in makellos freundliche Zimmer zu verwandeln, das mußte mehr Kraft kosten, als man haben kann. Er ging in die Stadt, Richtung Nymphenburg. Es gab offenbar nur noch Waren. Wenn man nicht imstande war, in eine Kirche zu gehen, blieb nur dieser schreckliche Basar. Er wußte, daß er ganz sicher nichts kaufen werde. Er brauchte nichts, wollte nichts. Wenn man nichts braucht und nichts will, bewirkt dieses Warengeschrei Ekelempfindungen. Nur an Fenstern mit Orientteppichen konnte er stehenbleiben. Das waren die einzigen Waren, die er gern anschaute, auch wenn er sie nicht kaufen wollte. Er erinnerte sich an den Keshan, den er in Stuttgart gekauft hatte. Was war er für ein

Mensch gewesen, damals. Fremder als diese Kauflust von damals konnte einem nichts sein. Julia, dachte er. Er ging nach Plan bis in die Nornenstraße. Es gab eine winzige Kneipe, die machte aber erst um fünf auf. Aber da Julia sich vielleicht in diesem Viertel aufhielt, war für ihn hier alles interessant. Das Kopfsteinpflaster, die Bäume, die Leute. Punkt fünf war er in der Kneipe und war erstaunt, wie offen er dieser Wirtin sagen konnte, warum er hier sei. Mit dieser Frau konnte man reden. Und natürlich wußte sie, welche Alleinlebende mit dem Vornamen Marga hieß. Sie hat vor acht Jahren ihren Mann verloren, sagte die Wirtin. Wie lange hatte er diese Ausdrucksweise nicht mehr gehört. Das klang mehr nach Fundbüro als nach Friedhof. Er trank aus, dankte und ging direkt zu Frau Marga Traub. Er war, als sie ihm öffnete und ihn eher böse als neugierig anschaute, um einiges aufgeregter, als er es bei der Wirtin gewesen war. Er sagte in festestem Ton: Es geht um Ihren Neffen Bert ... Sie sagte in seine Rede hinein: Oh je! Aber der Neffe war nicht da, hatte sich nicht gemeldet. Ja, Freunde habe er schon in München. Sehr gute sogar. Die haben eine Möbelfirma, draußen in Obermenzing. Also wenn ihr Neffe nach München komme, komme er immer zuerst zu ihr, halte es aber nicht lange aus, weil er natürlich bei seinen Freunden in Obermenzing eine ganz andere Freud habe als bei einer alten Tante. Er habe in dieser Firma auch schon gearbeitet. Aber nicht lang. Lange halte es ihr Neffe eben nirgends aus. Die Adresse gab sie Gottlieb gern. Er spürte jetzt, daß sie ihn bedauerte. Er dürfe sie jederzeit anrufen, um zu erfahren, ob der Neffe sich gemeldet habe. Der Lauser, sagte sie. Im Blumenladen im Hauptbahnhof gab er einen simpel bombastischen Strauß für

Frau Traub in Auftrag. Als er vor dem Haus in Obermenzing stand, wußte er, daß er an der richtigen Adresse
war. Eine abbruchreife Altvilla. Um das Haus herum
eine Sperrmüllhalde. Junge Leute, die klopften, sägten,
bürsteten und schraubten. Sie machten Weggeworfenes
wieder brauchbar. Als Gottlieb durch das offene Gartentor ging, kam einer von denen sofort auf ihn zu. Es
war deutlich, daß Gottlieb rechtzeitig gestoppt werden
sollte. Ein Überblonder, Braungebrannter, Abenteuer-
licher: ehemals schwarzes Turnhemd, Militärhose in
Tarnfarben, um den Hals ein zwei oder drei Zentimeter
breites, dickes Lederband. Um das rechte Handgelenk
ein fünf Zentimeter breites dickes Lederband, das
rundum bewehrt ist mit gewaltigen, aber spitz zulaufen-
den Stahlstiften. Er ist so muskulös, daß selbst seine auf-
fällige Ausstattung noch eher untertreibend wirkt. Das
wahrhaft Schmerzende an seiner Erscheinung und deren
absolute Krönung war aber die riesige schwarze Sicherheitsnadel, die der Mordskerl sich durchs Ohr gestoßen
hatte.

Irgendein Instinkt sagte Gottlieb, daß er besser nicht
gleich nach Julia frage. Er sagte, er müsse sich vorüberge-
hend einrichten hier in München, drüben in der Bergson-
straße, ob er sich bei ihnen das Nötigste holen könne: ein
Bett, einen Schrank, zwei Stühle, einen Tisch. Sie hatten,
zum Glück, nichts Repariertes da, alles Fertige komme
sofort auf den Flohmarkt an der Dachauer Straße. Aber,
sagte der wie ein Kaufhausabteilungsleiter, nur viel langsamer und über seinen Satz selber grinsend, es komme ja
täglich Neues herein. Gottlieb sagte, so eilig habe er es
nicht, er wohne noch im Hotel und werde in den näch-

sten Tagen öfter einmal vorbeikommen. Als er diese historisch wirkende Gruppe verlassen hatte, bereute er die Täuschung, die er inszeniert hatte. Aber vielleicht wirkten die nur so friedlich wie auf einem Stimmungsbild des 19. Jahrhunderts, und in Wirklichkeit waren sie Händler des Schlimmsten. Und wenn Bert käme und sie warnten ihn, dann verschwand der irgendwohin, wo Gottlieb nicht mehr hinfände. Keine Sentimentalität, bitte. Julia ist wichtiger als diese komischen Heiligen. Sein Zimmer war jetzt zwar makellos, sogar die Luft hatte sich erholt, aber der Ekel, den der Eindruck vorher produziert hatte, war nicht ganz aufzulösen. Er saß auf der Kante eines Stuhls und rief Anna an, um ihr Bericht zu erstatten. Sie hatte inzwischen mit der Polizei verhandelt. Wenn man eine Suchanzeige mache, werde Julias Bild in eine Suchkartei aufgenommen und über Bildfunk im ganzen Bundesgebiet verbreitet. Das habe sie noch nicht über sich gebracht. Gottlieb gab ihr recht. Auch sei er sicher, daß Diekmann sich sehr bald bei seiner Tante melden werde, da er ja Geld brauche. Sie verabschiedeten sich in dem Ton, in dem Unglückliche miteinander verkehren; das klang, als seien beide sehr müde. Gottlieb legte sich dann angezogen aufs Bett. Die Bettwäsche ist doch auf jeden Fall frisch. Als das Telephon läutete und Gisela sich meldete, gestand er sich und ihr geradezu hemmungslos, daß er auf diesen Anruf gewartet habe. Aber was zerstörte er durch dieses hilflose Geständnis! Die ganze durch das Juliaproblem entstandene Distanz war mit EINEM Satz weg. Gisela gurrte und gurgelte ihre tiefsten Töne. Daß er in München sei, rege sie ungeheuer an. In einer halben Stunde sei sie im Hotel, um ihn abzuholen. Sie lachte hell auf, als sie dann im Foyer auf ihn zukam. Auf ihn zukam wieder im T-Shirt mit dem mehrfarbigen, von ihren Brüsten verformten Würfel. Sie schwankte. Sie hatte keine Sandalen an, sondern Schuhe mit höheren Absätzen. Ihr Rock schien noch enger zu sein. Sie mußte die Schritte voreinander setzen. Mein Gott, hatte nicht sein Vetter Xaver einmal bei einer Hochzeit oder bei einer Beerdigung von einer Frau erzählt, die er im Auftrag seines Chefs in Lindau abgeholt hatte? Die war aus München gekommen. Hatte kaum gehen können vor lauter Schwanken. Sie war mit einem Professor gekommen. Sie hatte Gisi geheißen. Man weiß einfach nichts. Frag sie! Ja, aber doch nicht jetzt! Gisi umarmte ihn, küßte ihn, wahrscheinlich schauten jetzt alle in der Hotelhalle her, alle wollten sehen, wie der Mehralsfünfzigjährige mit dem lauten Andrang eines so eindeutigen Mädchens fertig wird. Als sie auf die Tür zugingen, trat ihnen plötzlich ein junger Mann in den Weg, brachte seinen Zeigefinger direkt vor Gisis Brust zum Stehen und rief: Is it Sol LeWitt's Cube? Gisi lachte laut, schob den Zeigefinger samt Mann beiseite und sagte zu Gottlieb, sie könne sich mit ihren selbstbemalten Hemden bald nicht mehr blicken lassen in der Innenstadt. Das sei jetzt schon der dritte Ami, der sie so anrede. Also, Annette ist verständigt, habe gesagt, sie freue sich. Annette sei ja eine ganz Feine, die gebe von sich nur so viel preis, wie durch ein Nadelöhr gehe. Auf jeden Fall habe Gisi neulich aus Annette rausgekriegt, daß die seit elf Monaten keinen Mann mehr gehabt hatte. Gisi habe Annette versprochen, ihr einen zu verschaffen. Gisi sprach, als handle es sich um einen Gebrauchsartikel. Kennen gelernt habe sie Annette im *Birnbaum*. Annette sitze jeden Abend an der Theke und rede mit sich selber. Das sei Gisi auf die Nerven gegan-

gen. Sie habe sich neben Annette gesetzt und zu ihr gesagt: Schwester, da kannst du genausogut mit mir reden.
Annette sei ein Superding, faszinierend wie Lack. Sie,
Gisela, sei ziemlich scharf auf Annette, also Gottlieb
müsse sich schon anstrengen, wenn er was haben wolle
von dem Dreier. Gottlieb deutete auf den Taxifahrer.
Ihn peinigten Giselas Ausdrucksweise, Lautstärke und
Stimmung. Daß der Taxifahrer alles hörte, machte ihr
offenbar überhaupt nichts aus. Da man gerade über die
Isar fuhr, rief er energisch: Ah, die Isar! Aber Gisela,
noch viel lauter und greller: Jetzt schnall endlich den
Spießer ab, Mensch. Der Junge ist in Ordnung. Wenn du
dem 'n Wink gibst, läßt der die Karre stehn und steigt
groß ein, stimmt's? Der Fahrer antwortete geradezu genußvoll bairisch: Jo, a Sauerei, des wor scho was. Gisela
rief, auch in diesem Ton: Do siagst as. Aber, sagte sie, wir
nehmen nicht jeden. Sie ließ halten, Gottlieb zahlte, sie
öffnete die Tür eines alten Mietshauses und stieg mit ihm
die knarrenden und ächzenden Treppen hinauf in den
fünften Stock. Bis zum vierten Stock gingen sie dicht
hinter einem Schwarzen her, der von einem Mädchen
nach oben geführt wurde. Vor lauter Kraft oder Über-
mut mußte der jede Stufe anders ersteigen, ganz manie-
riert sozusagen oder tänzerisch. Von dem Mädchen sah
Gottlieb nichts, weil der ungeheuer pralle Hintern des
verspielten Schwarzen Stufe für Stufe vor ihnen anstieg
und sich dabei andauernd auf das Ungeheuerlichste ver-
schob. Gottlieb atmete auf, als dieser einschüchternde
Vorgänger im vierten Stock abbog. Er hatte gefürchtet,
Gisi lade dieses Paar auch noch zu ihrer Veranstaltung.
Sie hatte unten geläutet, Annette Mittenzwei stand schon
unter der offenen Tür und lächelte mit geschlossenen

Lippen und Augen. Als sie die Hände herstreckte, öffnete sie die Augen. Irgend etwas in ihrem Blick tat Gottlieb weh. Aber wie vorsichtig sie lächelte. Wie vorsichtig sie die Hände herstreckte, eine zu Gottlieb, eine zu Gisela. Und wie sie angezogen war. Wie ein weiblicher Kolonialoffizier, dachte Gottlieb. Beige Hose, beiges Hemd, Schulterklappen, zuknöpfbare Brusttaschen. Eine lange goldene Kette um den Hals, die vielleicht zu einem Kleid besser gepaßt hätte als zu Hemd und Hosen. Andererseits sieht die Kette aus wie eine sehr zarte Schlange, das paßt zum Kolonialoffiziershaften.

Die Wohnung war auch eine Überraschung. Offenbar war Annette eine Art Schlamperin. Außer einem vollkommen abgeräumten Doppelbett war jeder Stuhl, jeder Tisch, jeder Vorsprung, jede Fensterbank überfüllt mit Zeug. Geschirr, Wäsche, Papier, Kosmetikkram, überhaupt Kram, Farbtuben, Pinsel, Töpfchen und Töpfe, Kreiden, Stifte, Staffeleien, Leinwände, gerollte und aufgespannte. Wahrscheinlich war das Bett bis zu Giselas Anruf genauso überlagert gewesen, dann hatte Annette einfach alles zum übrigen geworfen. Gisela sagte: Wir haben Durst und heiß ist uns auch. Sie griff an ihren winzigen Jeansrock. Die *Bewegung 3. Juni* meldete sich in ihm. Hinten in der Mitte hat dieser Jeansrock noch einen Schlitz, der durch ein kleines Lederdreieck gerade noch gestoppt wird. Sie stieg aus dem Rock, streifte das wenige Sonstige ab und ging mit wiegenden oder schwingenden oder unternehmungslustig aussehenden Schritten zum Kühlschrank. Hoffentlich hast du nicht alles schon weggetrunken, was ich bei dir deponiert habe, rief sie. Aber Gisela, bitte! sagte Annette mit ihrer ziemlich hohen Stimme. Offenbar war sie nicht fähig, in Giselas unflätig lockerer Art zu antworten. Ihre Antwort war pedantisch, ganz unmusikalisch. In dem allgemeinen Unrat griff sie drei Gläser, dachte nicht daran, sie zu spülen, wischte, was drauflag, von einem Stuhl und stellte die Gläser vorsichtig nebeneinander, korrigierte noch zweimal die Abstände zwischen den Gläsern, bis die Abstände vollkommen gleich waren. Gottlieb mußte an die Bilder denken, die herumstanden und -hingen. Auf allen Bildern herrschten geradezu peinliche Symmetrien. Das meiste schien gemalt zu sein, nur zur Demonstration von Symmetrien. Auch wo Naturhaftes vorkam, Bäume, Blumen, sogar Berge, alles bis zur Groteske symmetrisch. Es sah fast aus, als handle es sich um Spiegelbilder. Es gab nur Hälften, die in den Spiegel schauten. Immer lief durch die Mitte ein weißer Strich. Manchmal lief die Symmetrie-Achse quer durch das Bild, manchmal senkrecht, aber in jedem Bild, das fertig aussah, erschien sie. Manchmal war sie nur ein winziger weißer Spalt, manchmal ein so breitweißer Streifen, daß die zwei Hälften bis zur Beziehungslosigkeit auseinanderklafften. Andererseits gerieten dann die so durch Weiß getrennten Hälften fast ins Schweben. Das um so eher, als nichts Gemaltes bis an den Rand reichte. Alles hörte vorher im Weißen auf. Gisela langte ins Durcheinander und hatte einen Korkenzieher in der Hand. Gottlieb dachte, sie werde Flasche und Korkenzieher ihm geben, aber sie tippte mit der Korkenzieherspitze zweimal an ihre Schläfe, dann besorgte sie das Korkenziehen genußvoll selber und schenkte ein. Willkommen, sagte Annette mit ihrer vorsichtigen hohen Stimme. Sie saßen jetzt zu dritt auf dem Bett. Gottlieb am Fußende, Gisela in der Bettmitte, Annette auf der Seite. Ganz schön heiß, deine Bude, sagte Gisela. Das Fenster war zwar offen, aber von frischer Luft war nichts zu spüren. Annette sah, wie Gottlieb im Raum herumschaute. Ich wohne eigentlich schon nicht mehr hier, sagte sie. Gottlieb versuchte mit einer Hand- und Kopfbewegung auszudrücken, daß sie von ihm aus ruhig hier wohnen könne. Andererseits war er auch dankbar und fand es beruhigend, daß sie es für nötig hielt, den Zustand dieser Wohnung zu kommentieren. Er versuchte auch, mit geschlossenen Lippen zu lächeln. Und seine Augen sollten ausdrücken, was er für Annette empfand. Eine geradezu irrsinnige Zuneigung. Aber wirklich. Diese Annette war so fein, die war doch zerbrechlich fein. Die konnte man gar nicht anschauen. Ihre Augen entgleisten sofort. Und der Mund kenterte. Und ihre Stimme stieß dauernd oben an. Aber wenn man von ihr wegschaute, sah man eines ihrer Bilder mit diesen peinlichen Symmetrien. Fast alles in Gelbbraunrot. Eine Farböde. Ihre beige Uniform, die goldene Kette. Das angreiferischste Bild hatte sie genau in der Größe des Fernsehapparats gemalt und auf den Bildschirm draufgeklebt. Es war ein Selbstbildnis, durchzogen von diesem winzigen weißen Spalt, der oben in den Haaren wie ein Scheitel begann, dann die Stirne spaltete, auf dem Nasenrücken nach unten lief und dann noch den geschlossenen Mund und das Kinn und den Hals halbierte. Aber die goldene Schlangenleibkette, die sie auch auf ihrem Selbstporträt trug, war nicht gespalten, die führte über den weißen Spalt hinweg. Gottlieb war froh, daß Annette den Einfall gehabt hatte, sich mit geschlossenen Augen zu malen. Offenbar war ihr der eigene Augenausdruck auch nicht ganz geheuer. Sie schielte nicht, aber sie hatte einen so furchtbar engen Blick, daß man jedes Schielen vorgezogen hätte. Diese Augen hatten die Tendenz, EIN Auge zu werden. Zum Glück war es im Zimmer jetzt schon dämmrig; hoffentlich verlangte Gisela nicht, daß das Licht angemacht werde. Von der Decke hing eine alte Lampe mit drei ausschwingenden Messingarmen, an denen drei blumenblätterhafte rötliche Schirme. Neben der Lampe hing von der Decke, an Messingketten, eine schwer aussehende steinerne Schale, aus der streckte ein Kaktus an langen Armen rot lodernde Blüten. Drei Kaktusarme mit drei rot lodernden Blüten.

Gottlieb hielt sich bei allem Problematischen oder Befremdenden auf; er wollte nicht so schnurstracks hingerissen sein, wie er gewesen wäre, wenn er sich jetzt einfach Giselas Regie überlassen hätte. Gisela saß nackt im Lotussitz in der Bettmitte und hielt das Glas mit zwei Fingern und grinste. Ihr mögt euch sicher, sagte sie und grinste noch breiter. Bloß nicht kompliziert, sagte sie. Kompliziert könnt ihr sonstwo sein, aber nicht hier, nicht solange ich dabei bin, klaro?! Annette wohnt ja sonst in der Kraepelinstraße 10, aber zum Glück wohnt sie auch noch hier, vielleicht sogar bald wieder ganz hier, Nettchen, ja?! Annette lächelte bittersüß, hob das Glas und trank. Gisela befahl Gottlieb und Annette, sich jetzt auszuziehen. Sie friere, solange die angezogen und wie Ölgötzen herumsäßen. Das Genie, dachte Gottlieb. Stimmt, Herr Ortlieb, deine Frau ist ein Genie, ihr ist erotische Genialität eigen. Gottlieb konnte sich unter Giselas sorgloser Zurede ohne Peinlichkeit ausziehen. Er parodierte Folgsamkeit. Die Kleider irgendwo ordentlich unterzubringen, wagte er nicht. Es hätte einfach nicht gepaßt. Da der Boden schon übersät war mit Kram, lagen seine Kleider ja gar nicht auf dem Boden. Annette zog sich aus, als wisse sie es gar nicht. Gisela befahl Gottlieb und Annette zu sich. Jetzt legt euch mal so auf eure Bäuche, daß wir mit unseren Mündern, aus drei verschiedenen Richtungen kommend, zusammenstoßen. Noch einmal wurden die Gläser gefüllt und ausgetrunken und weggestellt. So, jetzt gebt mir endlich eure Mäuler, ihr zwei Stillen. Gottlieb folgte. Gisi war in allem so sicher. Auch das Treffen der drei Münder, das er sich vorher überhaupt nicht hatte vorstellen können, klappte überraschend gut. Es entstand ein einziger, wunderbar großer Mundraum, der von sechs Lippen und drei Zungen in eine stürmische Bewegung versetzt wurde. Die Zungen gingen sowohl wild als auch richtig miteinander um. Eine Saugkraft entstand, die in drei Richtungen wirkte. Saugleistung, dachte Gottlieb, oh Anna. Offenbar wollte sich jeder Einzelmund die beiden anderen einverleiben. Aber die wollten das doch auch. Also eine liebenswürdigere Art des Kampfes hatte Gottlieb noch nicht erfahren. Natürlich war Gisis Zunge die stärkste. Und die sechs Hände waren ja auch schon unterwegs und fanden genug, was ihnen entgegenkam. Gottlieb auf jeden Fall wußte gar nicht, wo er zuerst hinsollte mit seinen zwei Händen. Auch waren die drei nicht stumm. Wörter fielen allerdings nicht. Ein bißchen konnte einen dieser Umgang miteinander an das Balgen junger Hunde erinnern. Es war natürlich Gisela, die wieder das Wort ergriff: Sometimes something happens. Hör auf, bitte, schrie Annette schrill. Gottlieb erschrak. Ich hab noch gar nicht angefangen, sagte Gisela und warf sich mit ihrem Mund auf Annettes Mund und schloß Gottlieb mo-

mentan völlig aus. Annette befreite sich und sagte: Aber
kein englisches Wort mehr, verstanden. Honey, sagte
Gisela ganz tief. Schluß, sag ich, rief noch schriller Annette. Aber Dearilein, Nettchenpüppchen, komm doch
zwischen uns. Gottlieb komm, wir nehmen sie richtig
zwischen uns. Nettchenpüppchen ist nämlich manchmal
bißchen verstimmt, stimmt's?! Nettchenpüppchen, du
hast mir ein Erfolgserlebnis versprochen. Versprochen
oder nicht versprochen, Nettchen?! Versprochen, sagte
Annette, die jetzt wie die Wurst zwischen den Semmel-
hälften Gisi und Gottlieb lag. Sie war ja auch zarter als
Gisi, die Große, und Gottlieb, der Leib. Annette sagte:
Ich will heute nicht an den CIA denken müssen. Versteh
das doch, bitte. Klaro, sagte Gisela. Jetzt rauchen wir
schnell eine, dann zeig ich euch, wo's langgeht. Alle
rauchten, auch Gottlieb, der Zigaretten sonst nicht aus-
stehen konnte. Das sind leider sehr alte Beziehungen,
sagte Annette.

Sie sprach in einem Ton, der Gottlieb und offenbar auch
Gisela zu verstehen gab, daß Annette gleich weiterspre-
chen werde, auch wenn sie nach dem gerade Gesagten
eine Pause machte. Sie machte sogar elend lange Pausen,
aber Gottlieb und Gisela begriffen das ganz genau. Annette sprach unter einem Zwang, der sich mitteilte. Was
sie sagte, quoll aus ihr wie Blut aus einer Wunde. In
Stößen. Eine Art zu bluten, die man nicht stillen durfte.
Sie machte mit dem ersten Satz klar, was sie zu sagen
habe, sei die Voraussetzung, ohne die nichts folgen
könne.

Plötzlich liege sie jetzt neben Dr. Gottlieb Zürn. Sie ver-
lasse sich darauf, daß das tatsächlich der Immobilienhändler Dr. Gottlieb Zürn sei, den Gisela ihr angekün-

digt, wenn nicht sogar versprochen habe. Lieber als ein Immobilienhändler könne ihr nichts sein, da der Immobilienhändler in einer geradezu naturnotwendigen Distanz zum Beamtenapparat lebe. Sie habe seit elf Monaten keinen Mann mehr gehabt. Das wissen die natürlich auch. Das können die benützen. Daß Annette Mittenzwei täglich zwecks ärztlich verordneten Kontakttrainings an der Theke im *Birnbaum* hocke, sei denen bekannt. Die Drehtürpsychiatrie sei sicher nicht ohne staatliche Mitwirkung entwickelt worden. Schon toll, wie viele Gärprozesse, die man früher in der Anstalt ablaufen ließ, heute mitten in die Menge verlegt werden. Schon zur demokratischen Legitimierung. Also schikken sie ein herzlich offenes Ding à la Gisela in den *Birnbaum*, Auftrag: mach sie an, wir müssen sie zwecks endgültiger Diskreditierung beim Screwen screenen. Ihr Englisch sei reines Zitat.

Zuerst politisch, zuletzt politisch. Politisch kriegen sie dich.

Jetzt, im fünften Stock, nicht mehr ganz so leicht. Acht Umzüge in vier Jahren. Acht geteilt durch vier ist zwei. Immer höher hinauf.

Wenn sie *Paranoia* höre, lache sie leicht schrill. Wenn sie *Paranoia* höre, sehe sie nichts als einen Blumenstrauß mit Astern, Rosen, spitzesten Dahlien. Als sie noch in einem dritten oder vierten oder gar bloß zweiten Stock gewohnt hat, hat sie sich, wenn sich die zwei Mädchen über ihr mit den Männern einließen, die Haare geschoren. Und wenn sie keine mehr gehabt hat und die über ihr betrieben schon wieder diesen Verkehr, dann hat sie ihre Kleider zerrissen. Sie mußte sich wehren. Schließlich ist sie hinab und hinaus auf die Straße gerannt, hat dem nächstbesten

Polizisten die Pistole aus dem Gurt gerissen, um damit sich selber zu erschießen. Das war einmal. Sie wird nie wieder den Versuch machen, sich umzubringen. Sie tut jetzt alles, was die in der Kraepelinstraße sagen. Nicht weil sie denen glaubt, sondern weil die sie, solange sie tut, was die sagen, nicht aufs Land bringen.

Sie lebt von Zuwendung. Liebe. Alles was jetzt ist, ist nur möglich, wenn jemand sie liebt. Liebt der sie nicht mehr, verschwindet sie absolut. Die Vollkommenheit ihres Verschwindens wird eine konkurrenzlose sein. Vielleicht bildet sie sich das nur ein, es liebe sie jemand, weil sie sonst sofort verschwinden müßte. Jürgen liebt sie. Aber er muß Stefan schützen vor ihr. Und sich auch. Alle müssen sich schützen vor ihr, das gibt sie zu. Sie spürt eine Energie, die gefährlich ist. Es gibt keine der Schwäche vergleichbare Kraftquelle.

Irgendwo bei Dagolfing, das wäre tödlich. Sie spürt zwar, wie Straßenbahnen und Autos sie zu übertölpeln versuchen, aber allmählich entdeckt sie auch, daß Straßenbahnen und Autos es gar nicht so böse mit ihr meinen. Weniger böse als alle anderen Organisationen und Erscheinungen. Sie hat immer lernen müssen, im Bösen das Gute zu entdecken. Schichtentheorie. Vorteil des Gespaltenen. Nicolai Hartmann war ihr Thema für das Philosophikum. Sein Satz: Alle Kunst muß den Anspruch der Lebenswahrheit erheben. Sie hat sich geärgert über Nicolai Hartmann. Schon damals hat sie, ohne es beweisen zu können, gewußt, daß ein Wort wie *Lebenswahrheit* benutzt werden kann zu einer Wahrnehmungsvereinfachung, die in einem edlen und einheitlichen Grinsen enden muß. Was sie sich damals von der Philosophie erhoffte, absurd. Daß die vier ontischen

Schichten der realen Welt im ästhetischen Hintergrund aufgespalten wiederkehren, fand sie richtig, aber doch nicht in der gleichen Reihenfolge, und alle müssen's auch nicht jedesmal sein. Das ist doch das Schöne am Spalten, daß mal etwas wegfällt. Es ist nicht mehr da. Das ist das Größte an der Welt, daß etwas verschwinden kann. Findet sie. Sie ist einem Gesetz auf der Spur: Was erscheint, ist immer symmetrisch zu einem Verschwundenen. Um alles Erscheinende ist Platz. Eigentlich reicht nichts bis zum nächsten.

Plötzlich hieß es in der Uni: Kultur ist ein weites Hemd, dazu da, die Unterlegenheit der arbeitenden Klasse darzutun. Der neue Ton hat Annette ganz durchdrungen. Abends Schulung. *Marxistische Arbeiterbildung.* Neben ihr saß Jürgen. Sie erklärte ihm Fremdwörter, er ihr Ausbeutung. Und weil sie am liebsten alles übertreibt, hat sie den Arbeiter Jürgen geheiratet. Sie hat immer Hunger auf Realität gehabt. Ihr Vater war ein beamteter Aufsichtsratsvorsitzender, der nie Aktien annehmen wollte, dazu war er zu preußisch. Mutter durfte Mietshäuser kaufen. Zwischen denen fährt sie jetzt hin und her. Annette, das weiß sie, kann aus dem Koffer leben. Aber nur in der Großstadt. Irgendwo bei Dagolfing und Dingolfing wäre sie geliefert. Für Leute, die auf die Felder, in die Kirche und ins Wirtshaus gehen, muß sie etwas Unerträgliches sein, das weiß sie. Abschießen müßten die sie. Sofort. Sie könnte gar nicht entrinnen. Möchte vielleicht nicht einmal.

Sie genießt es, daß sich in der Stadt ganz vulgäre Tage durch Beleuchtung und elegante Techniken plötzlich auszuzeichnen beginnen. Sie braucht es, daß der nächste Schritt in einen Park führt mit hermaphroditischen Blumen und unvorhersehbaren Menschen. Dann tanzt sie mit Gastarbeitern, nach drei Stunden ist sie ganz genau ein Jahr älter, muß darüber ein wenig weinen beziehungsweise kleine fröhliche Bilder malen. Aber ja. Das Leben findet nun einmal statt.

Ihr Vater, den sie verehrt als den richtigsten Mann überhaupt, hat die Ehe mit Jürgen für einen pulsierenden Irrtum gehalten. Aber seine Tochter werde das durchstehen, überstehen, hinter sich bringen. Ihr Vater ist tot. Mit Jürgen und ihrem Sohn Stefan gibt es keinen Kontakt mehr. Als sie das erste Mal im Seminar von der Polizei mitgenommen wurde, hat sie gar nicht gewußt, daß eine Besetzung stattgefunden hatte. Sie hat gerade die Überschrift ihrer Seminararbeit endgültig formuliert. Sie hat die Überschrift noch einmal langsam durchgelesen. *Eine Darstellung von Sartres Verteidigung und Begründung der individuellen Freiheit als Beitrag für eine zeitgemäße Theorie emanzipatorischer Praxis, im Ausgang von Sartres Schrift ›Marxismus und Existentialismus‹.*

Plötzlich kommen die Uniformierten. Hausfriedensbruch! Annette, Mitwirkende bei einer Seminarbesetzung! Grotesk! Jetzt ist sie eingetreten – *Spartakus*. Dann auch SDAJ. Die *Spartakus*-Jahre, oh je, ihre einzig schönsten, möchte sie sagen. Ihre hessischste Zeit, ihre Blütenstaubzeit. Frankfurter Studentenparlament. Selbstverwaltung. Flugblätter. Kongresse. Alle glühten. Jede Prüfung klappte. Das zweite Staatsexamen mit Auszeichnung. Und Schluß. Ein Anhörungsverfahren nach dem anderen. Daß sie jederzeit für die Verfassung Hessens und für das Grundgesetz eintreten werde, wollte ihr der Regierungsdirektor nicht glauben. Sie habe ja sogar ihren Mann, den jetzt gerade dienenden, so aufgehetzt,

daß er seinen Bataillonskommandeur zum Rücktritt auf-
forderte, weil der, als er seinen Soldaten das Feindbild
erläuterte, nicht auskam ohne Hetze gegen Anarchisten,
Anti-Autoritäre, Kommunisten, Maoisten, Rote Zel-
len. Jürgen wurde zu vier Wochen Arrest verurteilt. In
diesen vier Wochen ist die Ehe kaputtgegangen. Jürgen
hat in diesen vier Wochen eingesehen, daß der Bataillonskommandeur recht hatte. In der ersten Auseinan-
dersetzung nach diesen vier Wochen hat Jürgen Annette
zum ersten Mal geschlagen. Jürgen brauchte, um Annette schlagen zu können, Alkohol. Ohne Alkohol wäre
Jürgen ganz unfähig gewesen, Annette zu schlagen. Jürgen ist weich, ängstlich, abhängigkeitssüchtig. Warum
blieb dieser nichts als sicher leben wollende Mann ausgerechnet an Annette hängen, die ohne die ganze Unsicherheit der geistigen Entwicklung nicht sein kann? Sie interessiert weniger das Leben als die Frage. Sie hat gewußt:
Jürgen wird sich von ihr trennen. Und wenn er sich von
ihr trennen wird, gibt es kein Glück mehr. Das hat sie von
Anfang an gewußt. Aber braucht sie Glück? Was kostet
Glück? Kostet Glück nicht zuviel? Wenn das Leben
nicht viel wert ist, kann allerdings auch die Kunst nicht
viel wert sein.

Zu keiner Anhörung hat die Studienreferendarin Annette Mittenzwei den Vorsitzenden des Personalrats der
Studienreferendare am Studienseminar als ihren Interes-
senvertreter mitbringen dürfen. Der heftigste Vorwurf:
Sie hat nicht nur ihren Mann dazu aufgehetzt, eine Un-
terrichtung eine Indoktrination zu nennen, sie hat um-
sichtig ein Aktionskomitee gegründet, das außerhalb der
Kaserne eine sogenannte demokratische Öffentlichkeit
herstellen sollte, um so die Truppe im Kern, nämlich in

der Sinnfrage, zu spalten. Dazu die vom Verfassungsschutz gelieferten Erkenntnisse. Annette konnte nicht in den hessischen Schuldienst übernommen werden. Daran ist also ihr Vater gestorben. Sie hat ihm noch in einem Brief geschrieben, daß sie sich jederzeit jedem gewaltsamen Umsturzversuch widersetzen würde, Gewalt als Mittel ablehne, das Mehrparteiensystem vertrete, auch das Prinzip der Gewaltenteilung, die Grund- und Freiheitsrechte der Verfassung. Den Brief hat der Vater nicht mehr lesen können. Schade, nicht wahr. Selbstverwaltung. So ein Zauberwort: Selbstverwaltung. Ewig könnte sie das vor sich hin sagen: Selbstverwaltung. Paradies, dein Name ist Selbstverwaltung. Was einem von außen zugerufen wird, ist ungenau, schwer verständlich und zeigt nur, daß man sich selbst immer noch nicht ausgedrückt hat. Ihre letzte Verabredung mit Jürgen und Stefan vor der Buchhandlung bei der Katharinenkirche. In einem für den kalten Tag nicht ausreichenden Mäntelchen ist sie hingerannt. Viel zu früh. Es hat geregnet. Plötzlich die Angst, daß jetzt gleich die Glocken läuten werden. Also nichts wie weg. Stefan! hat sie gerufen und ist gerannt. Jürgen! hat sie gerufen und ist gerannt. Dann ist sie im Bahnhof gesessen. Kaffee und Kuchen. Vor ihr an der Wand ein kleines Schild *World Wildlife Fund.* Auf dem Schild sie als Bär. Plötzlich diese Einsicht in den Zusammenhang. Von da an keine Täuschung mehr beziehungsweise nur noch Täuschungen. Durchschaute. Man muß jede Perspektive einnehmen können. EINE Perspektive ist tödlich. Jede, wenn sie die einzige ist. Plötzlich die Einsicht: wie genau der Mensch ausgerechnet werden kann. Jeder. Sie hat nichts übrig für Sciencefiction. Sie findet es nicht komisch, computerisiert zu werden. Es ist beschämend. Das Beschämendste überhaupt. Du gehst zum Eisschrank, und während du nach der Tür greifst, weißt du ganz genau, was du in zwei Sekunden hervorholen und was du in zwölf Sekunden essen wirst. Und wenn in diesem Augenblick auch noch die Glocken zu läuten anfangen, dann ist das ganz schön irre. Sie war ja nie ein großer Esser. Und dann wächst sie gerade in der Zeit auf, in der das Essen mit orgiastischer Heftigkeit betrieben wird. Vorausgegangenen Hungers wegen. Den sie aber gar nicht mitbekommen hat. In der Freßwelle ist sie das erste Mal untergegangen. Plötzlich. Bei ihr passiert immer alles plötzlich. Am liebsten würde sie *Fräulein Plötzlich* heißen. Die Leute lachen immer über das Falsche. Aber sie lachen wenigstens plötzlich. Plötzlich lachen sie. Plötzlich weinen sie. Wenn Gott Plötzlich hieße, würde sie an ihn glauben.

Sie braucht Bluse, Hose, Mantel, Schluß. Und Großstadt. Verschwinden. Als Utopie.

Von Freitag bis Aschermittwoch, es war einmal, plötzlich die ausschlaggebende Erfahrung. Sie wurde eingespeist. Ja, Mensch, das ist das Wort. Ist es ihre Schuld, wenn die Computerkannibalen sich so ausdrücken?! An einer Tankstelle hat sie's zuerst bemerkt. Komisch, nicht? Die technische Fütterung. Wiederum ein Speisevorgang. Aber das war noch eine allgemeine Maßnahme. Eine Kontrolle zwar, hatte aber noch nichts mit ihr zu tun. Bundesweit. Wegen einer Terroristensache. Mord also. Dann beim Lebensmittelhändler. Wieder die Schicht *Ernährung*. Ja, doch. Nicolai Hartmann. Auch das noch allgemein, nicht auf sie gemünzt. Aber als sie dann in ihrer Münchner Wohnung war und die plötzlich alle vor ihrer Tür schrien, mußte sie, um ihres SELBSTS willen, hinaus, zum Arzt. So nach Haar. Geschlossene Abteilung. Dreißig Frauen in einem Saal. Alle stehen auf den Betten, geben ihr Zeug von sich. Ein Mißverständnis. Sie hatte ja nur einmal mit einem Arzt sprechen wollen, weil sie diesen Lärm nicht mehr ertrug und weil sie sich schützen wollte, nichts tun wollte, was sie nachher bereuen würde. Haar war in diesen Tagen voll von Schutzsuchenden. Die fluteten da bloß so rein. Wegen dieser bundesweiten Aktion. Alle wurden rasch mit Medikamenten gefüllt. Sie hat sich gewehrt. Moment, hat sie gedacht, Perspektivenwechsel. Mit mir nicht! Plötzlich ist ihr der Satz ihres Vaters eingefallen: Die kleinen Hermeline könnten nicht geschossen werden, wenn sie nicht so neugierig wären. Ihr Vater, der fabelhafte Mann. Keine zwei Kirschen haben denselben Geschmack. Jede Kirsche hat einen anderen Süßegrad. Das Unglück der Kirschen. Laßt mich ruhig reden. Ich muß die Herrschaften an den Geräten auch manchmal ein bißchen verwirren. Eine Zeit lang habe ich versucht, sie zum Lachen zu bringen. Schon sehr bald schämt man sich für diesen Versuch. Hinter uns dunkel, vor uns schwarz, und dann Witze. Aber sie hatte doch Humor. Das weiß sie ganz sicher. Er muß ihr ausgegangen sein. Zuwenig gehabt. Oder zuviel verbraucht. Wenn man der Vernichtung näherkommt, sucht man, was unmöglich ist, und man weiß es, vertraulich zu tun mit ihr. Das heißt Humor. Sie hatte. Von ihrem Vater, dem großen Hermelin.

Das Leben drückt, schneidet, sticht. Sie ist nicht nur der Adressat des Übels. Sie trifft zwar, was lang unterwegs war. Sie ist aber auch der Absender, den, was er sandte, wieder erreicht. Seit Stefan fehlt. Jürgen hat gern gekocht. Sie hat es nicht ertragen, wenn er etwas aus der

Pfanne gekratzt hat. Sie ist aus der Wohnung gerannt. Stefan hat ihr nachgerufen: Mama! Die Waschmaschine gab Geräusche von sich, als sei sie in Not, als müsse man ihr zu Hilfe kommen. Durch die Wände floß das Wasser. Mit einem Geräusch, als wäre es kein Wasser.

Wenn man fast nichts mehr erträgt, sollte man das zugeben. Wenn man das zugäbe, wäre man sofort erledigt. Man fühlt sich so verletzbar, daß man sich am liebsten nicht mehr bewegen würde. Wie ein Bluter. Sich festhalten. An was? Es gibt so gut wie nichts, das nicht weh tut. Sie blieb oft den ganzen Tag im Bett, um den Beobachtern beizubringen, es lohne sich nicht mehr, sie zu beobachten. Aber sie habe immer das Gefühl gehabt, daß sie mit denen betreffs Geduld nicht konkurrieren könne. Das sind doch Leute, jahrelang trainiert in Spezialtrakt-Beobachtung. Und da rührt sich zum Sterben wenig. Aber, bitte, da gab sich Annette eben krank. Sie hätte nicht gedacht, wie anstrengend es ist, krank zu spielen. Bloß im Bett auszuharren, wahnsinnig anstrengend ist das. Sie hat mit VIPs geschlechtlichen Umgang gehabt, das gesteht sie hiermit vor allen, die mit ihrer Beobachtung beauftragt sind. Daß dieser Umgang mit VIPs von CIA und BND als subversive Aktion ihrerseits gebucht worden ist, ist nach ihrer Vorgeschichte klar. Unterwanderung staatstragender Persönlichkeiten per Geschlechtsverkehr. Nicht klar ist ihr, ob ihren VIPs gesagt wurde, mit wem sie es da bettmäßig zu tun hatten. Vielleicht hat man über diese Herren, wenn man sie mit ihr beobachtet hat, Erkenntnisse gesammelt. Für alle Fälle. Es kann ja nie genug Erkenntnisse geben. Der Apparat ist unersättlich, sonst ist er kein Apparat. Ein Literaturmensch, ein Intendant, ein Minister. Und zwar in dieser

Reihenfolge. Und natürlich hat sie der Literaturmensch an den Intendanten und der hat sie an den Minister weitergegeben. Irgendwann dazwischen: ein hechelnder Bildhauer, die Karriere-Drehscheibe schlechthin. Entdeckt worden ist sie für diese Laufbahn aber von einem Staatssekretär. Sie ist mit ihrem Bruder, weil dessen Frau erkrankte, einmal auf einen Empfang gegangen. Ihr Bruder ist Pastor! Die Mutter Pastorentochter! Es war ein Empfang zum Abschluß einer Tagung über die Aufgaben der Kirchen in der Dritten Welt. Die Gesellschaft wollte nicht pünktlich aufhören, wurde im Haus des Literaturmenschen fortgesetzt, nur noch mit wenigen. Der Staatssekretär hat seinen Freund angerufen, wir kommen noch, bist du da, der Literaturmensch war da. Sie kamen hin, der Staatssekretär hat es auf Annette abgesehen, nur deswegen dirigiert er alles so, ihr Bruder ist nicht mehr mit von der Partie, der Staatssekretär greift ihr vor immerhin noch fünf, sechs, sieben anderen plötzlich in die Bluse, schöpft eine ihrer Brüste, wiegt sie in der Hand und sagt: Du hast alles, was ich brauche. Sie greift ihm genauso plötzlich in die Hose, zieht die Hand sofort wieder zurück und sagt: Nein danke. Riesengelächter. Der Literaturmensch ist jetzt aufmerksam geworden. Er ist ihr lieber als der Staatssekretär, obwohl sie seine Art zu reden nicht so toll findet wie er selber. Des Literaturmenschen Lieblingsthema: er selber. Und: wie hält man es aus, sich alles zu sein. Aber das Schicksalhafte, das der Literaturmensch dem Zufall einbleute, imponierte ihr. Der tat, als habe er gewartet auf sie. Ihm muß etwas gefehlt haben vor dieser Nacht. Jetzt nur noch er und sie, sie und er. Das hat sie an Jürgen erinnert. Aber schon das dritte Wochenende findet mit anderen statt. In Paris.

Hôtel de Bellechasse, rue de Bellechasse, Zimmer 22 und 23. Und 23 ist doch immer ihre Glückszahl gewesen. Da darf man doch wohl in ein Gelächter verfallen. Sie erkennt: der Literaturmensch führt sie dem Intendanten zu. Aber die sind nicht ihretwegen in Paris. Die tagen hier. Sie ist nur Dreingabe. Auch wohnen die Herren im nahgelegenen, aber besseren Pont Royal. Nur zum Beiwohnen wohnen sie in 22 und 23 des verwinkelten Bellechasse. Der Intendant ist ein sogenannter netter Mensch. Rauhe Stimme für kurze trockene Sätze. Lacht sich gern aus. Glaubt sich nichts. Anderen auch nicht. Er will vielleicht etwas, aber er würde nie etwas tun, um etwas zu erreichen. Er will sich doch nachher nicht vorwerfen lassen, er habe als Bewerber mehr versprochen, als er als Angenommener bringt. Er ist Intendant. Und wenn er das bleiben will, und das will er, dann sagt er nichts, was über einen Zahnstocher hinausgeht. Er sagt, er sei der zynischste Häkelmeister der westlichen Welt. Falls ihn jemand oder gar eine Frau aus seinem selbstgehäkelten Zynismus befreien würde, wäre das ein Wunder, an das er, auch wenn es sich ereignete, kein bißchen glaubte. Gerade dann nicht. Denn: wer würde einem Intendanten etwas Liebes tun! Der beziehungsweise die wäre ja schön blöd. Ein Intendant, das ist das kleinste gemeinste Vielfache unter dem Gesellschaftsstrich. Bitte, *unterm* Strich, nicht *auf* ihm, das unterscheide den Intendanten äußerlich von schlechter bezahlten Berufen. So eine verzweifelt holprige Suada. Die Bitte-glaubt-mir-nicht-Masche. Also gut, die zwei verbrachten zwei Nächte mit ihr. Sie wunderte sich über diese ihre neueste Brauchbarkeit. Die Herren machten ihr Komplimente, über die sie sich nicht nur freuen konnte.

Sie hätte alles aufschreiben sollen. Eine Schreibmaschine sein. Verfolgung der Lust als Schreibmaschine. Aber die wollten Spaß. Ihren Spaß. Den wollten sie haben. Mit dem Verstand kommt sie erst mal nicht weiter. Vielleicht mangels dessen. Das Wort *Spaß* ärgert sie. Sie möchte wissen, wo es herkommt. Aus welcher Sprache. Ist es wirklich rein deutsch? Wenn ihr immer noch mehr Wörter so fremd werden? Und wenn sie keinen hat, der ihr etwas übersetzt? *Lust* will sie verstehen. Muß sie. Ist sie sich selber fremd geworden in dieser Sprache? Weil es eine Muttersprache ist? Man muß schon sehr erfinderisch sein, um im Augenblick noch etwas Erträgliches zu entdecken. Jürgen hatte schließlich den Alkohol. Der macht erfinderisch.

In der dritten Nacht haben die den Minister mitgebracht in das zur Suite umfunktionierte Zimmerpaar. Die Tage hatte sie ja frei, die Herren mußten tagen. Ihr wurde plötzlich klar: der Intendant hat den Minister eingeladen. Der Minister, ein frommer Mann, in jeder Hinsicht. Er war am wenigsten gemein. Der Intendant war viel gemeiner. Der Literaturmensch war der gemeinste. Der Intendant hatte sich beigebracht, daß sein Genuß mit dem Grad der Regelverletzung steige. Man wußte, woher alles kam bei ihm. Der Literaturmensch war ein Schwein. Nein, so darf man Schweinen nicht mitspielen, der Literaturmensch war einzigartig. Bei keinem war das Vorher dem Nachher so grauenhaft fremd. Der war wahrhaft gespalten. Aber asymmetrisch. Nichts entsprach sich in ihm, bei ihm. Daß man in ein und derselben Sprache ein solches Maß an Nichtübereinstimmung mit sich selber produzieren kann. Zum ersten Mal kam sich Annette ganz armselig vor. Nicht dessen Täuschungspo-

tenz meine sie, sondern seine Enttäuschungsfähigkeit.
Einzigartig. Plötzlich explodierte der nach innen. Die
Welt starb. Er konnte sich wirklich nur noch an sich
selbst wenden. Jeder störte, war sein Feind. Plötzlich
konnte der sich so ekeln vor einem, daß man sich selber
ab sofort nicht mehr erträglich war. Der konnte, was er
über einen dachte, übertragen, man übernahm es. Auch
das Schlimmste. Ein Schwein tut das bekanntlich nicht.
Wahrscheinlich hätte sie sich damals, wenn sie vom Minister nicht gerettet worden wäre, doch noch umgebracht. Seitdem ist sie gewappnet. Nichts mehr kann ihr
passieren. Aber ohne den lieben gütigen Minister hätte
sie das Hôtel de Bellechasse nicht überlebt. Der nahm sie
einfach mit, entriß sie den zwei Entsetzlichen, brachte sie
zurück ins Vaterland, in sein Apartment im Betonsilo,
das er für solche Gelegenheiten angeschafft hatte, da will
er sie hegen und pflegen als seine Geliebte, wie sich's
gehört. Der weinte immer, wenn er überging. Das dau-
erte ja auch, bis er soweit war. Sie spürt, dem gegenüber
könnte sie unfair werden. Der wollte mit ihr allein sein,
über die Liebe sprechen und leuchten lassen den ganzen
philosophischen Hintergrund der jahrzehntelang trotz
Politik durchgehaltenen Persönlichkeit. So etwas Aus-
demmundnehmendes hatte der. Nicht die Ehefrau, die
man betrügt, ist die Betrogene, sondern immer die Geliebte. Sagte er und sah echt betrübt auf einen hellen
Flecken im moosgrünen Teppichboden seines Apart-
ments. Und streichelte dir, was ihm am günstigsten lag.
Am schönsten, mit dem Minister vor dem Schirm zu
liegen, wenn er selber auf dem erschien, zur Weihnachts-
zeit oder im Wahljahr. Und sagte den Leuten so ernst,
wie nur er sein konnte, etwas mehr Gemeinsamkeit mit

den Kindern beim Spielen und etwas weniger Fernsehen an langen Winterabenden täte sicher vielen unserer Familien gut. Sie hätte aber nicht gedacht, daß bedeutende Männer ihren Tageskurs nachts noch so pflegen müssen. Durch den Literaturmenschen ist sie an den Bildhauer geraten, die schmierigste Drehscheibe für gesellschaftlichen Anschluß. Da sind ihr noch einmal politische Gedanken gekommen. Jeder von denen hat ihr auf seine Weise gesagt, wie glücklich sie sein müsse, daß er sich jetzt mit ihr abgebe. Auch die Winsler, Selbstzerfleischer, Heulheinriche konnten nicht darauf verzichten, sie zu einer Art Dankbarkeit für den Intimtreff zu ermuntern. Als Lehrerin hätte sie manche Erfahrung nicht gemacht. Im Lift, der liebe Minister: sie möge nur einmal kurz daran denken, wie viele Frauen draußen im Lande dankbar wären, wenn sie mit ihm jetzt so hinauffahren dürften. Die Wirklichkeit nannte er immer *draußen im Lande*. Fuhr noch jemand im selben Lift, mußte sie immer weiter fahren als er. Nie durfte sie, solang es Zeugen gab, auf seinem Stockwerk aussteigen. Sicher ist sicher. Sie ahnt, was alles dazugehört, bis einer ein selbstbewußter Mann beziehungsweise Mensch ist. Selbstverwaltung. Ihr Autounfall mit dem Literaturmenschen hat den Minister so enttäuscht, daß er Schluß machen mußte. Er hatte geglaubt, außer ihm gebe es jetzt keinen mehr. Er ergänzte seinen Spruch: Der Betrogene ist immer der Betrüger. Dabei war der Literaturmensch nur der Chauffeur zum Intendanten gewesen an diesem Freitag. Aber ein Besoffener kommt ihnen auf ihrer Seite in die Quere. Alles zerschnitten und gebrochen. Endlich wieder eine Prise Schicksal. Ein junger jugoslawischer Arzt pflückt sieben Stunden lang die Glassplitter aus ihr. Der

Literaturmensch hatte nichts als blaue Flecken. Ende der VIP-Zeit.

Oft läßt sie nachts ihren Schlitten anspannen, jawohl anspannen, mit den wildesten Pferden, die's im Stall gibt, viele Decken und Pelze hinein, nimmt die Zügel und fährt ab, ohne anzukommen. Ganz allein. Ostwärts. Endlich. Dahin, wo der Vater hergekommen ist. Der große Hermelin. Gut, sie pflegt den Wahn. Ja, wer denn nicht! Der Wahn ist das Vernünftigste, was wir haben. Nichts ist ihr nützlicher, nichts ihr hilfreicher als der Wahn. Wenn ihr der Wahn souffliert, es gebe eine Verabredung gegen sie, so ist das doch tausendmal besser, als wenn sie einsehen müßte, daß alle oder viele ohne jede Verabredung gegen sie zusammenarbeiten. Es wäre schon unerträglich, wenn man sich eingestehen müßte: alles läuft wie gegen mich, ohne daß überhaupt jemand gegen mich ist. Sie hat es einmal wirklich versucht, mit dreißig Tabletten. Als Jürgen mit Stefan auszog. Aber dreißig Tabletten waren zuwenig. Mehr war sie sich nicht wert. Ihre Verwandten waren furchtbar sauer damals. Elf Stunden Abwesenheit, mehr hat sie nicht geschafft. Sie hat nicht sprechen können mit denen. Wieso sollte sie jetzt auf einmal mit ihrer Mutter sprechen können, mit der sie noch nie sprechen konnte. In jedem Aufatmen nach der Rettung kann ein bißchen Enttäuschung verborgen gewesen sein.

Die Umwelt muß das Treiben als ein Verhindern erscheinen lassen. Der weltberühmte Architekt hatte in mehreren Städten an die hundert Angestellte, die einander angeblich ablösten bei dem Versuch der Verhinderung des Selbstmords. Das ist EINE Perspektive. Die andere, seine: sie sind die Treiber. Annettes Ziel jetzt: am Leben bleiben, eine möglichst böse alte Frau werden. Sie will alle gegen sie gerichtete Boshaftigkeit der Welt nicht nur erwidern, sondern übertreffen. Seit sie diesen Lebenssinn erkannt hat, geht es aufwärts mit ihr. Nur der Böse lebt. Bösartigkeit ist etwas Universales. Egal in was, mit was, Hauptsache, die Bösartigkeit geht weit genug. Sie lernt. Manchmal kann sie sich nicht satt sehen an Hitlerbildern. Der hat es voll durchgezogen.

Sie hat zum Glück immer noch den Satz *unseres Hauswirts* im Ohr: Das Leben für den Buben geht weiter, auch wenn Sie sich umbringen. Jürgen hat Stefan mitgenommen, weil... Wenn Jürgen Stefan nicht mitgenommen hätte, wäre sie... Jürgen hat sie angeschrieen: Deinetwegen werd ich zum Trinker. Er war so schwach, daß er für alles Alkohol brauchte. Um mit ihr schlafen zu können, brauchte er Alkohol. Um sie schlagen zu können, auch. Um sie nicht andauernd schlagen zu müssen, auch. Stefan!! Der abgebrochene Ton. Seitdem Leere. Da kann sich alles ansiedeln drin. Der erste Arzt gab ihr Lexotanil. Man sagt einfach: jetzt geht es wieder. Eine Stunde später kommt es ihr vor, als sei es unmöglich, ein Streichholz anzuzünden. Jürgen hat ihr einmal mit der Faust die Nase breit geschlagen. Und davon hat sich ihre Nase wieder erholt! Wenn sie von ihrem Vater und der Großmutter absieht, war Jürgen der liebste aller Menschen. Man hat sich auf Jürgen verlassen können. Die vielbödige Hinterhältigkeit des höher gebildeten Normalmenschen war bei Jürgen einfach nicht da. Jürgen war überhaupt nicht berechnend. Er war erschütternd eintönig. Sie ist zwar zu den Ärzten gerannt, aber Jürgen hat sie nicht verraten. Nie. Die Ärzte sind oft die wunderbarsten Menschen, als Ärzte müssen sie sich natürlich beherrschen. Arztsein fordert wahrscheinlich die grausamste aller Selbstbeherrschungen. Eine allmählich auch den wunderbarsten Menschen vernichtende Enthaltsamkeit. Sie müssen der Gesellschaft rückhaltloser dienen als jeder Polizist oder Staatsanwalt. Sie haben ja kein engmaschiges Gesetznetz, das sie über den Patienten werfen können. Sie müssen sich selbst, ihre ganze Feinheit müssen sie einsetzen, um den Patienten, der einer ist, weil er etwas gemerkt hat, wieder einzufangen, ihn zu weiterem Inkaufnehmen zu bewegen. Zu erpressen eigentlich. Ihnen zuliebe soll der Patient vergessen, was er erfahren hat. Natürlich sind sie im Dienst. Aber keiner tut weniger, als sei er im Dienst, als der Arzt. Der Intendant, der Minister, der Bildhauer, der Literaturmensch, das sind die Auftraggeber des Arztes. Der Literaturmensch hat sich sogar selber aufgespielt wie ein Arzt. Intendant, Minister, Bildhauer und Literaturmensch haben den Arzt beauftragt, Annette auszuspionieren. Sie wollen jetzt endlich wissen, ob Annette bemerkt hat, daß sie sie beobachten lassen. Wenn sie wissen, daß ihr Objekt bemerkt hat, daß es eines ist, müssen die Ärzte dem Objekt wieder beibringen, es sei keins, es werde überhaupt nicht beobachtet. Eine Zeit lang ist es ja ganz schön, eine zu beobachten, die weiß, daß man sie beobachtet. Der Wurm, der sich windet, schon wenn ihn die Angel noch gar nicht erreicht hat. Aber dann will man zur Abwechslung oder aus höheren Gründen, die dem Objekt unbekannt sind, wieder ein Objekt, das sich für unbeobachtet hält. Natur, Natur! Vielleicht folgt der Wechsel überhaupt den Lebensmoden und Denkstilen der Epoche. Manchmal so künstlich bizarr und grotesk wie möglich, die Beobachtete schreit der sie beobachtenden Linse und den da-

hinterliegenden Beobachtern die Qual des Beobachtet-
werdens ins Gesicht; die lassen im oberen Stock dreimal
auf den Boden klopfen zum Zeichen, daß sie die heraus-
geschriene Qual des Objekts gern zur Kenntnis genommen haben. Dann plötzlich alle ärztliche, alle Organis-
ations- und Medikationsfinesse zur Erzeugung der
Illusion einer vollkommenen Unbeobachtetheit. Sie soll
sich aalen, nackt sitzen und sich salben bei Kerzen und
Duft und sich streicheln oder streicheln lassen, die Herren wollen's zur Zeit ganz liebwarm natürlich beziehungsweise postmodern. Aber wie lange hat sie die
Kraft, es denen recht zu machen!

Als sie noch geglaubt hat, sie werde nur politischen Not-
wendigkeiten zuliebe beobachtet, dachte sie, der Minister habe den Auftrag gegeben. Oder seine Feinde. Daß
man mit Hilfe besonderer Schaltungen einen Fernsehap-
parat umdrehen und ihn dann zur Beobachtung des
Fernsehzuschauers einsetzen kann, ist ihr längst klar.
Den meisten Leuten ist es gleichgültig, wenn sie beobachtet werden, ihr nicht. Sie hätte es ertragen, wenn der
Minister sie hätte beobachten lassen. Er hätte ein fast
seelsorgerisches, auf jeden Fall ein gesellschaftlich be-
gründetes Motiv gehabt. Sie hätte es ausgehalten, politisch überwacht zu werden. Erstens war sie das seit
Frankfurter Zeiten gewöhnt, zweitens hat sie nichts zu
verbergen. Irgendwann muß das jeder Überwacher merken. Jetzt weiß sie: die Überwachung und Beobachtung
geht vom Literaturmenschen aus. Mit ihm im Bund vielleicht der Bildhauer. Nein, der Bildhauer ist doch zu
grob, zu kindisch, zu folkloristisch, abstrakt, genußun-
fähig. Es bleibt also der Literaturmensch, der in seiner

unersättlichen Schwäche an ihrem Leben saugen will,
Tag und Nacht. Er hat ihr immer beizubringen versucht,
sein Interesse an ihr sei das Interesse eines Schmetter-
lingsforschers am Schmetterling, also gar nicht persönlich gemeint. Inzwischen weiß sie, daß er sich an ihr
mästet. Er braucht sie. Er ist nichts ohne sie. Aber er darf
es nicht zugeben. Er darf es selber gar nicht wissen. Sein
Verhältnis zu ihr muß das eines Besorgten zum Besorg-
niserregenden sein. Höhere Wohltäterei. Herablassung.
Einfriedung. Erstickung. Die findet ungewollt statt. Er
erlebt nur, was er für sie tut. Er erlebt nur, wenn ER
verletzt wird. Er erlebt sich, sonst nichts. Er kann sie
nicht anders zur Kenntnis nehmen als das Feuer den
Brennstoff. Am Anfang hat sie sich ja sogar etwas darauf
eingebildet, daß er sie beobachten ließ. Wichtig vorgekommen ist sie sich dabei. Inzwischen tut es nur noch
weh. Es sind ja die Apparate, denen man ausgesetzt wird.
Die Herren lassen sich nur die Ergebnisse melden. Alles
ist möglich, wenn es gegen sie ist. Basta.
Sich nicht aufzurichten suchen. Auch keinen Witz fürchten. Spannungslos sein. Nichts wollen. Wirklich nichts.
Vielleicht hört die Aufmerksamkeit auf. Wozu zwingt
sie was? Rauschen. Pressen. Im Kopf dröhnt die alles
ermöglichende Schwäche. Das angeschlagene Leben
rauscht. Seit wieviel Jahren sinkt das Kinn. Der Schieds-
richter zählt und zählt. Idyll. Eine Krankheit, die nicht
abnimmt und nicht zunimmt, ist keine mehr. In ihr läuft
Flüssigkeit zu Ende. Sie erkennt das fade Programm.
Im Telephonbuch hat sie als Berufsbezeichnung gelesen:
Beauftragter. Ja, wirklich. Also bitte. Alles klar. Das
wirkliche Wunder: Die Herren, die sie Tag und Nacht
nicht nur beobachten, sondern auch programmieren las-

sen, obwohl letzteres weniger leicht zu beweisen ist, aber dafür um so schmerzlicher spürbar, die für alles zuständigen, also doch wohl auch verantwortlichen Herrn, ihre lebenslänglichen Hinrichter also, die verlassen sich auch noch darauf, daß sie den Mund hält. Eine solche Supernull ist sie für die. Biegbar, zerquetschbar. Die Namen ihrer Herren wird sie einfach nicht verraten. Auf keiner Folter. Das hat sie schon bewiesen. Warum? Sie weiß es nicht. Meschuggenes Mitleid? Muttermelismen? Und sind Namen nicht etwas kindergartenhaft Rührendes? Außer denen, die wir uns selber geben. Mittenzwei. Wieso fiel ihr das ein? Schon in Frankfurt! Zuerst hat sie's für einen Einfall gehalten. Zur Schonung des Namens des Vaters. Jetzt weiß sie: Mittenzwei ist ihr opus 1.

Sie hat nur Funktionen erlebt. Ist nicht jeder zu ihr gekommen, als wäre er tagsüber mißhandelt worden? Von ihren Tätigkeiten werden die Herren mißhandelt, gequält. Die schreien ja öfter wie kleine Kinder, wenn sie bei ihr sind. Wenn sie nicht gerade den Mordszampano geben. Meistens zuerst die kaputten Typen, dann rappeln sie sich auf an dir. Bis sie dann ihr unvermindertes Kabuki abziehen. Aber auch wenn sie nichts sind als Blöße, sie haben die Macht. Du wirst ihnen nichts tun, was sie nicht wollen, daß du's ihnen tust. Woher wissen sie das bloß? Von dir. Das einzige, was sie den Herren entziehen kann: ihre Achtung.

Der Minister ruft sie immer noch an, am 24. Dezember, 11 Uhr 45. Dann weint er wie ein Frosch. Der Literaturmensch schweigt. Beleidigt wahrscheinlich. Der Intendant ist gestorben: Intendantendarmkrebs. Der Bildhauer schmiert und buttert weiter. Falls sie den Literaturmenschen liebt, ist ihr nicht mehr zu helfen.

Wenn sie ihren Blusenkragen hochschlägt, ist sie eine spanische Königin. Sie ist zu dumm zum Leben. Sie geht unter. Sie ist keine weibliche Person mehr, nur noch ein Mensch, der untergeht. Darüber lachen die. Die Weiber des Literaturmenschen, des Ministers und so weiter. Die schalten sich in die Beobachtung ein. Gestern ist sie abgehauen. Schwimmen. Mitten in der Öffentlichkeit aufgetreten. Mal sehen, ob es jemand wagt, sich zu seinem Auftrag zu bekennen. Keiner! Das hat ihr gutgetan. Es ging ihr plötzlich besser. Wie gut es ihr ging, hat sie daran bemerkt: jemand hatte einen Badeschuh liegengelassen, sie hat den Badeschuh angeschaut und es hat gar nicht weh getan. Plötzlich hat sie sich aus dem, was sie ihre gewohnheitsmäßige Leidenshaltung nennt, herausreißen können. Sie rannte hin zu dem Schuh, wollte ihn in die Luft werfen und jubeln. Aber plötzlich hat sie sich nicht mehr getraut, den fremden Badeschuh zu berühren. Ganz dressiert ist sie sich vorgekommen. Sie hat also einfach getan, als sei der Badeschuh nicht mehr da. Wie schwer das fällt, so zu tun, als sei ein Badeschuh, den man in die Luft werfen möchte, gar nicht da! Daß man nicht auf alles reagieren darf, das macht das Leben unerträglich. Ihre beste Freundin in der Kraepelinstraße, Zimmergenossin, gilt als krank, weil sie auf alles reagiert. Klara spricht ununterbrochen, aber sie hört trotzdem gar alles, was andere sagen, und reagiert auch auf gar alles. Sie spricht sehr leise, sehr schnell, ohne Tonveränderung. Sie reagiert eben nicht mit Temperament, sondern mit Gehalt. Und übersetzt noch das meiste in ein Zahlensystem. Als sie hörte, daß einer der Jungärzte Schwede sei, sprach sie sofort schwedisch weiter. Sie kann eigentlich alle Sprachen,

die sie einmal gehört hat. Wenn irgendwo ein Baby
schreit oder ein Baukran quietscht, kommt das sofort
vor in dem, was sie gerade sagt. Klara würde es nicht
überleben, wenn sie nicht alles, was sie erleben muß,
sofort aussprächse. Sie gibt alles sofort zurück. Dadurch
überlebt sie. Sie spricht auch noch mit den Händen.
Ununterbrochen. Und ganz symmetrisch. Ununterbrochen führen ihre Hände die wunderbarsten Sym-
metriefiguren vor. Ihre Hauptzahl ist 7. Wenn zum
Beispiel ein Satz mit einem Wort anfängt, das mit g anfängt, sagt sie dazu, daß g der siebte Buchstabe des Alphabets sei. Die zweitwichtigste Zahl ist 3. 3 und 7 ist
10. So viele Jahre hat sie ihren Bruder Clemens nicht
mehr gesehen. 1952 war Clemens mit ihr in Stock-
holm. 1 und 9 und 5 und 2 ist 17, der 17. Buchstabe des
Alphabets ist Q, ihr Großvater war Quellenforscher,
15 Buchstaben, der 15. Buchstabe des Alphabets ist O,
O Herr, der du Wonne verkündest in Zion, Haendel,
in England, 7 Buchstaben, England selber auch, alles
stimmt mit sich selber überein. Es sei geradezu erleich-
ternd, Klara zuzuhören. Wie vollkommen fließend sie
alles Geschehende in ihren ununterbrechbaren Redefluß aufnehme. Nichts könne diesen Redefluß be-
schleunigen oder verlangsamen, alles werde vollkommen gleich behandelt, alles erscheine, verschwinde,
aus. Sie sehne sich so nach Klara. Klara, der einzige
Mensch, der sich ganz ganz sicher nie hergeben würde,
Annette zu verraten oder über Annette zu lachen.
Klara lacht überhaupt nie, fabelhaft. Klara versteht
keinen Spaß. Klara, der einzige Mensch, der keinen
Spaß versteht. Sie will werden wie Klara.
Das Gemeinste, einen umbringen und es so arrangie-

ren, daß es aussieht wie Selbstmord. Das weiß sie: auch bei ihr wird es aussehen wie Selbstmord.

Kann keine Zeitung mehr lesen, weil alles Gemeldete auf Grausamkeit dressiert ist. Warum wird das hingenommen? Sie spürt, wer so schreibt, nimmt Mord in Kauf. Du gehst um mit denen, nimmst auch in Kauf. Durch den Literaturmenschen hat sie Schreiber kennengelernt. Der Berühmteste von allen – sein Name kommt nicht über ihre Lippen – hat ihr den Sekt oben in die Bluse hineingeschüttet, daß der Sekt zwischen ihren Brüsten hinuntergelaufen ist und so weiter. Spaß. Schriftsteller wollten ihr ihre Erlebnisse abkaufen. Der dritte Arzt diagnostiziert: Geständniszwang. Damit will er, im Auftrag der Presse, alles aus ihr herausreizen. Zumindest: es ist nicht auszuschließen, daß das sein Auftrag ist. Sie weiß zuviel. Das heißt, alle wissen zuviel, aber sie verwenden ihr Wissen im Interesse des Bestehenden. Bei ihr zweifelt man seit 1968. Deshalb die Überwachung. Jürgen hat einfach zugeschlagen, dann war es heraus. Der Literaturmensch würde sie nie schlagen. Gute Manieren sind ein Ausdruck schlechten Gewissens. Sie ist gespannt, was das für Folgen haben wird, daß sie jetzt hier so liegt. Weiße Zimmer wachsen in ihr zu Hunderten. Darin rührt sich nichts. Und es ist lautlos. Man sollte sie erschlagen, auch wenn sie dagegen wäre. Zu gestehen nützt nichts. Sie ist Pfusch.

Gottlieb hatte sich angezogen. Aber jede Bewegung hatte er so vorsichtig und so langsam gemacht, daß sich Annette nicht gestört fühlen konnte. Gisela war mit sich selbst beschäftigt. Sie lutschte an ihrem Daumen wie ein hungriges Kind. Die andere Hand war an ihrem Geschlecht tätig; es sah aus, als blättere sie sehr schnell in einem sehr kleinen Buch oder zähle Papiergeld. Gottlieb war, als er angezogen war, sitzen geblieben, bis Annette nicht mehr weiterredete. Er stand auf und sagte: Bis gleich. Er hatte gefürchtet, Gisela werde aufspringen, mit ihren großen Händen nach ihm greifen, irgend etwas Furchtbares werde geschehen. Sobald er im Treppenhaus war, raste er die Stufen hinab. Dabei zwang er sich aber zur äußersten Konzentration. Nur jetzt nicht noch den Fuß brechen, dachte er. Und zum Glück war die Haustür unten offen. Wenn er jetzt noch einmal hätte hinaufrennen müssen und um den Schlüssel bitten, das wäre schon zum Verzweifeln gewesen. Der Nachtportier schob ihm einen Zettel hin: Anna will angerufen werden, zu jeder Zeit. Es ist aber nach zwei. Das kann sie nicht gemeint haben. Er ruft sie um halb acht an und sagt, er habe sie, als er um halb zwölf ins Hotel gekommen sei, nicht mehr stören wollen. Das konnte er sagen, weil auf dem Zettel stand, daß Anna um zehn angerufen hatte. Um allen Fragen zuvorzukommen, sagte er, er habe das Quartier in Obermenzing beobachtet, Julia und der Kerl seien aber gestern abend nicht eingetroffen. Er hatte kein gutes Gefühl, als er das sagte. Anna sagte, Frau Schönherr aus Frankfurt habe angerufen, sie wolle das Haus in Nonnenhorn jetzt rasch verkaufen, der Zustand ihres Mannes sei hoffnungslos. Gottlieb sagte, er fahre sofort hin. Er könne ja abends schon wieder zurück sein in München. Es tat ihm gut, keine Zeit zu haben. Er müsse sofort Frau Schönherr anrufen, dann Frau Traub, ob Neffe Bert sich gemeldet habe, und, nachdem er Frau Traub und Frau Schönherr angerufen habe, entweder noch einmal nach Obermenzing oder Nymphenburg oder gleich nach Frankfurt. Mach's gut, Anna, er hält dich auf dem laufenden. Aber dann war es noch zu früh, um Frau Schönherr oder Frau Traub anzurufen. Er rasierte sich so langsam wie noch nie. Er hatte Angst, nachher ohne jede Ablenkung in diesem Zimmer sitzen zu müssen. Sein Gesicht im Spiegel sah aus wie ein Stück Land, das in der vergangenen Nacht einen Wolkenbruch erlebt hat. Nichts als Rinnen, Furchen, Risse, die gestern noch nicht dagewesen waren. Frau Schönherr meldete sich mit einem langen, tiefen JA. Sie will jetzt tatsächlich verkaufen. Sie will, wenn ihr Mann sein Elend hinter sich haben wird, sofort weg, raus aus Europa. Sie hält es schon jetzt nicht mehr aus. Frau Schönherr redete drauflos. Gottlieb dachte daran, wie teuer Ferngespräche in Hotels sind, aber diese Frau war nicht zu unterbrechen. Sie ist jetzt zweiundfünfzig, hat soviel Zeit vertan, ihr Mann ist nicht schuld, das Leben ist schuld, sie hat sich freigehalten für das Leben, das Leben ist nicht zu ihr gekommen, sie besteht aus nichts als aus einer Riesensehnsucht nach dem Leben, mit mir ist bis heute noch gar nichts geschehen ... Das erlebte Gottlieb nicht zum ersten Mal, daß der Immobilienhandel seine Anstöße empfing aus dem Innersten der handelnden Personen. Paare, die auseinander wollen und deshalb sofort verkaufen. Paare, die zusammenwollen und deshalb sofort kaufen. Frau Schönherr war in der Bewegungsstimmung, die der Makler mit ein paar vorsichtig sicheren Weisungen zum schönsten Geschäft leiten kann. Er hatte keine so tiefe Stimme wie Frau Schönherr, aber er konnte seine hellere Stimme festigen, markant machen. Er habe nachmittags in Frankfurt zu tun, komme gerne vorbei, um ihr zu raten. Sie sagte: Gut, gut, gut. Spontanes, das sei ihr Fall. Das Heute habe Seltenheitswert. Sie erwarte ihn zum Tee. Von Frau Traub erfuhr er, daß Bert sich gemeldet habe, schon in der Stadt sei. Morgen wolle er kommen. Gottlieb dankte heftig herzlich. Ihm war danach. Er rufe also morgen wieder an, ja?! Oh ja, gern. Und daß sie dem Neffen Gottliebs Nachfrage, bitte, nicht melde, da der doch die Tochter sonst irgendwo verstecke. Frau Traub war auch dafür, daß Gottlieb seine Tochter rasch wie-derbekomme. Und schon war er im Bahnhof. Um 9 Uhr 53 ging sein Zug, aber vor allen Schaltern lange Schlangen. Er schwitzte, er war gerannt. Er mußte raus aus München. Sofort. Mit welcher Ruhe der Beamte hinter der Scheibe die Arbeit dem Computer auftrug und ohne jede Regung saß, bis er die Karte kriegte. Je-der vor Gottlieb war sein Feind. München–Frankfurt, das war eine beispielhaft einfache Strecke. Aber die mei-sten vor ihm wollten in Winkel, die sogar einen Compu-ter in Verlegenheit brachten. Als Gottlieb schon fast dran war, rannte ein Jüngerer an ihm und den anderen vorbei und drängte sich vor den Schalter hin. Gottlieb konnte nicht begreifen, daß sich die anderen Wartenden das gefallen ließen. Er war wütend auf die zwei Mäd-chen direkt vor ihm, die völlig selbstvergessen in der Reihe standen und sich von ihr, ohne jeden eigenen An-teil, bewegen ließen. Sie redeten so miteinander, als lä-gen sie in der Sonne, im Sand. Die eine sagte: Das's auch schon 'n alter Knacker, oder? Die andere, träge zustim-mend: Ja-a, fufzch, zwonfuffzch. Gottlieb mußte sich klarmachen, daß sie nicht von ihm sprachen. In dem Augenblick kam der junge Mann vorbei, der sich vorgedrängt hatte. Gottlieb mußte dem, obwohl es jetzt überhaupt nichts mehr nützte, so giftig wie möglich ins Gesicht sagen, daß er sich ruhig auch hätte anstellen können. Der stoppte, drehte sich braungebrannt, muskulös, blondschopfig Gottlieb zu und sagte: Ich hab nur 'ne Auskunft eingeholt, aber wenn Ihnen was nicht paßt, kriegen Se eine in die Fresse. Gottlieb wußte nicht, was er sagen sollte. Wahrscheinlich hat er, als er selber jung war, Ältere ganz genauso behandelt, wie er jetzt gerade behandelt worden war. Zwischen Menschen gibt es doch keine Unterschiede. Außer: Altersunterschiede. Besser, du bist einfach damit einverstanden. Es gehört ab jetzt dazu. Du kannst ja grinsen, weil du weißt, dem wird es einmal genauso gehen, dann erinnert er sich vielleicht an den Hauptbahnhof in München. Das Gefühl, er halte es hier nicht mehr aus, wurde übermächtig. Er wäre jetzt gleich dran gewesen. Er konnte nicht mehr anstehen. Alle vor und hinter ihm hatten die Beschimpfung gehört. Da der Beschimpfende so jung und schön und stark war und seinen Satz so vollkommen ruhig und zielsicher gelandet hatte, waren alle, obwohl Gottlieb die gemeinsame Sache vertreten hatte, auf der Seite des Stärkeren. So empfand es Gottlieb, der, als er die Reihe jetzt rasch verließ, nur noch den Eindruck vermeiden mußte, er eile hinter dem Sieger her. Vor allem der selbst durfte nicht diesen Eindruck haben, sonst drehte er sich womöglich noch um und schlug Gottlieb zur Unterhaltung aller Reisenden noch schnell zusammen. Als Gottlieb auf den Bahnsteig kam, sah er, daß er fast eine Viertelstunde zu früh dran war. Das war aber immer so. Sobald er im Zug saß, wurde ihm ein wenig wohler. Aber erst als der Zug anfuhr und dann sehr schnell hinausglitt, konnte er es sich in seinem Großraumsitz so bequem machen, wie es dieser Sitz erlaubte. Er fuhr erster Klasse. Er hatte das Gefühl, nach allem, was in den letzten zehn Stunden passiert war, bleibe ihm nichts anderes übrig. Sobald er beim Schaffner seine Karte gelöst hatte, versuchte er zu schlafen. Das gelang nicht. Annette und Gisi ließen es nicht zu. Er sehnte sich nach einer filterlosen Camel. In ihm wiederholten sich Annette-Sätze.

Er hatte eine Lebensgelegenheit verpatzt. Ein Sänger bekommt DIE Chance seines Lebens, er steht schon auf der Bühne, ist im Kostüm, ist trainiert, hat sich nach dieser Sekunde ein Leben lang gesehnt, der Dirigent gibt ihm den Einsatz – er macht den Mund nicht auf. Gisi, das Genie! Wie dachte sie jetzt über ihn? Bitte, stell dir das lieber nicht vor. Nothing ever happens, Gisi... Aber weil man sich nicht nur beim Mißlungenen aufhalten kann, versuchte er, Annette auszuklammern. Er wollte nur noch Gisi-Bilder zulassen. Wie sie lag und so weiter. Er mußte sie heute noch anrufen. Was hatte Gisi gesagt, als sie nach dem Läuten noch eine Sekunde vor Annettes Haustüre gestanden hatten? Hätt ich nicht gedacht, daß ich noch einen finde, dem das genauso wichtig ist wie mir. Mein Gott. Wenn sie ihn bloß nicht aufgab, heute. Er würde sie anrufen, sobald er in Frankfurt war. Oder gleich, jetzt, vom Zug aus. Er hatte zuwenig Fünfmarkstücke. Also von Frankfurt aus. Gisi würde eine andere finden. Annette vor zehn Jahren, das wäre es gewesen. Arme Annette. Er würde auch Annette anrufen. Lebenslängliche Freundschaft mit Annette. Alles, was sie wollte. Aber mit Gisi vorwärts. Er hatte das Gefühl, mit einer Frau allein, das sei nicht besonders menschlich. Humanisieren wir den Geschlechtsverkehr. Dieses schonungslose Gegeneinander von zweien – schrecklich. Als sie zu EINEM Kuß zusammenflossen, dieses Friedliche, Paradiesische, alle wollen allen nur Gutes tun, man wirtschaftet nicht so drauflos. Aber ohne so ein Gisi-Genie geht es sicher nicht. Man muß Annette austauschen. Jawohl. Strategie ist unerbittlich. Auch wenn er sonst nichts schafft und hinterläßt, wenn er keine Renommier-Schlösser in Frankreich auftreibt wie Erzopportunist Kaltammer, wenn er nicht Autobahnen verhindert und Wohnsilos baut wie der liebenswert zutrauliche Paul Schatz, diese rein irdische Dreieinigkeit will er schaffen. Die Dreieinigkeit als sein Paradiesmemorial, sein Idyllendenkmal. Schadeschadeschade, liebste Annette, daß es ohne dich sein muß. Aber vielleicht fängt sie sich noch einmal. Mein Gott, warum ist er denn nicht geblieben! Idiotidiotidiot! Annette mußte sich doch zuerst einmal all das von der Seele reden. Zu spät. Du hast es verpatzt. Aber verpatz jetzt nicht auch noch die nächste große Gelegenheit zur wirklichen Dreieinigkeit. Die Aufhebung der schlimmsten Trennung, die so lang die Erde beherrscht hat. Dreieinigkeit. Schluß mit der Zweierkonfrontation. Zusammenwirkung aller. Dreieinigkeit. Durch Gisi, das Genie. Gisi als Jagdbiene. Wenn er es ein einziges Mal schaffte, es Gisi recht zu machen, würde es sich fortsetzen wie von selbst. Er muß es nur einmal so hinkriegen, daß sie sich sofort nach der Wiederholung sehnt. Dann wird sie für ihn jagen gehen. Nicht nur im *Birnbaum*. Aber wird Gisi überhaupt noch einen Versuch machen mit ihm? Was man nicht nutzen kann, ist vertan. Bei einer Jagd kommt keine Gelegenheit zweimal. Aberglauben. Er wird eine zweite Gelegenheit schaffen. Aber ja.

7

Frankfurt an 13 Uhr 39. Zum Tee darf er kommen. Damit meinen solche Leute wahrscheinlich, daß er nicht vor vier und nicht nach fünf auftauchen soll. Zuerst Gisi anrufen. Obwohl, jetzt den Hörer abnehmen, Null-acht-neun-sechs-fünf-eins- und so weiter wählen, das fällt viel schwerer als das hemmungslose Schwelgen im zurückgekippten IC-Großraumsessel. Aber er muß. Also locker jetzt. Und geistesgegenwärtig. Und zielbewußt. Unablenkbar, bitte. Der Mann wird ja nicht daheim sein. Der ißt seine Treuebrote in der Bibliothek oder forscht, um den Gedanken an seinen Vater besser zu ertragen, in der unangenehmsten Vergangenheit. Alles Herzklopfen umsonst. Keine Antwort bei Ortliebs. Also doch noch einmal zu Annette. Auch keine Antwort. Wie es sich gehört. Verpatzt ist verpatzt. Diese Nacht hat es nicht gegeben. Gisi, ein Phantom. Annette, ein Alptraum. Ein Idiot, ein Idiot. Schluß. Rudi W. Eitel: Gottlieb, das Kind. Das wird es sein. Aber Gisi ist auch schuld. Mit ihrer Englisch-Manie. Angeblich kennt sie Annette. Dann muß sie doch wissen, was Englisch in der auslöst. Aber Paul Schatz, zum Beispiel, Paul Schatz wäre das nicht passiert. Sowieso undenkbar, daß ein Paul Schatz immer nur mit seiner ersten, dann immer nur mit seiner zweiten, dann mit seiner dritten und jetzt immer nur mit seiner vierten Frau allein im Zimmer ist.
Gottlieb war so beeindruckt von Paul Schatz, daß er, wenn er wieder einmal nicht wußte, wie er sich verhalten sollte, an Paul Schatz dachte, sich vorstellte, wie der

jetzt handeln würde. Schuld an dieser zwanghaften Schatzanrufung war jene Szene in der Jugendstilvilla – vielleicht der abenteuerlichste Augenblick in Gottliebs Maklerdasein; als es ihm mit Hilfe eines ihm seit eh und je bekannten und von ihm immer wieder bestochenen Hausmeisters gelungen war, Paul Schatz bei einem Berufs- und Privatgespräch zugleich zu belauschen. Dreimal, viermal, fünfmal hatte Schatz Frau Dr. Leistle mit immer neuen Wortgarnierungen vorgeschlagen, sie möge mit Schatz in ihrem Motorboot nach Romanshorn hinüberfahren, unterwegs mit ihm in der Seemitte baden, drüben im *Inseli* essen und beiläufig dann auch mit ihm das Geschäft machen. Unvorstellbar, daß Gottlieb einen so eindeutigen Vorschlag machen und ihn dann, trotz mehrerer Ablehnungen, mehrere Male wiederholen könnte. Dr. Hortense Leistle hatte Schatz nicht nur nicht mit in ihr Boot genommen – und wie schön hatte er ausgemalt, daß er zu Maschinen kein Verhältnis habe, also gegenüber Frauen, die mit Maschinen umgehen könnten, völlig wehrlos sei –, sie hatte die Jugendstilschönheit, dieses innigste aller Anwesen, nicht Paul Schatz anvertraut, Dr. Gottlieb Zürn allerdings auch nicht, sondern dem wendigen Reptil und Erzopportunisten Jarl F. Kaltammer, der es, um Platz für weitere Betonapartments zu schaffen, in die Luft sprengen ließ.

Frau Dr. Leistle war gekleidet gewesen wie Annette, auch an den Tropenoffizier erinnernd, Hose und Bluse ganz beige.

Seit diesem Nachmittag war Paul Schatz für Gottlieb eine Art erotischer Schutzpatron. Diese bewunderungswürdig männliche Rede mit dem unverblümten

Badewunsch, der dann doch abgeschlagen wurde, hatte sich in Gottliebs Erinnerung zur Musterhaftigkeit entwickelt. Hätte Paul Schatz damals Erfolg gehabt, hätte Gottlieb die Szene wahrscheinlich vergessen. Er brauchte einen Erfolglosigkeitspatron. Oder er brauchte das Beispiel Paul Schatzscher Unabschüttelbarkeit, weil er zu nichts so wenig imstande war wie dazu. Und ebendieses Unentwegte war wahrscheinlich männlich. Und an Männlichkeit mußte ihm gelegen sein.

Am liebsten wäre er langsam durch die Stadt geschlendert, hätte sich so langsam wie möglich der Lilienthalallee genähert, aber Frau Schönherr würde ihm dann sofort ansehen, daß er zu Fuß gekommen war, würde also denken, er könne sich kein Taxi leisten, also käme er nicht in Frage. Er mußte dort mit dem Taxi vorfahren und völlig unerhitzt läuten. Mit einem Blumenstrauß in der Hand. Also blieb er vorerst um den Bahnhof herum.

Am längsten blieb er in einer Kneipe. Der riesige Kellner unterhielt sich mit ihm in einer Sprache, die aus Deutsch, Amerikanisch und Holländisch zusammengesetzt war. Das ergab eine matrosenhafte Sprache. Dazu noch die Größe dieses Kerls. Dazu noch ein Gürtel, dessen Koppelschloß einen in einen durchsichtigen Stein geschlossenen Krebs präsentierte. Das hat er mal bekommen für 12 Dollar, irgendwo in Asien. Inzwischen sind ihm schon 500 Mark geboten worden. Er kann sich aber von diesem Gürtel, von diesem Koppelschloß mit Krebs nicht mehr trennen. Er kam, immer wenn er wieder einen anderen Gast bedient hatte, zu

Gottlieb zurück. Dann leerten ihm ein paar Japaner einen Haufen Kleingeld auf den Tisch, er mußte es sortieren, Gottlieb schaute ihm zu. Bis zu diesem Augenblick hatte Gottlieb sein Bierglas gegen eine Fliege verteidigt, die offenbar nirgends hinwollte als in sein Glas. Sooft er sie weggejagt hatte, sooft war sie wiedergekommen. Als er dem das Geld sortierenden Kellner zuschaute, schaffte sie es. Sie war drin. Im Glas. Im Bier. Den Kellner konnte er nicht stören. Was für eine Welt! Ein Riese mit einem solchen Koppelschloß und solchen Wörtern muß in einer muffigen Kneipe in der Frankfurter Bahnhofsgegend Kleingeld sortieren! Gottlieb hätte am liebsten gesagt: Keine Sorge, ich befreie Sie. Aber er mußte Blumen kaufen, ein Taxi nehmen und sich von der feierlich gonghaft schwingenden Türklingel der Villa Schönherr zu einem niveauverbürgenden Gesichtsausdruck anregen lassen. Die weiße und weiß vergitterte Tür mit goldenen Beschlägen ging auf, und sofort stürzte sich ein fast armingroßer, brauner, kurzhaariger Hund auf Gottlieb. Gottlieb sah die stierenden Augen, ein Bluthund also. Aber Frau Schönherr rief schon: Kitchener! Der wollte wirklich nur spielen beziehungsweise herumtollen, das spürte Gottlieb sofort. Ein lange angestautes Bewegungsbedürfnis wollte sich austoben. Gottlieb überreichte hastig die Blumen, stellte seine Tasche zwischen die Oleanderkübel und rief: Kitchener, komm! und rannte die paar Stufen wieder hinab und gebärdete sich, als sei er ein Bluthund, dem es gehe wie diesem Kitchener. Frau Schönherr stand auf der Treppe und lachte, als sie sah, wie wild und freundlich Gottlieb und Kitchener miteinander spielten. Gottlieb wußte, daß man, wenn man zu Leuten nichts über ihre Kinder sagen konnte, auch über Hunde und Katzen Anschluß fand. Aber zehn Minuten mußte er das Spiel schon treiben, Kitchener mußte etwas haben von diesem Spiel, sonst würde er nachher das Geschäftsgespräch stören. Besser eine Viertelstunde als zehn Minuten. Kitchener richtete sich auf an Gottlieb, Gottlieb warf ihn um. Kitchener rannte wieder an, Gottlieb ließ sich umwerfen, balgte sich mit Kitchener auf dem Rasen. Der Rasen war erstklassig. Den Anzug mußte er riskieren. Das Haus in Nonnenhorn war mit 1700 Quadratmetern Ufergrund mehr als eine Million wert, es winkte eine Provision von mindestens 30- bis 40000. Das einzige, was ihn an Kitchener störte, waren die Schleimfetzen, die dem bei jähen Kopfbewegungen aus dem Maul flogen und dann auch an Gottlieb hängenblieben, am Anzug, aber auch im Gesicht, am Hals. Bitte, nicht zimperlich jetzt. Frau Schönherr lachte. Als Kitchener einmal lang ausgestreckt liegen blieb und auf das nächste Angebot wartete, machte Gottlieb Schluß. Frau Schönherr stand immer noch droben und lachte. Die weißen Rosen mit den blauen Eisenhutdolden und der grünen Farnfassung paßten ausgezeichnet zu ihrem weißen Kleid mit grünem Revers. Ein Missonikleid. Er wunderte sich selber darüber, daß ihm das einfiel zu diesem Kleid. Wetten hätte er nicht können, daß es eines sei. Sicher wußte er nichts. Aber man kommt besser durch, wenn man allem Vorkommenden einen Namen gibt. Man mindert die Macht des Vorkommenden beziehungsweise die eigene Ohnmacht. Seit ihr Mann im Rollstuhl dahinvegetiere, komme Kitchener zu kurz. Sie könne nicht aus dem Haus mit ihm, er sei zu stark für sie, er gehorche ihr ja nicht. Wahrscheinlich müsse sie ihn einschläfern lassen, sagte sie, als man hineinging. Schrecklich, nicht wahr. Gottlieb bestätigte das. Sie hatte so eine Bewegung gemacht, die auch ihren Mann einbezog, der auf der Gartenseite des Salons im Rollstuhl saß. Eher hing als saß. Die Zugluft, sagte sie, das Wärmer- und Kühlerwerden des Tages, das ist das einzige, was er noch wahrnimmt.

Auch noch Champagnerrosen, sagte sie, mir die liebsten! Im Geschäft hatte Gottlieb gehört, es seien Athenerosen. Egal. Ihm egal. Man korrigiert eine Kundin, von der man etwas will, nicht in den ersten paar Minuten. Frau Schönherr hat an ihren Ohrläppchen kleine goldene Kügelchen. An den Handgelenken und an den Fingern hat sie auch viel feines Gold. Alles ist fein an ihr. Der Tee stand schon auf dem schwarzen Lacktisch. Gottlieb versank in einem Sessel. Auf einem Beistelltisch sah er Papiere, Pläne, Akten! Frau Schönherr sagte: Reden Sie ruhig laut, mein Mann hört absolut nichts mehr. Und blind ist er auch. Gottlieb konnte die durch diese Mitteilung eröffneten Möglichkeiten nicht gleich nutzen. Er sah längere Zeit richtig teilnahmsvoll zu dem Rollstuhl hinüber, der dem Raum die Rückseite zukehrte. Seit sie TZI betreibe, gehe es ihr wieder ein bißchen besser. Bevor sie mit TZI angefangen habe, sei sie der Meinung gewesen, ihr Mann sei besser dran als sie. Gottlieb machte das Fragegesicht, sie erklärte: Themenzentrierte Interaktion. Daß er noch nie von Ruth Cohn gehört habe, glaube sie ihm nicht. Offenbar sei er ein Snob, der das, was gar alle tun und treiben, nicht einmal dem Namen nach kennen wolle. Ruth Cohn sei ja immerhin schon 68 aus den USA gekommen, inzwischen hat sie in Bern so etwas wie eine eigene Universi-

tät. Man lernt Ich sagen bei ihr. Hier- und Jetztfor-
schung! Nie gehört? Sogar die Hessische Landeskirche
benutzt TZI schon auf ihren Kongressen. Frau Schönherr war ja durch die Katastrophe ihres Mannes von allen Kontakten abgeschnitten gewesen. Eigentlich schon
vorher. Ihr Mann sei ein Lebenskünstler gewesen, der
aber sie von seiner Kunst ausgeschlossen habe, aus-
schließen mußte. Es war ein Hundeleben, sagte sie mit
einem Blick auf Kitchener, der gerade hingebungsvoll
sein eigenes Geschlecht ableckte. Wenn der Mensch das
könnte, sagte sie, dann wäre alles leichter. Aber gemein
wie die Natur ist, ermöglicht sie das nur Kreaturen, die
damit nichts anfangen können. Was sie sage, höre sich
für Gottlieb vielleicht grausam an, aber sie habe für Sentimentalität nichts mehr übrig. Zuviel Zeit verloren.
Durch den. Wink zum Rollstuhl hin. Das Wrack da
drüben täte ihr nicht einmal leid, wenn es sein Elend
noch fühlen könnte. Sie hat diesen Mann längst wegen
erwiesener Unfähigkeit zur Monogamie zum Tode verurteilt gehabt. Zu irgendeiner Ausführung war sie nicht
fähig gewesen. Das hat er dann selber besorgt durch seinen Lebenswandel. Kein Mißverständnis, bitte! Nur
wenn der Eheunfähige eine Ehe eingeht, ist er ein Ver-
brecher. Dieser Herr hätte nie heiraten dürfen. Aber er
wollte Kinder, Familie und das Gegenteil auch. Sobald
die Kinder aus dem Haus waren, zog die Hölle ein. Da
strahlte dieser Herr nur noch Unverbindlichkeit aus,
Kälte, Gemeinheit. Der wollte sie durch pure Bösartigkeit in Wahnsinn und Tod treiben. Hat er nicht geschafft, der hübsche Satan, der er war. Er hat mit jeder
Frau, die sie ins Haus brachte, geschlafen. Mit ihr nicht
mehr. Schon lange nicht mehr. Aber mit jeder ihrer

Freundinnen. Mit jeder, ja! Systematisch sozusagen! Strategisch! Sie zu vernichten. Ihr sollte kein menschlicher Umgang bleiben. Als sie einmal einen Mann aus dem Bekanntenkreis etwas näherkommen ließ, erfuhr sie von dem, ihr Mann erzähle herum, sie sei nur auf Männer aus, um nachher alles, was sie mit denen getan habe, haargenau in ihr Tagebuch zu schreiben, das sie dann herumliegen lasse, damit ihr Mann diese Bettberichte lese. und so vielleicht wieder Appetit auf sie bekomme. Eins hat sie sich vorzuwerfen: sie hat gehofft! Immer gehofft! Jetzt, jetzt bald, jetzt wird er sich ändern, älter werden, ruhiger, dann wird es sich vielleicht doch noch gelohnt haben, ein Leben in der Hölle verbracht zu haben. Dabei hätte sie ihn durch Scheidung treffen können. Er ist ein kleinbürgerlicher Perfektionist, gescheiterte Ehe, bei ihm nicht! Die amerikanische Firma, die er in Europa vertritt, gehört einer total bigotten Familie. So was von puritanisch. Milliardäre, aber kein Essen ohne Tischgebet, vorher und nachher. Mit gefalteten Händen, geneigtem Kopf. Wenn man mit denen zusammentraf, hier oder dort, mußte immer Ehehochglanz gezeigt werden. Da war er auch immer sehr nett zu ihr. Schon vorher. Der Perfektionist. Mindestens vierzehn Tage vor dem alljährlichen Firmentreff wurde er mild, freundlich, sogar richtig lieb. Er verführte sie einfach. Weil sie zu einer so strategischen Liebesleistung ganz unfähig wäre, hielt sie es doch tatsächlich jedesmal für Umkehr, Neubeginn, Paradiesankündigung. Sie ist eine hoffnungslose Kuh. War eine. Wenn sie wüßte, daß das Wrack noch etwas mitkriegt, würde sie sich jetzt noch scheiden lassen. Ihr Bedürfnis nach Genugtuung ist in diesem Leben nicht mehr zu stillen. Aber so ein paar kleine symbolische Gesten möchte sie schon noch gern anbringen. Sie kann ihn auch gar nicht pflegen. Das machen Fremde. Ihr Abscheu vor dem ist endgültig. Am schlimmsten ist es, wenn die Kinder kommen. Die haben kein bißchen Ahnung von der Hölle, in der sie aufgewachsen sind. Der Herr hat die fürchterlichsten Drohungen ausgestoßen für den Fall, daß die Kinder irgend etwas bemerkten. Er war immer der vollkommene Vater, hatte immer Zeit, die Kinder waren das Allerheiligste. Auch deshalb: keine Scheidung. Die Kinder können nichts dafür, sagte er immer. Zwei prächtige Kinder, in der Tat. Das hat er geschafft, daß die im vollkommenen Friedensschein aufgewachsen sind. Bezahlt hat sie's, Liliane Schönherr. Das war überhaupt das Schwerste, das Gemeinste, das Böseste, dieser Zwang zur Harmonieshow. Nicht weinen dürfen! Kein Fluch! Das schwere Gesicht dauernd mit Lächeln liften! Das tut erst richtig weh: wenn man verleugnen muß, wie weh es tut. Aber sie wird den Kindern etwas erzählen. Sobald das Wrack unterm Boden ist, macht sie den Mund auf. Ihre Älteste ist zur Zeit in England, auf einem medizinischen Sprachkurs, weil sie eingeladen ist, in Philadelphia auf einem Radiologenkongreß zu sprechen. Perfektionistin wie ihr Vater. Christoph studiert auch Medizin, will aber Turnierreiter werden; es sieht ganz so aus, als stünde ihm eine Weltkarriere bevor. Hat es sich also gelohnt? Sie kommt sich betrogen vor. Sie kann das Wrack nicht mehr sehen. Jetzt kommt sowieso gleich die Schwester, die das Wrack betreut. Dann schaut noch der Arzt vorbei. Ein Aufwand ist das. Kommen Sie, wir setzen uns runter, da ist es gemütlicher.

Sie stiegen hinab in eine kleine Souterrainhöhle. Eine Trinkstube also, mit Bar und Barhockern, alle Wände tapeziert mit Nacktphotographien, die offenbar Kunstanspruch erhoben. Eine Videothek. Porno, dachte Gottlieb. Was er trinke? Er wußte es nicht. Dann mixe sie ihm etwas, ja? Gern. Er bedauerte, daß sie die droben bereitliegenden Geschäftspapiere nicht mit heruntergenommen hatte. Aber er war auch froh, daß er den Rollstuhl mit dem *Wrack* nicht mehr anschauen mußte. Frau Schönherr stand hinter der Theke, schüttelte etwas Zusammengeschüttetes und machte dazu ein wünschendes oder verwünschendes Hexengesicht. Das Getränk schmeckte wie Paprika mit Zucker und Pfeffer. Kommen wir zur Sache, sagte sie. Gottlieb nickte. Sie saßen hier viel enger beieinander als droben. Das Licht ließ Frau Schönherr schmelzen. Aus dem Barkühlschrank holte sie eine Platte schön Angerichtetes. Sie sagte: Möweneier, Kaviar und Lachs. Dazu ein Baguette. Frau Schönherr sprach jetzt über *Sex*. Dieses Wort bewirkte in Gottlieb die unangenehmsten Empfindungen. Andererseits sah Frau Schönherr hier unten viel weniger unglücklich aus als droben. Wie hatte sie sich ausgedrückt: mit Lächeln ein Gesicht liften. Das konnte sie. Sie wäre nicht mit ihm in die Lasterhöhle gegangen – das sei im Haus die Bezeichnung für diesen Raum –, wenn er nicht diesen Strauß aus Champagnerrosen, Eisenhut, gerahmt vom Farn, gebracht hätte. Dieser Strauß und sein Spiel mit Kitchener – der nicht mit herunterkommen durfte – seien ihr nahegegangen wie schon lange nichts mehr. Andererseits hat sie, dachte Gottlieb, doch für alle Fälle etwas vorbereitet. Sie hat, sagt sie, schon seit elf Monaten keinen Sex mehr gehabt. Mein Gott, dachte Gottlieb, das hatte er doch gerade schon gehört. Aber Gisi, das Genie, hat nicht das jämmerliche Wort gebraucht. Hier ging es anders weiter als in München. Die ganze Frau Schönherr war eine andere Frau hier unten. Jetzt erst sah er, daß es hier unten mehr Liege- als Sitzgelegenheit gab. TZI, sagte Gottlieb einfach vor sich hin. Frau Schönherr lachte. Das sei das Zauberhafte an solchen Psycho-Moden, man könne sie jederzeit anbringen. Die gesellschaftliche Entwicklung produziere ja mit jeder Barriere, die sie sprenge, zehn neue Barrieren dazu. Weil es immer leichter werde, miteinander zu schlafen, werde es immer schwieriger. Früher habe man einander, bis es soweit sein durfte, wahrhaftig kennengelernt, eine süße lange Annäherungsstrecke habe man auf gesittet abenteuerliche Weise hinter sich bringen müssen. Sie nähere sich ihm jetzt mit TZI, aber das nur, weil sie seine Schüchternheit und Unsicherheit, ja sogar Angst gespürt habe. Diese Mischung habe sie so an sie selber erinnert, daß ihr die Entfernung zu ihm gar nicht mehr recht als Entfernung erlebbar sei. Er möge, bitte, aufpassen! Er möge sie, bitte, jetzt sofort zurückstoßen, sonst sei es zu spät für sie. Zurückgestoßen zu werden sei für sie weder neu noch tödlich. Sie wären nicht der erste, der NICHT mit mir schläft, sagte sie mit einer bebenden Stimme. Tatsächlich zapple sie schon ein bißchen an seinem Haken. Ob ihn dieses Bild störe? Das Schlimmste komme erst noch. Jetzt sei sie ja schon so nahe bei ihm, daß er riechen könne, wie sie aus dem Mund stinke. Gottlieb erschrak über die Ausdrucksweise viel mehr als über das, was sie ihm zum Beweis ins Gesicht hauchte. Der Drink sei drum so scharf, um ihm und ihr eine Geruchserleichterung zu verschaffen. Ihr Mann, das Wrack, habe ihr beigebracht, sie stinke unbehebbar aus dem Mund. Ist das so ... Gottlieb riß sie, sobald er merkte, daß, was ihn jetzt anwehte, tatsächlich ihr aus dem Mund kam, heftigst an sich und bearbeitete ihren Mund auf die Art, die man Küssen nennt, das heißt, er vergrub ihren Mund in seinem und seinen in ihrem und so weiter. Er demonstrierte. Es sollte eine Mundorgie bleiben. Ihr Mann sollte ein für allemal widerlegt werden. Gut, Herr Schönherr hatte, was den Tatbestand angeht, vielleicht nicht unrecht gehabt, aber dieser Tatbestand – das erlebte Gottlieb mit einem Staunen, das jedem Pfingstwunder zukommt – strömte Verführungskraft aus. Gottlieb war plötzlich ganz durchströmt von einer Zärtlichkeitskraft, die nichts wollte als dieser Frau alles tun, was diese Frau doch offenbar nicht mehr für möglich hielt. Er hatte plötzlich Angst, alle Menschenähnlichkeit einzubüßen, wenn er diese Frau nicht mochte. Aber wirklich. Das war das Wunder. Keine Spur von Rotekreuzgesinnung oder Mitleidsblende. Liliane! Plötzlich begriff er ihren Namen. Mein Gott, Liliane. Irgendwie schaffte man ohne Enge- und Temperaturverlust die Verlagerung auf die enorme Liegefläche. Wenn jetzt bloß nicht Anna anruft. Denk nicht an Anna! Annas Empfindungsfähigkeit wird über jede Entfernung hinweg gereizt, wenn du heftig genug an sie denkst, und sei's aus Angst. Die Nummer hat sie. Oder rufst du sie schon an wie der Schiffer in Not die zuständigen Heiligen? Soll sie dich durch Anruf retten? Anna, erbarme dich meiner, Anna, beschütze mich, Anna ... Da war er schon dabei, Liliane Schönherr mit einer Ungeschicktheit auszuziehen, die demonstrieren sollte, daß sie aus heftiger Ungeduld stamme. Zuletzt also eine Strumpfhose. Die reizte noch eine hundsgemeine Störung hoch in ihm. Eine in eine Strumpfhose abgefüllte Dame, dachte er. Alle Achtung, Strumpfhose, dachte er. Dich, Gottlieb Zürn, sollte man erschießen, dachte er. Für alles Undienliche, das sich einmischen wollte, entschuldigte er sich mit Zärtlichkeit und Zudringlichkeit. Zuerst hatte er etwas für Frau Schönherr tun wollen. Und jetzt tat er etwas für sich selber. Das doch. Erstaunlich, wie direkt seine Hingerissenheit aus den Verhinderungspassagen dieses Vorgangs entsprang. In einem fabelhaften Umwertungsgewitter wurde jetzt alles förderlich. Sie war inzwischen eine andere Person, daran war nicht zu zweifeln. Ihr vollkommen erfülltes Gesicht. Diese Braunaugen. So viel verschiedene Empfindungen hat ein Blick noch nie gebündelt. Nichts war in diesem Gesicht übriggeblieben von den Leidensgraphiken, die sich im ersten Augenblick, als sie in ihrer weißgoldenen Tür erschienen war, vorgedrängt und ihm eingeprägt hatten. Droben hatte ihn das dunkle Gewächs, das Frau Schönherr am Rand der Oberlippe hatte, eher irritiert. Eine Warze wohl. Hier unten wirkte dieses dunkle Ding nur noch opernhaft; wie etwas, das man absichtlich hat. Das violette Ding hatte inzwischen einen Grad der Hingehörigkeit erreicht, der sich mit den ihre Brüste krönenden Violettpartien messen durfte. Dann also der Innigkeits- oder Ausgießungspunkt. Was Liliane da passierte, erinnerte Gottlieb an eine Landung mit einem Großflugzeug in Kloten. Sobald man den Boden berührt hatte, hatte sich das Flugzeug wie wild gebärdet. Stürmisch aus den Flügeln hochfahrende Partien, Landeklappen vielleicht, ungeheure Murr- und Brausegeräusche, eine Art brutales Gegensteuern, ein Totalbeben, spürbar bis ins Rückgrat hinein – alles nur, um es wieder auszuhalten auf der Erde, um nicht in dem aus der Luft stammenden Geschwindigkeitsüberschuß unterzugehen, um sich nicht aufzulösen im Nichtsundwiedernichts. Aus. Amen. Nachschwitzen. Ermatten. Tritt fassen. Überblenden. Wirklichkeit beseufzen. Zurückfinden. Wenn die Kleider passen, sind's deine, also bist du der und der und du die und die. Überfüll den Mund mit Brot und Fisch, daß du nichts mehr sagen kannst. Ach, die Welt ist mit Zeit tapeziert. Wie weit weg bist du schon? Streck also Arme aus nach Liliane. Ob du sie noch erreichst? Hinauf, bitte. Zu den Papieren, bitte. Tatsächlich ist Liliane im Wohn- und Repräsentationsgeschoß wieder Frau Schönherr. Sie will aber nicht vergessen lassen, daß sie gerade noch Liliane war. Wann wieder? Er schluckt und schluckt. Statt einer Zeit sagt er einen Ort: Nonnenhorn. Ach ja, das Haus in Nonnenhorn. Jedesmal wenn sie sich entschlossen hat, diesen schönen Kastanien- und Nußbaumgrund samt dem lieben Lebkuchenhäuschen zu verkaufen, meldet sich in ihr eine Gegenstimme an. Warum so was Schönes verkaufen?! So die Gegenstimme. Jetzt schon gar nicht mehr! Hat ihr Instinkt, Nonnenhorn nicht zu verkaufen, heute nicht wunderbar recht behalten?! Sie wird hinziehen, Gottlieb kommt einmal, zweimal in der Woche herüber. Sie werden es schön haben. Noch viel schöner als hier. Alle diese Gefährdungen des ersten Mals werden hinter ihnen liegen, sie werden sich tragen lassen von der Vertrauensfülle, das wird ein Hinaufgleiten und Drobenbleiben werden, oh Gottlieb, oh Gottlieb, welch ein

Glück, daß wir uns noch getroffen haben! Stell dir vor, wir hätten uns nicht getroffen! Sie macht Schluß mit TZI. Sie haßt TZI. Sie hat TZI schon immer gehaßt, jetzt weiß sie, warum. Sie wird nach Bern kabeln: Mit mir nicht mehr! Oh Gottlieb! Sollen sie heute nacht ins Hotel oder will er hierbleiben. Das Wrack wird in ein Zimmer gelegt, eine Nachtschwester sorgt dafür, daß das Wrack nicht erstickt. Ihr Mann tut ihr jetzt leid. Zum ersten Mal, seit er im Rollstuhl ist, tut er ihr leid. Das zeigt ihr, daß sie durch Gottlieb wieder Menschenähnlichkeit annimmt. Oh Gottlieb, dafür dankt sie. Es ist nämlich nicht lustig, als Monstrum herumzuhängen, immer das Schlimmste für das Wünschenswerteste halten zu müssen... Es läutete. Dr. Plessner, sagte sie. Führte ihn herein, machte Dr. Zürn mit Dr. Plessner bekannt, aber so, daß Gottlieb deutlich ihr näher war als Dr. Plessner. Das schien den zu belustigen. Er schaute beide an wie ein Zollbeamter, der sagt: Haben Sie Waren anzumelden. Dann sagte er: So, so, hat's geklappt. Liliane Schönherr war offenbar glücklich, daß man es ihr und Gottlieb sofort ansah. Oh ja, sagte sie, sogar eingeschlagen hat es. Gratuliere, sagte der Doktor, der ein bißchen jünger sein konnte als Gottlieb. Er müsse sich um den Gatten kümmern, sagte er dann, verneigte sich und ging in Richtung Rollstuhl. Gottlieb verließ den Raum sofort, er wollte den Rollstuhlfahrer nicht von vorne sehen. Liliane folgte. Gottlieb hatte nach seiner Tasche gegriffen, stand jetzt in der Halle vor Liliane und sagte, er fahre ins Hotel und rufe sie von dort aus an. Aber bitte gleich, sagte sie. Das versprach er und war draußen. Sie rief noch, sie wolle ihm ein Taxi rufen. Nein, nein, er rennt vor bis zur nächsten Verkehrs-

157

straße, da hat er sofort eins, also, bis gleich. Bis glaa-
eich, ruft sie. Er hat das Gefühl, sie schaue ihm nach. Er
schaut, bevor er abbiegt, noch einmal zurück, ja, sie
steht noch auf der Treppe ihres schönen weißen Hauses
und winkt wie jemand, der einem großen Schiff nach-
winkt, das auf eine weite Reise geht. Da hat sie wohl
recht, dachte Gottlieb. Sobald er wußte, daß sie ihn
nicht mehr sah, konnte er langsam gehen. Zum Glück
hatte er nicht in einem Anfall von Optimismus erste
Klasse hin und zurück genommen. Jetzt also: einmal
zweiter München, einfach. Frau Reinhold! Schon wieder eine von Lissi Reinhold empfohlene Gelegenheit,
die sich als reine Ungelegenheit entpuppt. Er hatte alles
getan, was man tun konnte, um den Auftrag zu kriegen.
Mehr, Anna, als er dir sagen kann. Er spuckte mehrere
Male aus, weil in seinem Mund ein Geschmack
herrschte, als habe er zehn Stunden lang Parfüm gesof-
fen und Puder gefressen. Gottlieb fand, er könne sich
beleidigt fühlen. Obwohl, das Motiv, das sie jetzt für
das Nichtverkaufenwollen anführt, gestattet ihm Belei-
digtsein nicht. Er will sich trotzdem beleidigt fühlen
dürfen. Hereingelegt. Auch wenn er es selber war, der
sich hereingelegt hat. Sobald er im Zug saß, gestand er
sich ein, daß er von einer Sportveranstaltung komme.
Er hat zwar gesiegt, aber krasser kann man nicht verlieren als durch diese Art Sieg. Wir haben kein Organ für
das Leben. Deshalb wird das Leben so schnell unerträglich. Was für eine Selbstmißhandlung ist das gewesen!
Das einzig Gute: daß du den Auftrag nicht geschafft
hast! Stell dir vor, du hättest den Auftrag in der Tasche!
Du haust ab, hockst im IC, sie wartet auf dich! Das
Schlimmste – daß du den Auftrag nicht hast – ist das

Beste. Das Schlimmste ist das Beste. Hatte nicht Annette das so gesagt? Nein, Stefan Ortlieb war das. Also, zum Glück haben wir kein Organ für das Leben. Das wäre so verstört jetzt von dieser Mißhandlung, du müßtest aufgeben, dich umbringen oder so was. Zum Glück bist du gefühllos wie ein Stück Zugkunststoff. Also das sogenannte Geschlechtsteil ist bestimmt kein Organ für das Leben. Dieses Teil ist ein Sportgerät, ein leibliches. Es ist kein Sinn. Was ist mit den Augen erreicht worden! Das sind offenbar unendlich entwicklungsfähigere Sinne. Aber dieses Teil ist blöde, man sollte es loswerden können, daß man das Bedürfnis als solches rein empfände und dann irgend etwas damit anfinge. Kein Organ für das Leben. Man kann Ski fahren, Wein trinken, Bilder anschauen, Musik hören, Geschlechtsverkehr treiben, aber man kann nicht leben. Man lebt. Aber man kann es nicht. Sonst hätte das doch nicht passieren dürfen. Kein Organ für das Leben. Sex, hat sie gesagt. Ein Wort aus dem Lexikon, aus dem die Krankheiten stammen und die Defekte. Sex, das klang, wie es war. Gottlieb rannte in den Wagen, von dem aus man telephonieren kann. Er habe nur drei Fünfmarkstücke, sagte er. In seinem Hotel habe eine Nachricht gewartet, er müsse sofort nach München, eine Tochter sei geflohen und jetzt wahrscheinlich in großer Gefahr, einem fürchterlichen Menschen zum Opfer zu fallen, Liliane möge, bittebitte, an ihre eigenen Kinder denken, man sei eben doch nicht ganz frei, aber bis bald, bis bald, bis bald. An der anderen Seite nur Schluchzen. Sie werfe sich so sehr vor, daß sie ihn habe gehen lassen, sie werfe sich das so sehr vor. Sie hätte ihn nicht gehen lassen dürfen. Sie wußte, daß es falsch war. Sie habe immer alles falsch gemacht in ihrem Leben. Immer wenn es darauf ankam, hat sie alles falsch gemacht. Immer so falsch wie möglich. Sie ist eine Lebensidiotin. Das weiß sie doch längst. Eine unbelehrbare Lebensidiotin. Wenn sie ihn nicht ins Hotel gelassen hätte, hätte er die Nachricht nicht gekriegt, wäre also bei ihr. Wie soll sie die nächste Nacht überleben, Gottlieb... Der Mangel an weiteren Fünfmarkstücken enthob Gottlieb einer Antwort, die er nicht hätte geben können. Er ging langsam an seinen Platz zurück, schaute in die vorbeirasende Dunkelheit hinaus, sah in der Zugscheibe nur sein eigenes Gesicht. Und er sah, daß sein Gesicht nichts zeigte als ein unheimlich widerwärtiges Grinsen. Um Gottes willen. Er mußte sofort wegschauen. Aber wahrscheinlich änderte sich sein Gesicht nicht schon deswegen, weil er es so, wie es war, nicht ertrug. An was sollte er denn, bitte, denken? Da er sich nicht wie ein Vater aufgeführt hatte, konnte er nicht an die Familie denken. Er hat die Familie zerstört. Aber wenn er heimkommt, will er die Familie unversehrt vorfinden. Obwohl er gewaltige Gefühle lieber mied und Scham vielleicht das gewaltigste Gefühl überhaupt ist, mußte er sich jetzt gestehen, daß er sich schäme. Wird wahrscheinlich ein Zeichen von Lebensschwäche sein. Ein Starker schämt sich doch nicht. Er wäre jetzt gern daheim gewesen. Sehnsucht? Auch eine der größeren Bezeichnungen. Aber heute scheint der Tag für so was zu sein. Scham und Sehnsucht, beides wurde eine einzige Empfindung, für die es allerdings keine Bezeichnung mehr gab. Am liebsten wäre er jetzt mit dem peinlichen Lebensstoff auf eine wissenschaftliche Art umgegangen. Das Unerträgliche portionieren, dann die erträglichsten Teilchen aussondern und wieder vergrößern. Das wär's. Er beneidete die Frau, die ihm gegenübersaß und strickte. Aber sie unterbrach ihre Strickerei immer wieder, ging hinaus auf den Gang, kam zurück und strickte weiter. Es war, als könne das Stricken sie nicht ganz ausfüllen. Sie erwarte mehr vom Leben. Aber wenn im Zuggang das Wunder nicht passierte, kam sie zurück und strickte weiter. Gottlieb mußte jedesmal seine Beine umgruppieren. Er tat das mit einem Gesicht, als mache ihm nichts in der Welt mehr Freude als das Umgruppieren seiner Beine in einem IC-Abteil zweiter Klasse. In der ersten Klasse hatte er noch nie eine Frau stricken sehen. Also bitte. Er würde nie mehr in der ersten Klasse fahren, schwor er sich und wußte, daß er diesen Schwur so bald wie möglich brechen würde. Wie zum Hohn holt jetzt der Mann, der neben Gottlieb sitzt, einen Apfel aus seiner Tasche, reißt mit krachendem Geräusch ein Apfelstück in seinen Mund, kaut, die Geräusche werden naß, man hört richtig, wie die kleineren Apfelstücke in seinem herbeifließenden Speichel beim Zerbissenwerden quietschen. Im Gang bestellt jemand bei dem Mann mit dem Buffetkarren eine Bockwurst. Muß das denn sein? Gottlieb hat das Gefühl, nichts mehr ertragen zu können. Feindselig sein, das wär's. Hassen. Aber dann sah er die Leute an, die er hassen wollte, und merkte, daß es unmöglich war, diese Leute zu hassen. Wenn er einen in diesem Abteil hassen konnte, war er es selber. Neben der Strickerin saßen zwei Frauen, die sprachen laut miteinander über ihre Männer. Alle anderen hörten ihnen zu. Daß sie das gar nicht störte, fand Gottlieb bewundernswert. Was sie sagten, fand Gottlieb nicht interessant. Aber zuhören mußte er trotzdem. Des muß isch saache, wenn isch was saache, macht er mer alles, desch au was wert, net? Die andere schilderte auch noch den Chef ihres Mannes: So 'n Rothaariger mit stechende Auge. Gottlieb wußte jetzt ganz sicher, daß dieser Zug immer weiter fahren und niemals irgendwo ankommen würde. Oh Annannanna, warum hast du ihn nicht erhört!

8

Am nächsten Vormittag auf dem Weg zu Frau Traub dachte Gottlieb darüber nach, wie er der Norne Marga noch unwiderstehlicher als beim ersten Besuch den leidenden Vater vorführen könnte. Er hatte viel zu oft den Gegnern seiner Kinder zugestimmt. Natürlich nicht wirklich und im Ernst. Aber er hatte geglaubt, die Gegner seiner Kinder, also die Lehrer, würden mit seinen Kindern glimpflicher verfahren, wenn man ihnen zustimmte und sie nicht auch noch durch Widerspruch reizte. Inzwischen glaubte er zu wissen, daß man sich in Gegenwart von Leuten, die Macht ausüben können über das eigene Kind, kein bißchen negativ äußern darf über dieses Kind. Diese Leute packen sofort zu, mißhandeln das Kind und können sich dabei auch noch auf den Vater berufen, der ja höchstselbst zu verstehen gegeben habe, wie sehr dieses Kind mitleidloser Strenge bedürfe. Schüchtert man sie aber durch kluge Verklärung des Kindes ein, dann halten sie, wenn auch grinsend und knurrend, ein paar Augenblicke still. Oh Julia, herzungewisses Kind, dachte Gottlieb, als er vor der schwarzen, aber grün eingewachsenen Tür in der Nornenstraße stand. Zuletzt hatte er Julia in der vergangenen Nacht im Traum gesehen. Er war mit dem grünen Mercedes nach rechts abgebogen, aber das Gartentor war viel zu eng, also jäher Halt, heraus aus dem Auto, da wird ihm klar: er hat einen Unfall gehabt! Die linke Hintertür hängt nur noch ein bißchen am Auto, der Kofferraum ist zerschmettert, Anna und Julia fehlen, sind im Krankenhaus. Er tritt in das Lokal, in dem er öfter mit der Familie ißt, geht auf den gewohnten Tisch zu, mit ihm nimmt Platz: Gisi. Von allen Seiten grüßen Bekannte. Frau Reinhold, Paul Schatz, Schaden-Maier. Er hat das Gefühl, unendlich blamiert zu sein. Gisi sieht wirklich sehr windig aus in der altmodischen Gediegenheit dieses Lokals. Und das Schlimmste: sie hat sich frech auf den Stuhl an der Stirnseite des Tischs gesetzt, den sonst immer sofort Anna einnimmt, weil man von diesem Stuhl aus den Tisch beherrscht.

Frau Traub bewies ihm durch ihre fürsorgliche Milde sofort, daß es ihm gelang, den Eindruck eines Hilfsbedürftigen zu machen. Ach, Sie Ärmster, sagte sie und nahm die Moosröschen aus seiner Hand. Dankedanke, sagte sie und bedauerte den armen Vater, der Tag und Nacht durch die Straßen der ihm so fremden Großstadt streife und von weitem jedes Mädchen zuerst einmal für seine Tochter halte, um dann ein weiteres Mal festzustellen, daß sie es wieder nicht sei. Aber jetzt sei wenigstens zu melden: der Neffe sei da. Diesmal hat er tatsächlich zuerst die Freunde in Obermenzing aufgesucht; das kann heißen, daß er nicht allein ist, also, Hoffnung, armer Vater. Gottlieb verabschiedete sich eilig. Sie begriff's und rief ihm noch Vielglück nach. Mit zwingender Geste fing er sich ein Taxi. Ihm widersteht jetzt keiner mehr. Mein Gott, wie weit weg ist so eine Frau Schönherr. Und wie unwichtig ist die, samt einer Gisi und so weiter. Der Fahrer, an den er geraten war, schimpfte während der ganzen Fahrt vor sich hin. Eine Zeit lang fühlte sich Gottlieb von dem wirklich vertreten. Dann merkte er, daß der nur gegen Frauen schimpfte. Diese Weiber am Steuer, fauchte er, wie ich die hasse. Die könnte ich rausholen und verprügeln.

Gottlieb merkte, daß von ihm eine Stellungnahme erwartet wurde, also sagte er: Schon am Vormittag. Der: Schon den ganzen Morgen. Als zwei Frauen, eine auf der linken, eine auf der rechten Fahrbahn bei Rot halten, schiebt er sich dazwischen und macht nach links und rechts Grimassen, verkrallt dabei die Hände in der bloßen Luft und stößt länger dauernde Kehllaute aus. Er ist zirka dreißig, hat straffe kurze rötliche Haare. Gottlieb wird das Gefühl nicht los, er müsse Julia vor diesem Mann schützen. Aber wie?! Er ärgerte sich über sich, weil er nicht den Mut hatte, dem durch Trinkgeldentzug eine Mißbilligung zu melden. Ihm war, als er auf die Altvilla zuging, in der er Julia wiedersehen würde, nach einem Stoßgebet: Putz sie weg, Kind, die dir im Weg sind. Mach sie fertig, Kind, und sag einen schönen Gruß von deinem Vater, dem sie was schuldig sind. Laß dir nichts gefallen, Kind. Hau um dich. Gib nicht nach. Sei bloß nicht vertraulich. Und, bitte, kein bißchen gutmütig. Schlag zu, bevor sie schlagen. Du kannst lachen dabei. Aber paß auf, daß sie dein Lachen nicht für Freundlichkeit halten. Den Freundlichen erledigen sie sofort. Wenn sie liegen, bück dich nicht, geh über sie hinweg.

Gottlieb ging an der verwahrlosten Altvilla vorbei. Die jungen Leute schafften, aber heute lag noch einer unter einem Sonnenschirm im Liegestuhl. Das mußte der Neffe Diekmann sein. Eine phantastisch geschwungene Sonnenbrille, ein gelbes Hemd, eine grüne Hose. Gottlieb kehrte um, ging durch das offene Tor, ging nicht zu den drei Arbeitenden hin, sondern zum ruhenden Herrn Diekmann. Ein betrachtenswerter Herr oder Knabe. Dieses peinlich gelbe Hemd. Um den Hals lag

und quoll aus dem offenen Hemdkragen heraus ein tief-
roter Seidenschal. Die grüne Cordsamthose. Schlan-
genlederne Schlüpfschuhe. Sein Gürtel stammte ganz
sicher nicht aus der eigenen Produktion.

Sobald Gottlieb bei Diekmann stand, kam der musku-
löse Überblonde mit den Lederbändern um Hals und
Handgelenk plus schwarzer Sicherheitsnadel im Ohr.
Gottlieb grüßte kurz zum Durchbohrten und Bewehrten hin. Herr Diekmann war in den letzten Tagen offenbar wieder nicht zum Rasieren gekommen. Beckenbruch, Leberriß, Hirnquetschung, dachte Gottlieb.
Herr Diekmann gab Gottlieb die Hand, stand aber
nicht auf. So machte er einen leidenden Eindruck. Seine
kleine Hand schwitzte sehr. Er will Julia holen, sagte
Diekmann zum Muskelmann. Und spielt den Kunden,
sagte der, ganz schön hinterfotzig. Der Muskelkerl
hatte sich in die Hocke niedergelassen, offenbar seine
entspannteste Stellung. Und in dieser Stellung wippte er
auch noch. Gottlieb stand vor den beiden und fühlte
sich nicht wohl. Diekmann sagte: Herr Dr. Zürn, Sie
sind nicht nur Immobilienhändler, sondern auch Jurist,
also wissen Sie, wie schwach Ihre Position ist. Sie können natürlich vor Gericht ziehen und jammern, daß Ihnen die Vorstellung, wie ich Ihre Tochter bumse, den
Schlaf raube. Das Gericht wird Ihnen sagen, es teile Ihre
Gefühle nur zu gern, aber da Julia achtzehn sei, dürfe sie
bumsen, mit wem sie wolle beziehungsweise sich bumsen lassen, von wem auch immer. Also ein Bumsverbot
werden Sie schwerlich schaffen. Stimmt's, Ajax! Der so
Angesprochene machte ein Gesicht, als sei er Gottliebs
wegen besorgt, und sagte: Bumsverbot, nee, das schaf-

166

fen Sie nicht. Gottlieb fragte so locker wie möglich, ob die beiden auch ein anderes Wort verwenden könnten. Unglücklicherweise sei er nicht mit diesem Wort aufgewachsen, es störe ihn immer noch, obwohl es ja längst in aller Mund sei. Oh aufs Wort komme es ihm nicht an, sagte Herr Diekmann. Wenn er Herrn Dr. Zürn richtig verstehe, ziehe der als Akademiker *coitieren* vor. Gottlieb gab das zu. *Coitieren* ist auch hübsch, sagte Ajax und nickte, daß die Sicherheitsnadel schwankte. Diekmann sagte in einem geradezu nach ärztlichem Rat klingenden Ton: Ich erinnere Sie an den Ausspruch des schwäbischen Mystikers Ötinger: In der Leiblichkeit Rätsel endet Gottes Weg. Gottlieb schaute Diekmann nahezu dankbar an. Aber, sagte mit der zehnmal stärkeren Stimme der in seiner Hocke schwingende Ajax: Wenn er seinen süßen Fratz wiederhaben will, nichts wie fort damit. Das hängt allein von Julia ab, rief Diekmann. Wir werden ihr den leidenden Vater schildern, sagte Ajax. Wir wollen keine, die nicht will. Der Andrang nehme eh zu. Ist ja klar. Wenn die Kinder nach vorne schauen, kann's ihnen eng werden, und hinter sich die Elternleere, meist nur dümmlich kaschiert. Gottlieb sagte, er könne ja gleich hier auf Julias Rückkehr warten. Gern, hieß es, bitte, da purzelten Dutzende von Sitzgelegenheiten herum, schnapp er sich eine. Ajax ging wieder zu seinen zwei Kollegen, die ihre Arbeit nicht unterbrochen hatten. Diekmann setzte seine Sonnenbrille wieder auf und lehnte sich zurück. Gottlieb ging zu dem am weitesten entfernten Korbstuhl. Heute hielt man es schon wieder aus in der Sonne. Eine Zeit lang schaute er hin und her zwischen den Arbeitenden und dem leblos feierlich liegenden Diekmann. Wahrscheinlich mußte Diekmann nicht arbeiten, weil er Julia eingebracht hatte in die Gemeinschaft. Als es von irgendwoher zwölf Uhr schlug, hörten die drei auf, vom Haus her rief ein Mädchen zum Essen. Gottlieb ging zu Diekmann hin und wartete, bis auch Ajax dazukam. Wo Julia denn sei jetzt? Der gern umständliche Ajax erklärte Gottlieb, daß bei ihnen drei Arten der Mitarbeit möglich seien: Beschaffung, Handwerk, Verkauf. Julia habe sich, ohne zu zögern, für Beschaffung entschieden. Also sei sie heute früh um halb sechs mit Lissi und einem gutgeölten Handwägelchen nach Pasing runter, weil dort Sperrmülltag sei. Wenn sie nicht andauernd miteinander tratschten, müßten sie schon zurück sein. Gut, sagte Gottlieb und kam sich eher edel vor, ich verlass' mich auf Ihr Wort. Gottlieb wußte plötzlich genau, was er jetzt zu tun hatte. Er durfte sich nicht von denen bestimmen lassen, er mußte bestimmen, was zu geschehen habe. Auftreten mußt du, daß die spüren: mit dir können sie nicht umspringen, wie's ihnen grad paßt.

Also, sagte Gottlieb so fest und knapp, wie es seine Art nicht war. Ich habe nachmittags einen Termin mit zwei Bauexperten. Und weil er nicht sofort weitersprach, sagte Diekmann teilnahmsvoll dazwischen: Experten, schrecklich, besonders nachmittags. Aber Gottlieb gab nicht auf. Er zog einen Scheck aus der Brieftasche, füllte ihn aus, gab Diekmann den Zweihundertmarkscheck und sagte: Sie haben Unkosten gehabt. Dazu gab er noch den Hotelpaß, daß Julia wisse, wohin sie kommen könne. Den Hotelpaß steckte Diekmann in seine Hemdentasche, den Scheck hielt er mit zwei Fingern wie etwas Unappetitliches in die Luft. Ajax griff sich sein Feuerzeug, das ihm an einer Kette um den Hals hing, und zündete den Scheck an. Gottlieb holte einen Zwanzigmarkschein heraus. Daß Julia eine Taxe nehmen könne. Klemmen Sie ihn unter den Stein da, sagte Diekmann, wir werden's ihr melden. Und wenn sie bis abends nicht im Hotel ist, kann ich ja noch einmal vorbeischauen, sagte Gottlieb so unnachdrücklich, wie es ihm entsprach. Er grüßte freundlich und ging. Ajax rief ihm noch nach: Ihre Bestellung von neulich streichen wir! Gottlieb drehte sich um und sagte: Ja, bitte. Pfui, sagte Ajax und grinste und machte eine Handbewegung, die sein Pfui entwerten sollte. Zu denen konnte man wirklich Vertrauen haben. Mehr Vertrauen als zu den Leuten, mit denen er es als Makler zu tun hatte. Na, na, jetzt verklär diese Bande nicht so!

Zuerst also Anna anrufen, den Erfolg melden, eine Generalabsolution ergattern, neu anfangen, noch heute. Aber das Telephon zu Hause war besetzt. Da wußte er schon, Anna rief gerade ihn an. Der Gedanke, Anna anzurufen, teilte sich Anna mit, bevor der Apparat klingelte. Anna spürte, daß sie Gottlieb anrufen sollte. Genauer war die Botschaft nicht. Das war oft genug ausprobiert worden zwischen ihnen. Und Annas Empfindlichkeit hatte zugenommen in der letzten Zeit. Er mußte also nur auf dem Bett sitzen und auf ihren Anruf warten. Der kam auch sofort. Ja, also, sagte Gottlieb volltonig und stolz, er habe sie, und noch heute abend spät oder morgen sehr früh werde er mit ihr zurückkehren. Er hoffe, daß mit dieser Meldung alles, was Anna ihm vorzuwerfen habe, als getilgt, abgebüßt, wiedergutgemacht gelten könne. Ja, ja, du, sagte Anna in einem unerwartet launigen, lustigen, fast willkürlich tobenden Ton. Er und Julia haben, lächerlich! Julia sei daheim! Wie bitte!? Ja, mit dem ersten Zug aus Pasing abgefahren. Und jetzt da. Allerdings nicht allein. Mit einem Mädchen, das sie dort kennengelernt habe. Lissi. Eine Punkerin. Anna sei ganz schön erschrocken, als Julia diese übertakelte Platinblondine in die Tür schiebt. Gottlieb sagte: Ja, so was. Das ist ja noch besser. Anna wollte wissen, wann er komme. Er sagte, dann komme er natürlich schnellstens. Allerdings sei der Auftrag Schönherr noch nicht ganz unter Dach und Fach. Er müsse noch einmal in Frankfurt anrufen, vielleicht einen Umweg über Frankfurt machen. Er rufe an, sobald das geklärt sei. Er hoffe nur, das lasse sich schnell klären, denn er wäre lieber auch schon zu Hause. Die Hitze in den Städten, Betonkaribik sei das, also falls er zu Hause willkommen sei, komme er. Willkommen, sagte Anna, jetzt übertreib's nicht gleich wieder. Zuerst müssen wir uns um Julia kümmern. Das ist jetzt das Allerwichtigste. Das war eine deutliche Absage an seinen anfragenden, ein bißchen bittenden und werbenden Ton. Er gab gerne zu, daß Julia jetzt das Allerwichtigste sei. Feiern sollte man ihre Heimkehr. Diese Feier konnte auch ihn und Anna wieder einigen. Er legte auf, saß in seinem Hotelzimmer und hatte das Gefühl, daß es im Augenblick keinen Ort gab, der zu seiner Lage besser paßte als ein Hotelzimmer. Gottlieb bedauerte es, daß er das Buch nicht dabeihatte, in das er zu Hause, wenn ihm danach war, seine *Achillesverse* einschrieb. Jenes Buch, das der Zeitungsprofessor Michael Schasa-Abs, der Literatur beurteilte oder produzierte, obwohl er nicht einmal wußte, wann man ein Haus einen Bungalow nennen konnte und wann nicht, niemals zu sehen

170

kriegen würde. Gottlieb hatte diesen Drang zu dichten bisher immer nur in seinen eigenen vier Wänden verspürt. Jetzt, auf dem Hotelbett sitzend, wurde er förmlich durchströmt von der Gewißheit, daß jeder Mensch ein Dichter sei, und zwar immer. Er hätte es jetzt einer tausendköpfigen Versammlung vortragen können, so sicher wußte er, daß jeder Mensch diese von innen nach außen drängende Empfindung kennt. Woher weiß er das? Ja, hört nur zu, ihr tausend Leute, die plötzlich im Zimmer 303 um ihn her Platz haben, hört nur zu, es ist so – und erinnert euch an euch selbst, prüft, ob es so ist–: Man will etwas sagen, aber doch nicht etwas Bestimmtes, das wäre viel zu vereinzelt, sondern sofort alles. Also reißt man den Mund auf beziehungsweise den reißt es einem auf. Aber heraus kommt natürlich nichts. Man bleibt stumm, stumm, stumm. Nicht das kleinste Stöhnen. Aber das von innen nach außen drängende Empfinden, dieser geradezu pochende Äußerungswunsch wird nicht schwächer, wenn erlebbar wird, daß es zu nichts als zu diesem äußersten Mundaufreißen kommt. Eine Art Schmerz wird immer deutlicher. Jetzt spürt man, daß dieser Schmerz überhaupt die Hauptsache ist, der ist überhaupt die Empfindung, die heraus will, die man hat sagen wollen, um derentwillen man den Mund aufgerissen hat. Dieses Stummsein bei offenstem Mund. Nichts – das spürt man – kann einem erlebbarer machen, daß man lebt. Und nur das zu spüren ist einem wichtig. Wenn er Leute anschaute, sah er direkt, daß sie diesen tollen Schmerz kannten, daß sie diese Erfahrung gemacht hatten. Er hat noch nie einen Menschen gesehen, bei dem er sich hätte sagen müssen, der kennt das nicht. Vielleicht Professor Michael

Schasa-Abs. Nein, das kennt auch der. Also hat er noch nie einen gesehen, der kein Dichter gewesen wäre. Ohne das könnte keiner einem anderen in die Augen schauen und sofort in ihnen daheim sein. Was einem die Augen eines anderen so vollkommen vertraut macht, kommt daher, daß in ihnen jeder dichterische Moment Spuren hinterläßt. Dieses Stummseinmüssen bei aufgerissenstem Mund wirkt sich auf die Augen aus. Das Allertollste bei diesem Mundaufreißenmüssen mit anschließendem Stummsein: es ist nicht zweimal gleich. Man hat es jedesmal noch nie erlebt. Gottlieb wußte, daß seine *Achillesverse* nichts als nichts waren. Aber er konnte mit diesen voneinander verschiedenen Nichtshäppchen eine Spur bezeichnen. Seine Lebensspur. Die war immer noch nichts. Aber an dieses Nichts hält er sich, dem ist er treu.

Es ist höchste Zeit, Gisela Ortlieb und Annette Mittenzwei anzurufen. Annettes Nummer wählte er zuerst. Keine Antwort. Also doch Gisela. Wenn Stefan Ortlieb sich meldete, würde er sofort auflegen. Es meldete sich, tiefstimmig und auflachend, Gisela. Er fühlte sich sofort wehrlos, eingenommen, erledigt. Nur keine Verabredung. Einfach sie reden lassen, bis deine Stimme sich wieder festigt. Du hast doch gelobt, wenn Julia wieder da ist, wirst du auf diese ganze Abenteurerei, die du sowieso nicht brauchst, pfeifen. Mein Gott! Gisela war zum Glück zurückhaltender als je zuvor. Eigentlich kühl. Jetzt reagier bloß nicht mit Eifer und Andrang darauf. Fall auf nichts herein. Vor allem nicht auf dich selbst. Frag einmal kräftig nach Annette. Oh die Arme, sagte Gisela. Die werden wir beide nicht retten. Annette habe es in ihrer Wohnung nicht ausgehalten. Gottlieb könne sie ja besuchen in der Kraepelinstraße. Freuen werde sich Annette sicher, wenn Gottlieb komme. Dann rufste mich an, dann komme ich halt zu dir ins Hotel, wir können das ja nicht ewig aufschieben. Und lachte wieder von unten nach oben. Gottlieb zitterte. Ja, er zitterte richtig. Und er schwitzte. Er fühlte sich eingeklemmt. Er wußte, daß Anna diese Ungeheuerlichkeit nicht hinnehmen würde. Was zur *Bewegung 3. Juni* geführt hatte, war eine harmlose Unachtsamkeit, verglichen mit diesem Telephongespräch und dem, wozu es dienen sollte. Auch die Nacht mit Annettes Rede war simpel unschuldig, verglichen mit einem Besuch Gisis hier im Hotel. Anna wartete nur darauf, daß er das wage. Am Tag der Heimkehr Julias. Ausdenken kann man sich das nicht. Das muß schon passieren, daß man's glauben kann. Anna wartet ab. Er spürt es, wie sie sich vollkommen entzieht. Er kann nicht sagen, Anna sei im Zimmer über ihm, wie Annette das erlebte. Ihm hilft kein Wahn. Anna erlebt, was er tut, wenn, was er tut, sie so verletzt, daß sie es nicht mehr von sich abhalten kann. Es ist ein simples Raumproblem. Der Raum ist zu klein. Da täuscht sich Annette, wenn sie meint, es könne etwas verschwinden. Nichts kann verschwinden. Anna kann nicht so tun, als bemerke sie nicht, was er tut. Er weiß nicht, wie Annas Wahrnehmungsart zu bezeichnen ist, aber daß ihr eine Handlung von diesem Kraßheitsgrad förmlich das Gesicht zerkratzen muß und daß sie dann hinschauen muß, wahrnehmen muß, was ihr das Gesicht so zerkratzt hat, ist wohl klar. Anna will sich draußen halten aus allem. Aber er prügelt sie mit dem, was er vorhat, erst so richtig hinein in die Szene. Er brennt jede Entfernung weg, alles findet in allergrößter, also peinlichster Nähe statt. Für so was gibt es gar keine Entfernung. Sobald er sein Zittern ein bißchen beherrschen konnte, sagte er: Gut, ich besuche Annette. Dann rufst du mich an, sagte die Tiefststimme, mit einer Kraft, die alles in ihm, was er gegen sie zusammenraffte und ihr entgegenhielt, durch einen akustischen Schwingungseffekt zu einem jähen Vibrieren und sofort auch zum Einsturz brachte. Das einzige, was er noch schaffte: zustimmen. Wenn es eine Rettung gab, dann durch Wehrlosigkeit, Schwäche.

Er hatte Giselas Gegurre im Ohr, als er hinunterrannte. Den Aufzug konnte er nicht abwarten. Er mußte schnellstens aus dem Hotel kommen, weil Anna natürlich die ganze Zeit versucht hatte, ihn zu erreichen. Er durfte beim ersten Schrillen ihres erneuten Anrufversuchs nicht mehr im Hotel sein. Er konnte ihr jetzt nicht Rede und Antwort stehen. Sie hätte ihn sozusagen sofort zerquetscht. Das war auf jeden Fall seine Vorstellung von dem, was Anna jetzt mit ihm tun mußte. Man empfinde einmal versuchsweise, was da zusammentrifft, zusammenstößt. Ist das auszuhalten? Oder ist es wirklich bloß nichts? Versuch nicht, dieses Getöse zu einer akustischen Illusion herunterzureden. Das ist sozusagen Annas sound. Sei's ihr Flügelschlag oder ihr Fahrgeräusch oder einfach ihr Anwesenheitslaut. Renn auf jeden Fall. Schau, daß du in die Kraepelinstraße kommst. In eine Anstalt für Seelenkranke folgt dir Anna nicht. Sie tut ja nichts aus Willkür. Du läßt ihr keine Ruhe. Du bist es, der sie aufreizt. Laß sie abflauen. Verlang nicht andauernd von ihr, daß sie dir zuschaut, um dich vor dem und jenem, mit dem du nicht fertig wirst, zu retten.

Kraepelinstraße 10. Rotweißer Schlagbaum. Der Pförtner telephonierte, ein Herr kam, im Jeansanzug, hieß aber Doktor Irgendwas, sagte, Gottlieb dürfe eine halbe Stunde bei der Kranken bleiben, sie sei seit einer Stunde ruhiger, aber bitte nicht länger als eine halbe Stunde. Er brachte Gottlieb selber hinauf in den 4. Stock und hin zur Tür und meldete ihn an, und er durfte hinein. Annette steht im Zimmer genauso kolonialoffiziershaft beige, wie sie vor ihrer Tür gestanden hatte, auch die goldene Schlangenleibkette fehlt nicht. Sobald sie Gottlieb die kalte und von einer Creme rutschige Hand gegeben hat, geht sie im Zimmer hin und her. Das ist dritte Klasse sagt sie und zeigt auf die drei Schlafcouchen, von denen zwei belegt sind. Sie hat kein Geld mehr. Ihre Krankenkasse sei gerade dabei, sie rauszuwerfen. Klara ist im Augenblick nicht da, schade. Gottlieb hätte Klara kennenlernen sollen, damit er einmal erlebt hätte, wie empfindlich, aufnahmefähig und reaktionskräftig ein Mensch sein kann. Schau, wie der Kran sich bewegt, schön, nicht. Annette mag Kräne. Immer schon. Jürgen war ja Polier, der hat schon als junger Kerl die größten Bauten hochgezogen, für einen Lohn, der, im Gegensatz zu den Bauten, nicht so recht in die Höhe wollte. Dann also der Alkohol, Schluß. Ihre Schuld. Was für ein Kerl, Jürgen, als sie ihn kennenlernte bei den MAB-Abenden! Und jetzt?! Aber bitte, was war sie! Und jetzt?! Hier kriegt sie ganz wenig Medikamente. Zum Glück, zum Glück! Das Schlimme ist, daß ihr Geist im letzten halben Jahr immer klarer wurde, immer stärker, daß sie eine gewaltige Energie gerade jetzt spürt, aber nichts tun kann, zum Zuschauen verdammt ist. Das ist die Inszenierung, die gemeine: du siehst, was mit dir gemacht wird, und kannst überhaupt nichts tun dagegen. Was mit dir passiert, ist leider finsterstes Sciencefiction. Und sie hat doch Science-fiction immer verabscheut. Sie hat das Gefühl, sie kriegt die Kurve nicht mehr. Ob er das kenne?

An ihrem dünnen Hals sind ununterbrochen Muskeln und Sehnen in Bewegung; kein Fleckchen an diesem Hals hat Ruhe; überall bebt, schwillt, ballt, zittert, krampft und gewittert es an diesem Hals. Und zwar zunehmend. Als sie ihr Gesicht wieder einmal Gottlieb zudreht, erschrickt der. Eine andere Person, jetzt. Die eng aneinanderliegenden Augen bohrten sich in eins. Zwei riesige schwarze Falten stachen von der Stirn in den Punkt, in dem die Augen jetzt zusammenkamen. Die Augen waren dunkel, trübe, eigentlich schmutzig. In denen war nicht mehr zu wohnen. Das Gesicht plötzlich ganz grau. An den Schläfen, unterm Haaransatz, feuerrote Stellen. Die Lippen rissig, trocken. Es tat weh, zurückzukehren zu den Augen. Science-fiction, dachte Gottlieb, tatsächlich. Die alles beherrschenden, vollkommen unzugänglichen Augen sind die Augen eines Horrorinsekts. Er schaut auf ihre Hände. Die Knöchel von Zeigefinger und Mittelfinger beider Hände glänzen violettblaurot. Sie sieht, daß er hinschaut, und hält ihm die Hände zu noch genauerem Betrachten vors Gesicht. Lacht und greift nach einem Korb. Den hat sie geflochten. Arbeitstherapie. Bitte, wie hoch ist dieser Henkel. Geradezu gotisch. Typisch für sie, dieses overstyling. Und lacht wieder so kurzgrell. Und erst diese Häkelarbeit. Sie hat ihr Leben lang nie Handarbeit gemacht oder gemocht. Es klopft an der Tür. Ein Mädchen will sie holen zur Arztbesprechung. Sie schnauzt das Mädchen an: Will nicht gestört werden! Arztbesprechung, bei dir piept's wohl! Das Mädchen kann aber nicht ohne sie zurückkommen, das sieht Gottlieb. Er gehe doch gern mit. Er will hinaus, fort, aber gleich. Bitte, Annette, gehen wir doch zusammen. Tatsächlich läßt sie sich von ihm führen. Das Mädchen zeigt den Weg, öffnet dann die Tür, Gottlieb tritt mit Annette unter diese Tür, der Arzt steht auf, kommt ihnen entgegen, Gottlieb macht noch eine Geste und haut ab. Aber Annette hat leider noch umgeschaut. Auf diesen Blick hätte er verzichten können. Der sitzt. Ein gefoltertes Insekt hat ihn angeschaut. Er packt sein Zeug, ruft niemanden mehr an, hockt sich in den überfülltesten Wagen zweiter Klasse und genießt die stickige Luft, die Öde dieser Transportgelegenheit. Alle, die hereinkommen, schaut er an, bis sie an ihm vorbei sind. Er kann sich nicht sattsehen an menschlichen Augen. Und tatsächlich, in alle diese Augen kann man hinein, in allen kann man wohnen. Alles dichterische Augen, dichterische Menschen. Mein Gott. Einerseits bringt die Bahn einen an einen Ort, an dem man zuletzt noch das Furchtbarste überhaupt anschauen muß, andererseits bringt sie einen auch wieder weg davon.

Von München bis Ulm hatte er seinen Blick über Felder, Wiesen, Wasser und Wälder schleifen und schweifen lassen, um den in ihn eingebrannten Annette-Blick zu mildern. Aber er mußte schon aktiv schauen und wirklich wahrnehmen, sonst drängte sich sofort jener Schlußblick wieder vor. Das von ihm so gefeierte erotische Genie Gisela Ortlieb hatte sich ganz schön vergriffen. Wir sind quitt, Frau Ortlieb. Nettchenpüppchen! Mein Gott! Wo soll er denn hin mit diesem Blick! Ab

Ulm halfen ihm die Leute. Er setzte sich wieder in eine schon ziemlich gefüllte Wagenhälfte. Dahoim au nomol viele Griaß, bleib gsond, wurde vom Bahnsteig aus dem älteren Mann zugerufen, der Gottlieb gegenübersaß. Weil der alte Mann nicht richtig reagierte, rief der gleich alte von draußen: Gsond sollesch bleibe, Auguscht. Alle in dieser Wagenhälfte waren zu dick. Inklusive Gottlieb. Das war ihm angenehm. Den Männern schauten weiße Wattebäuschchen aus den Ohren. Wahrscheinlich wegen des Ostwinds, der seit heute morgen wehte. Der Gottlieb gegenübersitzt, ist nicht allein, neben ihm sitzt, ganz genauso alt wie er, seine Frau. Sobald der Zug anfährt, greift sie hinüber zu ihm, ergreift seine Hand. Sie sagt nichts dazu. Es kann sein, sie ist das Zugfahren nicht gewöhnt. Vielleicht will sie sich auch nur davon überzeugen, daß seine Hände noch warm sind. Neben Gottlieb eine junge Dicke, die einen Pullover strickt. In Orange. Sie trägt schon einen maschinengestrickten Pullover in Orange. Jetzt will sie sich offenbar noch selber einen stricken in dieser Farbe, die zu ihren roten Backen nicht einmal empfohlen zu sein scheint. Die Bäuerin gegenüber – Gottlieb macht sie einfach dazu – zeigt zum Fenster hinaus. Man fährt gerade an einer Schafherde mit ungewöhnlich vielen schwarzen Lämmern vorbei. Der Bauer – wenn sie eine Bäuerin ist – folgt ihrem Zeigefinger und sagt: Die schwarze. So zeigt er ihr, daß er begriffen hat, warum sie hinauszeigte. Sie nickt. Wenn der Schaffner an der Tür erscheint, zücken alle sofort ihre Karten und halten sie dem Schaffner entgegen, auch wenn er noch lange nicht bei ihnen ist. Nur die Bäuerin kann ihre Hände mit durcheinandergekreuzten Fingern in ihrem Schoß lassen. Ihr Mann hält dem Schaffner zwei Karten hin. Von der Bank jenseits des Ganges ein Herr, rein hochdeutsch: Wissen Sie, wo das Schild steht, das die Wasserscheide in Oberschwaben anzeigt, das muß doch jetzt kommen? Eine Frau, drüben: Ja, das muß jetzt kommen. Auf *der* Seite, glaub ich, auf der linken Seite. Der Herr: Nein, auf der rechten, in Fahrtrichtung gesehen. Die Frau, ein bißchen betroffen: So. Der Mann, versöhnlich: Dann muß ich eben kucken. Dieser Mann hat ein Pflaster quer über die Stirn und eins unter der Nase quer durchs Gesicht, und diese zwei Querpflaster sind nur dazu da, einem Pflaster Halt zu geben, das senkrecht auf seiner Nase liegt und diese einhüllt. Die Augen schauen aus einer Pflastermaske. Aber die ganze Aufmachung kann den Augen überhaupt nichts anhaben. Man sieht, das sind die Augen eines liebenswürdigen Griffelspitzers, der weiß, daß er sich irrsinnig beherrschen muß, um gegen Nachlässigkeiten jeder Art in seiner Umwelt nicht mit der Strenge vorzugehen, mit der man eigentlich gegen dergleichen vorgehen müßte. Hier! ruft er, da! und zeigt vom Mittelgang zum Fenster hinaus. Jetzt setzt er sich. Er hat recht gehabt. Die Tafel, die die Wasserscheide anzeigt, war auf der Seite, auf der er sie vorausgesagt hat. Jetzt lächelt er vor sich hin. Selig. Gottlieb war froh, auf diesen Landschaftspunkt hingewiesen worden zu sein. Von jetzt an schützten ihn unmerkliche Höhen, jetzt glitt er, jetzt floß er annawärts. Offenbar hatte sich sein Gesichtsausdruck jetzt verändert, die Bäuerin sagte nämlich jetzt zu Gottlieb, als sei er gerade erst zugestiegen: Sie sind sicher mit dem Interzitty gekommen. Das gab er so bescheiden wie möglich zu. Schließlich hatte sie den Satz in dem Ton gesagt, in dem man zu einem sagt: Sie haben sicher schon öfter die Welt umsegelt. Schien die Sonne nicht wärmer jetzt? Gottlieb ließ sich unwillkürlich ein wenig rutschen, damit ihm die Sonne noch praller auf Bauch und Schenkel scheine. Tatsächlich spürte er, wie sich die Wärme aus seinem ganzen Körper da unten sammeln wollte. Die sich unten so eindeutig sammelnde Wärme sollte sich, bitte, wieder verteilen. Das ist doch alles viel zu früh. Und zwischen Aulendorf und Ravensburg wollen ja die Bäume überhaupt nicht aufhören. Wozu, bitte, noch Mochenwangen? Die Minuten möchten sich jetzt spreizen und sträuben und lang und breit werden wie Tage. Zum Glück fühlte er sich, seit er die Wasserscheide hinter sich wußte – mein Gott, wie unentbehrlich, wie dankenswert sind einem Pedanten! –, der Mühe enthoben, jede Bewegung in eine Heimkehrbewegung zu übersetzen; jetzt war alles direkt, jetzt rollte er auf das Ziel zu: Annannanna und so weiter! Allerdings noch ein letztes Umsteigen, eine Richtungsänderung, für dreißig Minuten. Das sind genauso die schlimmsten wie die schönsten, die letzten dreißig Minuten. Ablenken kann man sich da nicht mehr. Bei allem, was man probiert, denkt man daran, daß man sich ablenken wolle, weil man das pure, sozusagen gegenstandslose, das nackte Warten nicht dreißig Minuten lang ertrüge. In der letzten Viertelstunde wurde Gottlieb mehr und mehr von dem eher lähmenden Gefühl beherrscht, daß er schon zu sehr gewartet habe, daß der Erwartung, die er hat sich bilden lassen, nichts mehr entsprechen könne. Kwadddschsch, sagte er in juliahafter Entschiedenheit, schön wird es sein. Du bist einfach in der Gewalt eines Zeitstaus. Da es ja die Uhrenzeit überhaupt nicht gibt, ist man jedesmal wieder überrascht, wie wehrlos man ist, wenn man dem wirklichen Zeitverlauf ausgesetzt ist. Je näher du dem Ziel bist, desto krasser stockt die Zeit. Sie will nicht mehr weiter. Sonst die schnellste, ist sie jetzt die langsamste. Eigentlich nicht zu überleben, dieser Stau, dieses Stocken. Tu einfach so, als könntest du noch atmen.

Er hatte nicht anzurufen gewagt. Natürlich wäre es das Schönste gewesen, Anna auf dem Bahnsteig stehen zu sehen. Aber er hatte dieses Einanderentgegengehen auch zu fürchten. Das bestünde er doch gar nicht. Er sähe doch sofort, daß Anna alles, was in diesen drei Tagen und zwei Nächten passiert ist, weiß. Aber sie weiß es eben nur bis zu dem Grad, der dazu ausreicht, daß sie zerfurcht und verletzt dastehen kann, aber nicht dazu, daß sie den Mund aufmachen und ihm alles als Anklage ins Gesicht sagen kann. Überflüssige Furcht und Sorge. Anna war zwar da, stand aber – wie richtig! – nicht auf dem Bahnsteig, sondern saß im Auto. Am Steuer. Woher sie überhaupt wisse, daß er mit diesem Zug kommt? Wie sie saß und grüßte und anfuhr und sofort von Julias Rückkehr erzählte, zeigte, daß sie über Nebensachen nichts hören oder sagen wollte. Diese Elisabeth oder Lissi, die Julia mitgebracht habe, sei so gefährlich wie eine ansteckende Krankheit. Und ob sie eine solche zu allem Überfluß auch noch habe, sei keinesfalls auszuschließen. Anna traue sich, solange Gottlieb nicht da sei, gar nicht mehr aus dem Haus, weil sie jedesmal fürchte, wenn sie heimkomme, sei Julia wieder weg. So wirkte der Schock nach bei ihr. Er dagegen kam nicht darüber weg, daß sie ihn von einem Zug abgeholt hatte, ohne mit ihm dafür verabredet gewesen zu sein. Sie do-

miniert dich einfach, gewöhn dich dran. Sie hat dich nur
abgeholt, um dich in die Lage einzuweihen, die unange-
nehmer sei als zuvor. Diese Lissi müsse sofort aus dem
Haus, sofort...

Anna fuhr ganz langsam, um ihm, bis sie zu Hause an-
kamen, möglichst viel von dieser Elisabeth Stapf erzählen zu können. Die ist aus Nürnberg oder aus einem Ort
bei Nürnberg, das ist wichtig, weil die mit dem Geld für
Fahrkarten schon als Sechzehnjährige Rauschgift
kaufte. Sie trampte also. Beim Trampen lernt sie eine
Zwanzigjährige kennen. Ein Contergankind. Total
süchtig. Die wird ihre wahre Lehrerin. Von da an macht
ihr alles Spaß, was ihre Eltern quält. Vater bei der Bun-
deswehr, Mutter Krankenschwester, Lissi das einzige
Kind, nach vier Fehlgeburten. Conny, das Contergankind, befreundet mit einem Körperbehinderten, der der
Hauptdealer ist. Als die Eltern die Nadel finden und die
Watte mit dem Bluttröpfchen, schlagen sie Lissi zusammen. Behauptet sie. Der Vater mit der Hand, die Mutter
mit einem Riemen. Einträchtig. Und zeigen sie an. Jetzt
fliegt alles auf. Einige hauen ab nach Marokko. Das
schafft sie nicht. Eigentlich wollte sie doch immer zum
Ballett. Oder Klavier, das wäre auch was für sie, glaubt
sie. Sie hat die Polizei draußen vorfahren sehen, wußte
Bescheid, ist durch die Hintertür in den Garten gerannt
und hat sich in dem Gewächshaus, der großen Leiden-
schaft ihres Vaters, mit Rupfensäcken zugedeckt.
Nachher ab nach München. Soweit habe sie bis jetzt erzählt. Das sei das einzig Gute, daß sie geschwätzig ist.
Vom Rauschgift, behauptet sie, sei sie weg. Das könne
stimmen oder auch nicht. Was die hinter sich hat von
LSD bis Desodorant-Spray reicht ja auch für eine

182

Neunzehnjährige. Und auf Gottliebs Frageblick: Ja, Desodorant-Spray, Stück Stoff vor den offenen Mund, dann das Zeug reingesprüht, das Flüssige bleibt im Stoff, das Gas geht in die Lunge, reicht für einen Fünfminutentrip. Auf jeden Fall raucht sie immer noch eine nach der anderen. Den Gestank bringen wir nie mehr raus, das ist sicher. Und Ganskes und Jetters wollen sich erholen hier. Das einzige, was diese Lissi außer dem Klavier anrühre, sei Jetters Romeo. Sobald sie ins Freie gehe, nehme sie den nicht nur aus dem Stall, sondern nehme ihn auch den Jetter-Kindern weg. Irgendwie sei sie dem kleinen Pelzding gegenüber willenlos. Dann hocke sie im Gras, Romeo im Schoß, und rauche drauflos. Julia, die doch zuerst Romeo gar nicht genug streicheln konnte, verzichte Lissi zuliebe auf Romeo, und zwar gern. Julia hocke neben der streichelnden Lissi und verjage Armin. Grotesk! Und Jetters Kinder werden auch verjagt, rennen zu ihren Eltern und heulen, es gibt Unruhe, Frau Ganske fühle sich gestört, und wer brauche Ruhe mehr als Frau Ganske nach dieser Operation und so weiter, also dieses Fräulein Stapf muß hinaus, daß Gottlieb das vom ersten Augenblick an wisse, sich nicht falsch verhalte...

Sehnsucht und Enttäuschung entsprechen einander so genau wie nichts sonst in dieser Welt. Das hatte er sich doch schon im Zug vorgesagt. Warnend. Abwiegelnd! Aber ohne jede Wirkung. Geglaubt hatte er, das werde eine Heimkehr wie aus einem Krieg plus Gefangenschaft. Aber für Anna warst du ganze drei Tage fort, hast nichts bewirkt, die Katastrophe droht noch immer. Wie immer. Da kann doch nichts gefeiert werden. Heimkehr! Von Annette Mittenzwei zu Lissi Stapf.

Die Schranke senkte sich vor ihnen, Anna hielt nur zu gern. Draußen ein junges Paar, sechzehn höchstens, direkt an der Schranke. Das Mädchen kann nicht reglos vor einer herabgelassenen Schranke stehen und warten, bis ein Zug kommt. Sie fängt an, sich zu drehen. Sie muß tanzen. Aber für ihn, für den Sechzehnjährigen. Der lächelt verlegen. Was hätte Gisis Mutter in Dortmund gesagt, wenn sie dieses Paar gesehen hätte? Er hoffte, diese Routine, Paare nur in solche und solche einzuteilen, verliere sich im Lauf der Zeit. Wie die ganze Gisi. Genaugenommen ist Gisi nichts als eine Belästigung, dachte Gottlieb und hoffte, Anna empfinde sozusagen den Oberton dessen, was er dachte. Hörst du mir überhaupt zu, fragte Anna. Ja, natürlich, sagte Gottlieb, ich bring's nur nicht zusammen. Was, fragte Anna ungeduldig. Ach, sagte Gottlieb, alles. Wie alt sind wir? Was für ein Junitag! Würdest du zustimmen, wenn ich sage: ein brausender Junitag. Und hier ist es wärmer als in München. Auch wärmer als in Ulm. Ich habe es gleich gespürt, als ich aus dem Zug gestiegen bin: ein Südwindtag. Ein Junisüdwindtag. Junilicht macht Büsche tief. Anna! Er wies hinaus zu den Büschen, an denen sie inzwischen vorbeifuhren. Sie waren ja fast schon zu Hause. Also, du weißt Bescheid, sagte Anna. Ja, sagte er beflissen. Keine Sorge, sagte er, als er mit Anna auf die Tür zuging, diese Lissi jag ich einfach hinaus. Anna sagte, sie finde das gar nicht lustig. Es gehe um Julia. Gottlieb bestätigte ihr von ganzem Herzen, daß er es auch nicht lustig finde. Sie schaute ihn an. Er hoffte, er könne bestehen vor ihrem durchdringenden Ernst. Aber ihn machte eben Heimkehren heiter, auch wenn es dafür keinen Grund gab.

9

Je schwieriger ein Problem, desto weniger sollte man darüber sprechen. So Gottliebs Erfahrung. Er war fast froh, daß diese Elisabeth beziehungsweise Lissi mit am Tisch saß. Das zwang alle zu einer Fremdsprache. Diese Elisabeth war die unbefangenste. Sie redete am meisten, am lautesten, am schnellsten. Schwer vorstellbar, daß man die schon heute oder morgen hinausdrängen könnte. Und wenn diese Elisabeth zwei, drei Tage jede wirkliche Aussprache verhinderte, würde man, wenn sie das Haus dann verließ, gar keine Aussprache mehr brauchen. Julia hatte ihren Vater dieser Lissi so vorgestellt: Das ist Gottlieb. Und wenn Lissi in der Nähe war, nannte sie ihn nur Gottlieb. Sie war die einzige, die Gottlieb manchmal mit seinem Vornamen ansprach. Aber so konsequent wie in Lissis Gegenwart hatte sie das noch nie praktiziert. Gottlieb begriff das dann schon und war fast gerührt. Julia wollte ihn dadurch unterscheiden von Lissis Vater, der in Lissis Erzählungen *Vater* genannt wurde und schlecht wegkam. Verurteilen konnte diese Lissi. Sie war überhaupt ausdrucksstark. Schon wie sie da stand. Militant weiblich. Das eng an den Kopf hinters Ohr gekämmte Hellstblond. Was weiter oben wuchs, stand steil nach oben, ein Haargrat links und einer rechts. Waren diese zwei Haarwände nur gekämmt? Es sah tatsächlich aus, als stünde ihr Blond freiwillig so in den Himmel beziehungsweise in das Licht. Es sah sogar aus, als verlören sich die weißblonden Haare dann einfach im Licht. Ein Meisterwerk. Und weil dazu ein Widerspruch gehört, fielen vorn ein paar Blondhaare locker in die Stirn.

Natürlich sprach man auch über Julias Flucht. *Julias Aussteige* nannte es diese Elisabeth. Ihr Lieblingsthema war offenbar die Unfähigkeit der Eltern, ihre Kinder zu verstehen. Hemmungslos erzählte sie von ihrem Zuhause in Roth bei Nürnberg. Sie bemerkte sofort, daß Gottlieb Roth nicht gleich einordnen konnte, oder sie hatte einfach gerade Lust, die klingenden Namen ihrer Kindheitsgegend aufzusagen: Nürnberg, Eibach, Reichelsdorf, Katzwang, Schwabach-Limbach, Schwabach, Roth. Eigentlich sei sie in Rednitzhembach geboren und aufgewachsen, aber dann sei eben in Roth gebaut worden. Ihr Bundeswehr-Vater und ihre Mutter, die Krankenschwester, leben, sagt sie, in zwei Welten, prinzipiell. Nur das Haus haben sie miteinander gebaut, und Lissi haben sie wahrscheinlich miteinander gezeugt, aber das auch nur, weil sie einen Vorwand brauchten für einen Hausbau. Die Eltern begründeten das natürlich umgekehrt: Lissi, ihr einziges Kind, nach vier Fehlgeburten von der Spätgebärenden gerade noch zur Welt gebracht, sollte es einmal besser haben, also keine Miete zahlen, prinzipiell. Gottlieb nickte so zustimmend wie möglich. Ganz seine Meinung. Jajajaa, sagte Lizzi fast wild auf dieses elternsolidarische Kopfnicken hin, ihre ganze Kindheit lang kein anderes Thema als Schulden, nichts als Vorfinanzierung, Nachfinanzierung, Zinsen, Eintragungen, Löschungen, Neufinanzierung, Abzahlungsraten ... Er sei Makler, rief Gottlieb dazwischen, alle Achtung vor solchen Eltern. Sie wissen nicht, wovon Sie reden, sagte Lissi und ließ ihre ringbewehrte Rechte am silbern bewehrten Arm eine böse Wegwerfgeste machen. Ihre Eltern seien zu alt, einfach zu alt. Die Mutter hat nichts mehr im

Sinn als ein Heim, in dem, weil es andauernd blitzen soll, gar nicht gelebt werden darf. Ihr Selbstbewußtsein basiere auf Politur. Der Vater, zerscht Flieger, wie schon sein Vater übrigens, dann, bei einem Dienstflug nach Kreta ein Stadtgang, tritt auf einen maroden Gully, der Flieger stürzt unschön in den Schacht, die Hüfte hin, ab in die Flugverwaltung, da kommt er nicht drüber weg, trotz Haus und Gewächshaus, er ist endgültig sauer, züchtet belgische Schäferhunde, zu denen ist er lieb, die versteht er durchs dickste Fell hindurch, die lieben ihn, Menschen haßt er prinzipiell, je jünger, desto mehr, überall nur Anspruchsdenken, die Deutschen sind verloren, statt Disziplin-Aufopferung-Dienst fürs Großeganze nur noch Anspruchsdenken, Deutschland, was noch übrig ist davon, wird kaputtgehen am Anspruchsdenken der jüngeren Generation, der man es hinten und vorne hineinstopft und die es einem vergilt mit Undank, Hohn und noch gierigerem Anspruchsdenken.

Gottlieb hütete sich, dieser Lagebeurteilung Vater Stapfs auch noch zuzunicken. Um Lissi etwas aus dem Mittelpunkt zu schieben, schaute er so, als habe er das erst jetzt bemerkt, auf Julias Ohrringe. Sie hatte ihre Ohrläppchen durchstechen lassen, jetzt hingen zwei nicht ganz ebenmäßige Silbertropfen daran, die nach unten hin sehr schwer zu werden schienen. Das ist aber schnell gegangen, sagte Gottlieb. Julia sagte: Gefallen sie dir? Ja, sagte Gottlieb, das schon... Aber Julia sofort: Hauptsache, sie gefallen dir. Die haben eine Schmuckwerkstatt in der *Fabrik*, sie habe die Hänger also billig bekommen. Sofort sah Lissi die Gelegenheit, wieder Mittelpunkt zu werden, sprang

auf und ließ ihren rechten Arm vorschnellen und in
der Luft stehen: vom Handgelenk bis zum aufgeroll-
ten Ärmel der Jeansbluse Silberringe, -ketten, -reifen,
von denen Steine glitzern und leuchten. Am erhaben-
sten ein ovaler Amethyst. Der thront wäßriglila strah-
lend über den flacheren Steinen wie ein Viertausender
in einer Umgebung von Zweitausendern. Ein geradezu mythischer Arm, mit einer ebenso mythischen
Hand. Die Hand windet sich jetzt am Gelenk wie ein
Schlangenkopf. An allen Fingern, außer am Daumen,
Ringe. Dazu stellt sie ein Knie vor unter dem ge-
spannten Lederrock. Blaue Stiefeletten, auch steinge-
schmückt. Sie hat sich für ihre Pose unter die Bögen
der Tamariske gestellt, die dicht neben der Terrasse
gedieh. Im letzten Abendlicht gossen die Tamarisken-
zweige hellstes Violettlicht in hochweiten Bögen über
die silber- und steinbewehrte Blondhelmsoldatin in
funkelnden Blaustiefeletten. Man konnte nicht einfach
wieder wegschauen. Offenbar weil sie merkte, daß ihre
Pose wirkte, sagte sie, als sie sie auflöste und sich wieder setzte, sie habe eigentlich zum Ballett gehen wollen. Gottlieb nickte. Er wollte sagen: Sie schaffen alles.
Das war doch eine Katze. Ein Wolf. Keine Wölfin, ein
Siewolf. Gegen die war Julia ein Schaf beziehungsweise
ein Lamm, ein großgeratenes. Sofort fühlte er sich
durchströmt von Mitgefühl. Er wollte Julia helfen in
einer Welt, die gemacht ist für Wölfe und Siewölfe. Sie
sei inzwischen eine taffe Biene, sagte Lissi selber, als
sie saß, und gab gleich einen kurzen Überblick über
ihre Karriere in München. Vom *Café Chaos* bis zur *Fabrik O.* Was die alles aufzählt als überwunden: Conter-
gankinder, Dealer, Spastiker, Legastheniker, Sonder-

schüler, Schläger, Sentimentalinskis, Schwule, Lesben, Punks, Hypochonder, Soziologen, Psychologen, Künstler. Die *Fabrik O* war ja noch das Beste. Aber auch dort nützen sie dich aus. Sie hat ein paar Wochen gebraucht, bis sie das spitz hatte. Die kalkulieren dich ganz cool. Entweder du bringst es, oder du bringst es nicht. Nicht mit Lissi Stapf. In der normalen Firma schaut dich der eine Boß an, wie wenn du Falschgeld wärst. Prinzipiell. In der *Fabrik O* schaut dich das ganze Kollektiv so an. Durchleuchtet wirst du immer. Ihr tut das weh. Sie bleibt unterwegs, bis sie wo hinkommt, wo Durchleuchtung nicht stattfindet, prinzipiell.

Vielleicht hat sie, dachte Gottlieb, ihr *prinzipiell* von ihrem abgewehrten Vater übernommen.

Sie hat, sagt sie, bloß auf so jemanden gewartet wie Julia, nämlich auf jemanden, der sie braucht. Immer gut, wenn dich einer braucht, das ist ihre Erfahrung. Julia ist nicht die Frau für die *scene*. Julia kommt an mit diesem Kummersofti, und Lissi sieht sofort, die ist auf 'm falschesten Dampfer überhaupt. Julia hat sich dort die ganze Zeit an ihren eigenen Haaren festgehalten, hat die immer so gezwirbelt und drauf rumgekaut. In Lissi hat Julia, das gibt sie zu, fast noch so was wie Heimweh produziert. Julia riecht ja bloß so nach Elternnest und Streichelmöge.

Julia benutzte solche Gelegenheiten nicht, um das Wort zu ergreifen und dann von sich zu reden. Man muß sich doch vordrängen, Kind! Wo kommst du hin, wenn du nur den anderen zuhörst! Diese Lissi redet über dich, aber nur, um dadurch über sich zu reden! Aber Julia saß mit einem wirklich undurchdringlichen Gesicht und hörte zu. So undeutbar müßte man, um ihn vorzustellen, Gott malen, dachte Gottlieb. Der Mund eine genaue Waage zwischen Lächeln und Weinen. Die Augen reglos hinterm Wimperngitter. Daß die Lider fast zu waren, verriet nicht Müdigkeit, sondern Anstrengung. Die merkte man auch daran, daß der lange Hals das Gesicht ein wenig vorschob, es schräg hinhielt, einer Sonne, die gar nicht mehr schien. Die Silbertropfen dagegen hingen senkrecht schwer an den durchstochenen Ohrläppchen. Gottlieb hätte heulen können. Diese Ohrläppchendurchstechung hatte Anna nicht einmal erwähnt. Julia war noch verletzlicher geworden dadurch. Wie habt ihr denn das gemacht, sagte er jetzt quer in Lissis Redestrom hinein. Das macht Ajax, der Oberstecher, antwortete statt Julia Lissi. Eine kaltgeschälte und angenäßte Kartoffel dahintergehalten, dann mit 'ner Zirkelspitze durch. Julia nickte nicht einmal. Gottlieb sah ihn vor sich, den schönen Kerl mit Silberstachelarmband und schwarzer Sicherheitsnadel im Ohr.

Sobald man mit dem Abendessen fertig war, setzte sich Lissi ans Klavier und spielte Beethoven. Mordsmäßig. *Pathétique*. Immer nur im Anfang herum. Als Zürns das Geschirr abgetragen und der Spülmaschine anvertraut und die Küche aufgeräumt hatten und sich nach und nach wieder um den Terrassentisch versammelten, kam auch Lissi zurück. Ein Abend mit Lissi also. Gottlieb trug Wein auf. Außer ihm wollte aber niemand Alkohol. Er wollte Anna und sich selber in eine Stimmung bringen, in der man für nichts mehr so recht verantwortlich sein müßte. Sich allein in diese Stimmung zu versetzen war nicht ratsam. Andererseits wußte er nicht, wie er diesen Abend nüchtern überstehen sollte. Diese Lissi würde, wenn längst alle Zürns einzeln und vollkommen zur Strecke gebracht sein würden, in irgendeinem wilden oder feinen Abendlicht sitzen und davon erzählen, wie man sie gejagt, aber nicht zur Strecke gebracht hatte. Das war eine wahrscheinlich unbesiegbare Mädchenfrau, alle Achtung, Herr und Frau Stapf in Roth bei Nürnberg. Er mußte weg von diesem Tisch, mein Gott. Wie soll denn das weitergehen, bitte! Und was hatte er Anna versprochen! Aber diese Lissi ging doch mit der ganzen Familie Zürn um wie der Kutscher mit seinem Gespann. Die schnalzte und sagte hü oder hott, und Zürns saßen und staunten und folgten. Die redete sie doch alle unter den Tisch. Auf jeden Fall ihn. Wenn er nicht sofort ging. Er hatte auch schon einen Schlußsatz, den hatte diese Lissi durch ihre Aufführung in ihm produziert: Wenn Kinder nicht stärker wären als ihre Eltern, würden sie sie keinen Tag ertragen. Habt Mitleid mit euren elenden Eltern, ihr riesigen Kinder, ihr. Aber er traute sich nicht, das auszusprechen.

Gottlieb stand jäh auf, sagte, er habe Arbeit nachzuholen. Das hatte etwas Vorwurfsvolles, etwas gegen alle Gerichtetes. Sobald ihn sein Schreibtischstuhl aufgenommen hatte, fühlte er sich sicherer. Sobald er saß, dieses Gefühl, er könne diesen mächtigen Stuhl nur noch verlassen, wenn Anna ihn rufe. Natürlich kann sie nicht in sein Zimmer kommen und ihn holen. Genausowenig konnte er selber aufstehen und sie draußen holen, um zusammen mit ihr ins Schlafzimmer zu gehen. Aber Anna könnte von einem möglichst weit entfernten Punkt aus seinen Namen rufen. Oder von nebenan. Im Vorbeigehen. Wie nicht ganz ernst gemeint. Er könnte dann auf jeden Fall kommen. Maulend, fluchend. Im Schlafzimmer möglichst rasch aus den Kleidern, schnell ins Bett. Zur Seite gedreht. Das wäre schon etwas für den ersten Abend. Mürrisch nebeneinander, voneinander abgewandt, aber einträchtig auf etwas schimpfend, auf diese Elisabeth, zum Beispiel. Dazu eignete sich die hervorragend. Das könnte sogar zu einer beiderseitigen Lageveränderung führen. Und was dann möglich wäre, Annannanna, mein Gott, bitte, wenn du bis jetzt mit ihm gedacht hast, und das hast du, daran ist nicht zu zweifeln, dann denk das doch weiter! Sie wissen doch beide ganz genau, woran sie sind miteinander. Die Zeit der Dialoge ist vorbei. Nichts ist so unnötig geworden wie dieses ewige Reden, mit dem doch nur diese wenig reizvollen Schäden bewirkt werden. Wenn sie ihn nicht holt, wird er sie morgen durch ein ganzes Konzert von Bewegungen, das heißt durch Wegwendungen, Nichtblicke, Hüsteln, Nichthüsteln strafen. Es ist nichts so schwer wie das: die eigene Frau zu gewinnen. Verführen. Ach ja, die Operneinflüsse auf unsere Sprache. Oh, er mußte Frau Schönherr anrufen. Liliane, bitte. Sie, sofort: Oh Gottlieb, Gottlieb, Gottseidank! Sie hat schon gefürchtet, er habe sie vergessen, er finde sie furchtbar, lehne sie ab, wolle sie nie wieder sehen, Höllen hat sie durchgemacht seit gestern... Gottlieb staunte über diese Zeitangabe: gestern. Sie habe, seit seinem Anruf aus dem Zug, das Telephon praktisch nicht verlassen. Das Kabellose habe sie sich um den Hals gehängt, habe es mit aufs Clo genommen und ins Bett, Gottlieb! Gerade sei Dr. Plessner wieder beim Wrack gewesen, habe auch zu ihr hereingeschaut und eine gemeine Bemerkung gemacht über gestern, über Gottlieb

und sie. Schon gestern dieses ironische Hatsgeklappt!
Heute: sonst hätte er noch einspringen müssen! Dieser
Laffe. Aber kümmern wir uns nicht um die Zurückge-
bliebenen, wir sind an der Front, an der Front des Lebens, der Lebensglanz auf unserer Stirne blendet jeden,
die Menschheit wird vor Neid gelb und grau werden, oh
Gottlieb, sie hat schon alles gepackt, das Wrack, das ihr
jetzt wirklich leid tut, ist versorgt, morgen kann sie in
Nonnenhorn sein, im Lebkuchenhäuschen unter Nuß-
und Kastanienbäumen, dann kommt er herüber, sooft
er kann, sie wird keine unbilligen Ansprüche stellen, sie
kann sich mit sich selbst beschäftigen, das hat sie gelernt
in der Eheöde ihres bisherigen Lebens…
Gottlieb bedauerte, bedauerte auch wirklich, mein
Gott, so eine Frau, er sah sich unter Nuß- und Kastanienbäumen, auf unheimlichen Sitz- und Liegegelegen-
heiten vor dem Lebkuchenhäuschen, ganz umgeben
von dieser endlich auf Leben drängenden, nervös kulti-
vierten Frau. Welch eine Zuwendung erwartete ihn da!
Und leid tat sie ihm auch. Dieses Leidtun durfte das
ganze Unruhige, Kultivierte, Idyllische nicht beschädi-
gen. Die brauchte einem gar nicht leid zu tun! Eine aufs
schönste nervöse Frau. Er mußte sie also zurückdrän-
gen. Das tat weh. Aufschieben. Weil seine Tochter Julia… Das mußt du begreifen, Liliane, denk an deine
beiden. Das klappte. Sie erzählt sofort, was sie heute
von ihren beiden per Telephon erfahren hat.
Als er auflegte, war er durchgeschwitzt. Jetzt noch Frau
Ortlieb. Nein. Doch. Nein. Doch. Liebe Gisi, nur ganz
kurz, mußte heim, familiäre Notlage, rufe an, sobald es
irgend geht. Gisi knurrte kurz und trocken. Klar, die
hängt nicht an ihm. Nicht so wie er an ihr. Nachdem er

den rutschigen Telephonhörer aufgelegt hat, sieht er, daß das nur Servicegespräche gewesen sind. Er kann sich jetzt auf nichts besinnen als auf Julia. Und Anna. Daß ihn Annette so gut wie ununterbrochen aus diesem großen, trüben, schmutzigen Zentralauge anschaute, mußte er hinnehmen, vorerst. Solang er allein war, war er diesem Auge ausgesetzt. Die zwei senkrechten, auf dieses Auge zuführenden Stirnfalten...

Gottlieb stand auf, grüßte, als er durch das zur Terrasse hin gelegene Zimmer ging, laut zu denen hinaus, wünschte eine gute Nacht. Dann war er droben. Im Bett. Wollte Anna die ganze Nacht bei dieser Lissi und Julia Wache halten? Regina war schon im Bett. Er lag und dachte an Anna. Wenn sie nur käme. Wenn sie nur, wenn sie käme, alles so empfände wie er. Wenn sie wenigstens nicht gleich von der Ortlieb-Sturmnacht anfinge. Also, wenn man heimkommt, von was auch immer, könnte man doch zuerst einmal die Heimkehr selber wirken lassen, mein Gott. Die Heimkehr als solche. Prinzipiell! Er sehnt sich jetzt also nach dir. Anna, entsprechen wir einander nicht mehr denn je? Man muß vielleicht fortgewesen sein, um das zu erleben. Es ist wirklich komisch, Anna, aber häßlich kannst du durch Alter nicht werden. Er zerfällt, du bestehst, genauso ist es. Anna war eingetreten, nicht leise, nicht laut, sie zog sich aus bei Kleinstlicht, er schaute hin, das merkte sie nicht. Sie kümmerte sich offenbar nicht darum, ob er etwas sehe oder nicht sehe. Sie war mit etwas ganz anderem beschäftigt. Sollte er ihr sagen, was er dachte: Angezogen siehst du vielleicht nicht mehr so aus wie früher, aber nackt bist du noch die, die du gewesen bist. Als seine Gedanken so zudringlich wurden, reagierte sie. Sie demonstrierte die Gegenrichtung. Durch Erregungsvibrato machte sie klar: solange diese Lissi im Haus ist, gibt es nur ein Thema: wie bringt man sie aus dem Haus. Und zwar sofort. Die hockt hier herum, läßt sich bedienen, besetzt das Klavier, außer ihr darf niemand mehr ans Klavier, Regina hat morgen Stunde, Regina hat es Julia gesagt, Julia ist feig, Julia himmelt die an, die hat einen schlimmen Einfluß auf Julia, die nimmt Julia mit, das ist der Plan, Julia ist viel zu naiv für die, die ist nämlich raffiniert, die tut, als habe sie schon alles hinter sich, Drogen und so weiter, aber die macht weiter, heim will die nicht mehr, die kommt durch, dieses Biest, dagegen ist Julia das reine Pflänzchen, wir müssen Julia vor der schützen, die muß aus dem Haus, morgen, morgen vormittag, wenn Julia in der Schule ist... So redete Anna, als sie sich auszog. Einen Augenblick lang war sie also nackt. Obwohl Anna von allem fast mehr als genug hat, käme man nie auf die Idee, ihrer Strumpfhose zu einer Zusammenfassungsleistung zu gratulieren. Wenn er Anna nicht im Wichtigsten, im Willensausdruck nämlich, so unterlegen wäre, könnte er jetzt versuchen, ihr den Sinn zu wenden, sie abzubringen von dieser Lissi. Aber Anna von Kindersorgen ablenken, das ist, als versuche man jemandem ohne Betäubung einen Zahn zu ziehen, ohne daß der das merke. Er mußte versuchen, durch nichts als Zustimmung und Beteiligung eine Einigkeit mit Anna zu erzeugen oder zu demonstrieren, und hoffen, daß dadurch ab morgen, wenn es gelingen sollte, diese Lissi loszuwerden, eine andere Wetterlage entstehe, daß man dann auf etwas anderes, Schöneres hinleben könne. Es gibt nichts ohne Maschine. Überall muß man etwas mit Hilfe spezieller

Anordnung in etwas anderes verwandeln. Druckkammern, Vorglüharrangements, Entzündungsbedingungen, Energieentbindungen, Transmissionen... Und nichts darf bei diesen Seelenmaschinen an das erinnern, was sie bewirken sollen. Das könnte einen schon wieder reizen. Vor allem ist diese Konstruktionsmühe das einzige, was einen von der entsetzlichen Tatsache, daß man heimkommt und überhaupt nicht geliebt wird, ein wenig ablenken kann. Ach nein, ablenken nicht. Schmerzversüßung durch Umbau des bloßen Schmerzes in eine Schmerzsammel-, Schmerzsteigerungs- und Schmerzumwandlungsanlage.

Diese Lissi hatte heute abend ihre Jeansbluse gerade so weit offengelassen, daß man noch die Tätowierungen auf ihren Brüsten sah. Links eine Rose, rechts ein Dolch, ein schön geschwungener. Warum erwähnte Anna das nicht? Der Einbruch dieser Lissi in die Familie Zürn. Wann wird er, bitte, diesem Treiben gewachsen sein? Also, wie konstruiert er jetzt die Schmerzumwandlungsanlage? Was kann man mit Schmerz anfangen? Bitte, mit Lebensschmerz! Er kennt weder den ewigen Magenschmerz seines Vetters Xaver noch den Weltschmerz seines Vetters Franz, ihm tut das Leben selber weh. Nur das, sonst nichts. Er begriff jetzt sogar, daß Anna keine Hand durchs Dunkel herüberstreckte und aus Tasten sich etwas wie nicht gewollt entspänne. Ihre Ehe war jetzt verwirkt. Das war doch immer so. Er hat sich Anna noch keine zwei Mal auf die gleiche Weise nähern können. Es ist bei ihnen noch nicht zweimal auf die gleiche Weise zu dem gekommen, wofür es kein Wort gibt, es sei denn das Polizeiprotokollwort GV. Es sieht doch immer aus, als gehe es überhaupt nicht mehr.

Ist doch gar nicht wahr!! Zwischen *schwierig* und *verwirkt* ist ein Unterschied. Mag es schwierig gewesen sein, aber es glückte doch immer wieder. Und zu sagen, es glückte, ist keine Übertreibung. Nichts ist verwirkt. Es handelt sich nur um eine neue Schwierigkeit oder einen neuen Schwierigkeitsgrad. Nichts darf sich verfestigen. Die Gefahr, daß man auseinandergerät und plötzlich auf zwei verschiedenen Seiten eines unübersteigbaren Gebirges lebt, besteht immer. Was man zum anderen hinüberzurufen versucht, kommt drüben ganz anders an, als es gerufen worden ist. Man ist der Verständigung nicht mehr mächtig. Das hat er doch alles durchgemacht. Oft sind es die Nächte, in denen man so auseinandergerät. Tagsüber sind beide freundlich zueinander. Wenn einer den anderen unversehens berührt, halten beide ganz schnell still, als wollten sie die Stelle und Sekunde der wiedergewonnenen Nähe festhalten. Sie schauen einander an in diesem Nähemoment. Beide denken an die nächste Nacht. Aber sobald sie dann im Schlafzimmer sind, ist die Luft geladen mit nichts als Vereitelungspotenz. Man hat keinen Einfluß mehr auf irgendeinen Verlauf. Nichts ist zu erreichen. Alles mißrät. Es ist verwirkt.

Wie wegdenken, einschlafen?

Erstaunlich, wieder einmal, daß die rechtschaffen rasende Mutter dann in den ruhigsten Schlaf verfallen ist, und er liegt und liegt wach. Das düngt eine Erbitterung, die sich ihres Unwerts nur zu bewußt ist. Eine ganz unbefriedigende Erbitterung also. Man ist nicht berechtigt, die Frau zu wecken, nur um sie erbittert darauf aufmerksam zu machen, daß sie zuerst eingeschlafen sei.

Und nach einer weiteren Stunde frägt sich der Immer-
nochwache, ob er nicht schlafen könne, weil ihm das
und das einfalle, oder ob ihm das und das einfalle, weil
er nicht schlafen könne. Diese Forschung endet in einer
weiteren Erbitterung über eine Kultur, die empfiehlt,
Ursache und Wirkung voneinander zu trennen als etwas,
was nacheinander und aufeinander folge. Immerhin,
wenn er bei dem Ansich dieses Ursachewirkungsverhaus
angelangt war, fühlte er sich dem dunkel umrissenen und
doch so deutlich spürbaren Schlaftor ein bißchen näher,
als wenn er sich mit den wachhaltenden Sachen selbst
beschäftigte.

Am nächsten Vormittag saß Lissi am Klavier und häm-
merte auf die *Pathétique* ein. Anna kam immer wieder
zu Gottlieb ins Zimmer, ließ sich auf einen Stuhl fallen,
zeigte sich zusammenbruchsbereit. Die muß hinaus,
sagte sie zischend und flüsternd, obwohl bei dem Beet-
hovengedonner keine Gefahr bestand, daß Lissi etwas
höre. Gottlieb hatte den Eindruck, Lissis Klavierspiel
hänge auf schwer beweisbare Art mit der Fliegerei ihres
Vaters und ihres Großvaters zusammen. Weil Gottlieb
nicht wußte, wie er Annas Schrei um Mithilfe folgen
sollte, sagte er, nur Julia könne Lissi aus dem Haus bringen. Keinen Fehler jetzt, sonst ist Julia ein zweites Mal
fort, und dann vielleicht für immer.

Julia und Regina waren in der Schule. Anna mußte wieder nach Bad Schachen zu Herrn Dumoulin, der immer
noch ein großer Kunde zu werden versprach. Also war
Gottlieb oft mit dieser Lissi allein im Haus. Er ging an
ihr vorbei, bereitete das Mittagessen vor, für das Anna
eingekauft hatte. Daß Anna Lissi bei jedem Essen noch

deutlicher übersah, nicht bemerkte, schien Lissi kein bißchen zu stören. Sie war immer guter Laune, genoß das Essen mit Stöhn- und Jubellauten und zündete sich die Zigarette nach dem Essen mit breitem Wohlbehagen an.

Das Peinlichste war sicher Lissis Klavierspiel. Das ging ganz direkt auf die Nerven. Anna war Erstickungsanfällen nahe, wenn diese Lissi ihre Klavierschmiede betrieb. Gottlieb hatte jahrelang gern im Klavierspiel der Kinder gelebt und gearbeitet, aber dieses Mädchen störte ihn. Anna mußte sich mehr als gestört fühlen. Für sie war das Klavier, seit sie beim Komponisten und Pianisten Eisele gelernt hatte, immer ein Ausdrucks- und Lebensmittel gewesen. Klavierspielend konnte sie sich entfalten wie mit nichts sonst. Seit sie den Handel betrieb, verwaiste das Klavier immer mehr. Und jetzt rannte und fuhr sie draußen herum, das Geld zu verdienen, und wenn sie heimkam, mußte sie sich dieses Gedonner anhören. Sie durchquerte das Zimmer, schlug die Türen zu, ein ums andere Mal, diese Lissi spielte weiter. Die Eltern fragten Julia: Wie lange noch? Die Frage wurde umständlicher gestellt. Wie schnell Julia *zu* sein konnte, wußten Anna und Gottlieb. Die vorsichtige Erkundung ergab, daß Julia froh war, Lissi im Haus zu haben. Sie gingen auch schon zusammen in die Stadt. Anna und Gottlieb saßen dann oder lagen, warteten auf jeden Fall, ob Julia wiederkomme. Sie mußten Julia Lissi überlassen. Das bevorstehende Ende des Schuljahrs konnte, weil es für Julia nur Demütigungen bringen würde, Lissis Einfluß stärken. Aber da sie aus Julia keinen Häftling machen konnten, mußten sie sich fast krampfhaft zurückhalten. Jetzt erfuhren sie also, daß Julia Lissi gern im Haus hatte, mit Lissi gern in die Stadt ging. Offenbar schmückte sich Julia in der hiesigen *scene* mit der steilen Blondine und ihrer ganzen mythischen Armatur. Daß alle außer ihr unter Lissi litten, schien Julia sogar zu genießen. Gottlieb konnte natürlich seinen Unwillen gegen die Eindringlin nicht so kraß hervorkehren wie Anna. Wenn er an den Vormittagen allein mit Lissi im Haus war oder Lissi auf der Terrasse lag und mit Romeo spielte und schmeichelte – das konnte sie stundenlang –, dann dachte er natürlich an alles Mögliche beziehungsweise Unmögliche. Keine Sorge, Julia, das würde er, obwohl Lissi ihn sogar an Gisi erinnerte, nie auch nur probieren. Aber daß so etwas durch den Kopf rauscht und erst vertrieben werden kann, wenn es sich als Vorstellung gebildet hat, liegt an der Natur unseres Vorstellungswesens. Er war wahrscheinlich der einzige, der aus Lissis Anwesenheit ein wenig Nutzen ziehen konnte. Wenn Liliane Schönherr anrief, und zwar aus dem Lebkuchenhäuschen unter den Nuß- und Kastanienbäumen in Nonnenhorn, wenn sie ihn fast schrill bat zu kommen, ihr zu Hilfe zu kommen, weil sie dort drüben in dem Häuschen vergehe, dann hatte er nichts als die Gegenwart einer verruchten Dealerin, Landstörtzerin, eines gefährlichsten Siewolfs eben, um sein Nichtsofortkommenkönnen zu erklären. Er hätte ja diese Lissi, wenn sie nicht dagewesen wäre, nicht erfinden können. So aber konnte er ausführlich von ihrer landsknechthaften Fraukindlichkeit, ihren Ringen, Steinen, Farben samt dem ins Licht übergehenden Weißblond reden und die Lage im Haus darstellen als einen ununterbrochenen Machtkampf zwischen einem Vater und einer Eindringlin um eine wehrlose Tochter. Und damit

Liliane das Telephon, falls sie weitermachen mußte, besetzt fände, rief er Gisela Ortlieb an und erfuhr von ihr, sie sei heute morgen mit brennenden Fingerspitzen aufgewacht, sie habe ihn schon anrufen wollen, bei ihm werde wohl ewig gequatscht, ihr Mann sei für drei Tage in der Oberpfalz, auf König Wenzels Straße, der von Luxemburg nach Prag, ach, Gottlieb sei ja kein Historiker, drei Tage ist der Mann weg, also bitte, Gottlieb, das ist es! Oder es ist eben nichts. Dann aber gar nichts, bitte. Sie ist kein Spielzeug, apropos Spielzeug, Annette ist aus der Kraepelinstraße zurück, die ist denen abgehauen, da möchte sie wetten, denn vernünftig kommt sie ihr nicht gerade vor. Also Gottliebchen, mach dich auf die Socken, drei Tage ist Herr Ortlieb ostwärts fort und schwärmt telephonisch vom Amberg umgebenden sekundären Gestein, Mergel und so, Weiden zu dann das Urgestein, älter als die Alpen, Gottlieb, von Leuchtenberg aus hat er telephoniert, die Burgruine verrät ihm die Kemenate, die Küche, den Plan, und Napoleon hat, sagt er, das Geschlecht wieder belebt, das sagt er mir! Und jetzt geht's weiter zum nahen Ex-KZ Flossenbürg, wo, wie du nicht weißt, Bonhoeffer umgebracht wurde, Canaris auch, aber du bist ja kein Historiker. Also ihre Fingerspitzen brennen immer noch, nicht bildlich gemeint, sie ist daran aufgewacht. Hat er dazu etwas zu sagen, ja?! Gottlieb gesteht, daß er längst bedaure, sich in München so ungenügend benommen zu haben. Brennen dich auch die Fingerspitzen? Die nicht, Gisi. Er wolle lieber zuwenig sagen als zuviel. Sie, Gisi, habe... ach, nein, er spreche es nicht aus, dadurch werde es nur schlimmer. Er sei hier im Kampf. Diese Lissi wolle der Familie eine Tochter abjagen, sonst käme er, wenn er sich recht verstehe, wahrscheinlich doch noch nach München. Die Hereingeplatzte raucht übrigens deine Marke, Gisi, aber sie hat keine so schönschweren Haare, die sich über die Stirne schräg aufs linke Auge zuschieben. Straff hochgekämmtes Blondstroh hat sie, halt ein bißchen punkig. Die muß abgeschlagen werden, dann, Gisi, er traut sich kaum, es auszusprechen, sehen wir weiter. Du bist eine komische Nummer, sagte Gisi. Sie glaube, sie rufe ihn nicht mehr an. Was hast du an, fragte er jetzt, um einen besinnungslosen Eindruck zu machen. Eines meiner *cube*-Hemdchen, sagte sie schrill lachend. Was noch? fragte er noch zupackender. Nichts. Pause. Gottlieb schnaufte möglichst hörbar. Also, sagte er, bis bald. Sie lachte. Er legte auf und ließ den selbstverschuldeten, jetzt doch eher heißen Wirbel vergehen. Um diesem Wirbel gewissermaßen den Rest zu geben, rief er noch Annette an. Sie sei aus der Kraepelinstraße zurück. Das Schlimmste habe sie hinter sich. Sie würde Gottlieb gern wiedersehen. Vielleicht doch lieber allein? Bitte, sie wolle das nicht entscheiden. Gisela sei ihr lieb und wert. Wenn Gottlieb nur MIT Gisela zu haben sei, dann lieber MIT als gar nicht. Wenn sie im *Birnbaum* sitze und Gisela komme zur Tür herein und setze sich neben sie, lasse die Gespensterjagd einen Augenblick lang ab von ihr. Im Augenblick beginne ja das Theater mit ihrer Mutter wieder. Offenbar geht das Häuservermieten gerade so leicht, daß sie wieder mal Lust auf ihre Tochter hat. Sie sei bereits so gut wie umstellt von den Leuten ihrer Mutter. Ihre Mutter glaube wahrscheinlich, jetzt sei Annette reif für Mutters Falle. Ihre Mutter sei immer eine Fallenstellerin gewesen. MAB und *Spartakus* habe ihr ihre Mutter im Gegensatz zum viel klügeren Vater nie verziehen. Aber der werde sie etwas erzählen, nein, inszenieren werde sie der etwas, und zwar etwas, das den theatralischen Bedürfnissen ihrer Mutter Rechnung tragen solle. In ihrer eigenen Schlinge werde sie die fangen, wenn es zum äußersten komme. Was sie, gutmütig wie sie sei, nicht hoffe. Aber wenn, dann werde sich die Frau Mutter wundern, das verspreche sie ihm. Also er sehe, wenn sie Gründe suche, ihn nach München zu locken, fallen ihr nur Gründe ein, die ihn von München eher fernhalten müssen. Ach Gottlieb. Solange man dem Menschen, der einem am nächsten ist, den Verrat noch nicht nachgewiesen hat, ist man nichts als naiv-naivnaiv. Also Gottlieb. Vielleicht. Nicht wahr. Und legte auf. Gottlieb saß und konnte nicht zurückrufen. Annette zu Hilfe kommen? Aber wie? Gegen wen? Kann man einem gegen sich helfen? Ach ja, mein Herr, man kann. Man muß. Müßte.

Gottlieb wurde aufgeschreckt durch einen Schrei, einen furchtbaren Schrei, nein, es waren zwei Schreie, dann gleich mehrere. Zwei Frauen kurz nacheinander, dann zusammen, aber nicht in eins verschmelzend. Eine Männerstimme brüllt Pfui! Pfui! Gottlieb rannte hinaus. Später Vormittag, der Garten döst und prangt zugleich. Armin, von Herrn Ganskes Gebrüll verfolgt, jagt herauf, an Gottlieb vorbei auf die Terrasse und dort unter die Bank, in die hinterste Ecke und klemmt den Kopf zwischen die Pfoten. Das Elendsbild des schlechten Gewissens. Nicht hinter ihm her, aber auch herauf rennt mit vorgeworfenen Händen und rudernd und mit schreiend offenem Mund, wie vom Entsetzen gejagt, Frau Ganske. Sie rennt an Gottlieb vorbei. Frau

Ganske! will Gottlieb rufen, aber sie ist, heulend und schreiend, schon hinter dem die Hausecke mildernden Wacholder verschwunden. Drunten treten eher zögernd Herr Ganske und Lissi aus dem Gebüsch unter die Bäume. Herr Ganske in Badehose. Lissi, Siewolf und weiblicher Legionär wie immer. Oh, heute hat sie sich in eine ihrer senkrechten Haarwände auch noch eine schwarze Feder gesteckt. Und im Arm hat sie wie immer den schwarzen Romeo. Aber den streichelt sie so heftig wie noch nie. Obwohl sie und Herr Ganske so ungleich kostümiert sind, sehen sie im ersten Augenblick ihres zögernden Auftritts genauso aus wie Adam und Eva. Gottlieb mußte leider schon wieder an jene furchtbar simple Einteilung denken, die Gisis Mutter ihrer Tochter beigebracht hatte, damit die der ganzen Welt dieses billigste aller Entwederoders beibringe. Und hier überhaupt nicht anwendbar. Nicht auf diese zwei. Na ja, eigentlich doch. Die zwei sahen zwar verstört aus, aber offenbar doch, weil sie gestört worden waren.

Herr Ganske kommt zu sich, verläßt die Erscheinungsgemeinschaft mit Lissi und rennt jetzt immer schneller das Wiesenstück herauf. Er sieht keinen Herrn Zürn. Gottlieb ruft ihm nicht nach. Gottlieb geht zu Lissi, die immer noch unter den Bäumen steht, Romeo im Arm hat und den streichelt und bespricht. Romeo ist nichts als eine Handvoll Pelz, klatschnaß, zitternd. Aber er blutet nicht. Gottseidank, dachte Gottlieb. Lissi stößt Schmeicheltöne aus. Sie habe, sagt sie, die Stalltür garantiert zugemacht, als sie Romeo zurückgebracht habe. Der muß die Tür selber aufgestoßen haben. Und sofort sei Armin, als habe er nur darauf gewartet, dagewesen, habe Romeo am Genick gepackt, sei mit ihm ans Wasser gerannt und habe ihn im hohen Bogen in die Wellen geworfen. Sie nichts wie hin und das Pelzchen gefischt. Aber der erholt sich schon wieder. Irgendwie habe Armin nicht richtig zugebissen. Nur so gepackt und dann fortgeschleudert. Und Frau Ganske, fragte Gottlieb. Schlimm, sagt Lissi und macht eine gequälte Grimasse. Zerscht heißt es, sie machen einen Ausflug nach Wasweißichwohin, die Jetters nämlich, und Frau Ganske will unbedingt mit, er aber nicht, also kommt er dann in den Garten, wo sie mit Romeo sitzt, na ja, und da ist es eben passiert. Wäre es. Wenn die nicht doch noch gekommen wäre. So braucht sie sich auch nicht anzustellen. Warum sagt sie denn zerscht, sie geht mit Jetters, und dann kehrt sie um! Kann sie sich denn nicht an das halten, was ausgemacht war?! Rein prinzipiell! Armer Romeo. Genau in dem Augenblick, wo die losbrüllt, muß der vor Schreck sein Türl aufgestoßen haben, und ab in die Freiheit, und Armin sofort hinter ihm her. So geht's eben im Leben, nicht wahr, Romeo. Er schnauft einfach nicht richtig, sehen Sie mal. Sie bettet ihn auf der Terrasse zwischen zwei Kissen und setzt sich daneben. Gottlieb sagt laut: Oh je. Ja, ja, sagt sie, ich weiß, und zieht die schwarze Feder aus einem der beiden steifen steilen Blondgrate und zerbricht sie. Das wirkte wiederum sehr mythisch. Ach, Romeo, sagte sie, wenn nur du davonkommst. Um dich tät' es mir leid. Er zittert, aber er schnauft nicht.

Am Mittagstisch hatte Lissi noch einmal Gelegenheit, ihre Fassung der Gartengeschehnisse vorzutragen. Frau Ganskes nicht enden wollender Schrei war, sagte sie jetzt, die Folge einer optischen Täuschung. Herr

Ganske hat eine Krähenfeder gefunden am Ufer, Lissi lag auch da, irgendwie, Lissi hatte gerade Romeo versorgt, da kommt Herr Ganske mit der Feder, kniet neben Lissi nieder, beugt sich über sie und steckt ihr die Feder in das Hochgekämmte. So. Nun muß man wissen, sie, Lissi Stapf, hat eine Urbeziehung zu Federn. Federn sind für sie das Heilighöchste und auch noch das Schönste. Prinzipiell. Da hat sie Herrn Ganske einfach aus Freude, Dankbarkeit, Laune, weil ihr danach war, einen Kuß gegeben. Er war ja sowieso grad, weil er ihr doch die Feder sorgfältig ins Haar steckt, mit dem Kopf direkt über ihr. Den Kuß muß Herr Ganske falsch verstanden haben, auf jeden Fall ist er jetzt tatsächlich ein bißchen zudringlich geworden. Was passiert wäre, wenn jetzt nicht Frau Ganske aufgetreten wäre mit diesem enormen Schrei, ja, das weiß sie doch auch nicht.

Die Hauptsorge Julias, Lissis und Reginas galt jetzt nicht der Familie Ganske, sondern dem immer schwächer vibrierenden Dunkelpelzchen Romeo. Sie knieten zu dritt einträchtig hauchend und streichelnd um ihn herum. Lissi wiederholte immer wieder diesen Augenblick: Frau Ganske erscheint, schreit, Romeo stößt seine Tür auf, Armin sieht die Gelegenheit, auf die er schon so lange wartet, jagt los, hat das Zwerghäslein zwischen den Zähnen, jagt hinab, durchs offene Gartentor durch ans Ufer und schleudert die Beute, die er nicht zerbeißen darf, ins Wasser. Lissi ist schon da, stürzt sich ins Wasser und rettet Romeo.
Armin lag immer noch unter der Bank. Regina und Julia gingen abwechselnd zu ihm hin und versicherten ihm, daß sie ihm keine Vorwürfe machten, es handle sich um

ein tragisches Zusammentreffen sehr verschiedener Ereignisse. Armin ließ sich sein schlechtes Gewissen wegstreicheln. Romeo gab noch seinen Darminhalt von sich. Dann hörte er auf zu zittern. Seine Augen waren offen, aber jetzt war er tot. Es war Regina, die zuerst laut und aufheulend rief: Tot, er ist tot. Regina weinte so erschütternd, wie nur sie weinen kann. In einem einzigen Moment, in der kürzesten Zeiteinheit der Welt, kann sie bis ins Innerste getroffen werden und hat kein bißchen Gegenkraft oder Festigkeit. Soviel Julia in sich hineinsperren kann, soviel muß Regina aus sich herausweinen. Man hat bei ihr jedesmal das Gefühl, die Seele sei etwas, das man in den hervorschießenden Tränen Reginas richtig erscheinen sehe. Lissi und Julia knieten stumm, aber mit sehr unterschiedlichen Gesichtern. Lissi ergab sich in ein Schicksal, das sie kannte, grinste fast. Julia war *zu*. Keiner hätte ihr irgendeine Empfindung nachsagen können. Anna sagte: So. Und jetzt? Jetzt also die Aufgabe, der fünfjährigen Uschi und dem vierjährigen Andi und den Eltern Jetter den Tod ihres Lieblings Romeo mitzuteilen. Gottlieb hatte das Gefühl, daß das Lissis Amt sei. Aber er wollte nicht der sein, der das aussprach. Gottlieb schnauft hörbar auf. Ihm reicht's. Mein Gott. Und um zu beweisen, daß man eine Familie mit Eigenleben sei, fragte er ganz geschmeidig vor Freundlichkeit zu Anna hin, wie es heute gelaufen sei in Bad Schachen. Anna schnaufte auch auf. Dieser Dumoulin! sagte sie, wollte sie möglichst verächtlich sagen, aber in die hier geforderte Vokalfolge ü-u-ä, auch noch auf einen Nasal hinauslaufend, wollte sich ihr Unmut nicht finden, also sagte sie glatt andersherum u-ü-ä, als schriebe sich der Doumulin. Und der

Nasal wurde auch keiner. Anna, eigentlich eine Perfektionistin, ärgerte sich viel zu sehr über diesen Ausrutscher. Und es war natürlich Lissi, deren Gegenwart aus dem Ausrutscher, über den man, wäre die nicht dabeigewesen, nicht einmal gelacht hätte, eine Art Niederlage machte. Sie habe es jetzt endgültig satt, sagte Anna in einem ganz anderen, erschreckend allgemeinen oder abschließenden Ton und stand auf, ging ins Haus und schlug die Türe nicht zu. Gottlieb natürlich sofort hinter ihr her. Er fing sie richtig ein, zog sie mit aller Kraft an sich, preßte sie an sich, als werde er sie, könne sie gar nicht mehr loslassen. Nie, nie mehr, Anna. Reden müssen sie ja Gottseidank nicht miteinander. Immer wenn Gottlieb mehr tat oder empfand, als er von sich gewöhnt war, wurde er unwillkürlich Zeuge dessen, was er tat oder empfand. Er schaute sich gewissermaßen zu dabei. Und er war dann nicht sein einziger Zuschauer. Eine ganze Welt schaute ihm zu, wie er dastand und gar nicht anders konnte, als Anna an sich zu pressen, und keine Aussicht hatte, diese Preßkraft je wieder zu lindern. Nicht bei Lebzeiten auf jeden Fall. Ja, ja, jaa, rief er in Gedanken der zuschauenden Zeitgenossenwelt zu, dafür, daß Eheleute immerzu beieinander sind, mögen sie sich eigentlich ganz gern. Er spürte richtig, wie alles, was Anna vom Tisch vertrieben hatte, sich jetzt auflöste in ihr. Sie wurde nachgiebiger, weicher. Das war eine wunderbare Antwort auf seinen Preßeinsatz. Sie ergab sich ihm, traute ihm, erhoffte etwas von ihm. Sie würde ihm sagen, was. Das Unwichtige wurde wieder unwichtig, das Wichtige kehrte in seinen Rang zurück. Und es war Anna, die es aussprach. Frau Ganske. Frau Ganskes Schmerz ist doch wohl wichtiger als Romeos Tod.

In dem Zustand ein so scheußliches Erlebnis, das hält die Frau nicht aus! Und diese Lissi hat das gewußt, daß Frau Ganske frisch operiert ist, Chemotherapie hinter sich hat, und dann küßt sie den Mann, das mußt du dir einmal vorstellen. Und wir sind schuld. Wir haben so eine im Haus. Bei uns kann eine Frau ihren Mann keinen halben Tag allein lassen, dann passiert so was. Es klang nur so, als rede Anna von einem Haftpflichtfall. Ihr tat es wahrhaft weh. Sie litt. Sie sagte: Ich muß hinauf zu ihr. Und löste sich und ging. Gottlieb konnte ihr nur bewundernd nachsehen. Ihm tat Frau Ganske auch leid. Aber er hätte deswegen doch nicht gleich etwas tun können. Er setzte sich in seinen Schreibtischstuhl, kippte den nach hinten und sah schräg nach oben auf die Rücken der Ordner mit den gesammelten Inseraten. Sinnloser konnte nichts sein als die Sammlung dieser Immobilien-Inserate, aber – das spürte er deutlich genug – befriedigender auch nicht. Und vielleicht hing das Befriedigende zusammen mit dem Sinnlosen. Die Jahreszahlen drückten das am meisten aus. Zeit war verbracht worden, und man sah, wieviel, basta. Sterben wollen können, das wär's.

Plötzlich rannte jemand auf seine Tür zu. Nur Regina rennt so. Sie war's.

Sie ist fort, quietschte sie mehr als sie sagte. Jaaa, Lissi. Fort. Ab. Mit einem Katamaran. Hast du nicht gehört, der hat dreimal so gepfiffen, so einen langen Ton. Regina hat sofort gedacht, das ist kein Vogel, kein Bummelant, das ist ein Signal, also zum Fenster, da sieht sie ihn schon, rothaarig, rotbärtig, so gut wie kein Gesicht, gerade noch die anliegenden Fuchsaugen sieht man, und im Gummidreß, der winkt, Lissi rennt ins Haus nach ihrer Tasche, die ist vorbereitet, Julia bei ihr, sie umarmen einander, Lissi rennt hinab, die Stiefelchen in der Hand, der hilft ihr auf das bißchen Deck, karabinert sie an und schiebt den Katamaran an den Wind, wuchtet sich drauf, hat alles im Griff, und mit einer Mordslage hauen sie ab, über die Wellen hin, und sind verschwunden.

Und Julia?

Mit nassen Augen in ihr Zimmer, Schlüssel umgedreht. Jetzt kommt Regina erst drauf, den Rotschopf kennt sie doch, das ist Dr. Kevelaer, der ißt immer im *Mokkas* seinen Joghurt, da hat Lissi den aufgegabelt, ein einziges Mal dort, mit Julia, und sofort den Arzt aufgegabelt, um den sich hier alles dreht zur Zeit, Frauenarzt, klar. Gottlieb fiel ein, wen alles Lissi schon hinter sich hatte von Contergankindern über Soziologen bis Künstler. Frauenärzte hatten noch gefehlt. Er zog Regina zu sich, er saß, sie stand, er hätte sie gern auf seinen Schoß gezogen, aber dazu war offenbar auch sie schon zu groß. Seine Empfindungen kamen nicht mit. Dann ging Regina hinüber und ließ ihre Fingerübungen anlaufen. Gottlieb fühlte sich sofort viel wohler.

Abends kamen Jetters zurück, müde von Sonne und Wind und angenehm bewegt von dem stundenlang sanft wiegenden Wellengang dieses Schiffahrtstages. Anna mußte in die im Ausflugsnachklang Summenden die böse Nachricht hineinschneiden. Wieder Schreie und Heulen. Besichtigung des edlen, immer noch nicht starren Pelzchens. Anna schildert die Szene so, daß Ganskes nicht vorkommen. Nur Lissi kommt vor, und zwar so, als habe sie Armin die Romeojagd befohlen, und der arme Armin habe den schrecklichen Befehl ausführen müssen, habe sich aber auch da noch geweigert, Romeos Blut zu vergießen, nur ins Gewell habe er ihn geschleudert, da sei der Anstifterin das Gewissen erwacht, sie rettet Romeo, aber der Schock hat schon gewirkt, in weniger als einer Stunde bricht das kleine Herz, Romeo ist tot. Die Anstifterin fort. Das immerhin. Man sucht einen würdigen Platz. Gottlieb schaufelt. Jetters dürfen, falls sie wollen, jeden Sommer kommen, das Romeograb besuchen, pflegen, ganz nach Belieben. Die Trauerfamilie zieht ab.

Zum Abendessen kam Julia herunter. Anna und Regina unterhielten sich über Herrn Ganskes und Lissis Benehmen. Beide hätten das nicht gedacht von ihm. Von Lissi schon. Julia und Gottlieb beteiligten sich nicht an diesen Darstellungen, Abwägungen, Schuldzuteilungen. Anna hat Angst, daß Frau Ganske das, was sie da gesehen hat, gar nicht aushält. Sie war nicht ansprechbar gewesen. Herr Ganske hat Anna an der Tür zur Ferienwohnung abgefangen, hat nur einen Satz gesagt: Jetzt nicht, Frau Zürn, bitte. Fast übergangslos fiel Anna ein: Du solltest morgen mähen. Ach ja, Samstag, morgen, ein Mähsamstag, morgen, gutgut, er wird mähen, morgen, gern, Anna.

Er hätte zu dem deutlich lehrhaften Gespräch, das die unermüdliche Anna mit Regina führte, etwas beitragen können, zur Verallgemeinerung, also Entspannung, etwa so: Von den Ehen, die er kennengelernt hat, waren alle zumutbar. Er hätte es eben gern gehabt, wenn einer dem anderen nichts hätte vorwerfen können. Regina kriegte vor Beteiligtsein blühende Wangen und glänzende Augen. Julia saß dabei, als werde eine Fremdsprache gesprochen, die sie nicht kennt. Gottlieb dachte: Brautunterricht. Er hatte das Gefühl, er könne, ja, er dürfe nichts dagegen tun, daß durch Anna alles so dargestellt werde, wie es nicht sei. Aber er forderte Julia auf, jetzt endlich auch einmal etwas zu sagen. Zum Beispiel über den Ausflug nach München. Wie war's in der *Fabrik*? Und zu seiner Überraschung sagte Julia nicht: Wie soll's denn schon gewesen sein! und schwieg, sondern sie sagte ganz offen: War schon ziemlich komisch. Sind ja hauptsächlich Soziologen dort, und Psychologen. Wenn einer einem Kind beim Spielen zuschaut, sagt er zur Mutter: Das müßte es eigentlich schon können, in dem Alter.

Anna war offenbar froh, daß es gelungen war, Julia in ein Gespräch zu ziehen. Sie fing von Kleidern an, nahm Lissi als Beispiel, die könne sich anziehen, Annas Geschmack sei es nicht, aber effektvoll . . .

Gottlieb hätte Anna gern gewarnt. Zu früh, Anna, hätte er gern gerufen, viel zu früh. Anna litt unter Julias Art sich zu kleiden. Julia übertraf im Untertreiben sogar noch Magda. Sie mischt sich in kein gängiges Muster. Weder zur Mode noch zur Antimode will sie gerechnet werden können. Sie zieht sich seit einiger Zeit so an, daß sie nicht in den Verdacht kommen kann, sie wolle gefallen oder nicht gefallen. Das ist ihre negative Eitelkeit, sozusagen. Sie meidet alles Schöne genauso wie das Punkhafte, Protestmäßige. Gottlieb litt darunter mindestens so sehr wie Anna. Kind, es gibt keinen dritten Weg. Man gehört dazu. Hier oder dort. Er war sicher, daß Julia später einmal bereuen werde, nicht nur nichts dazu getan zu haben, Jugendschönheit zu zeigen und zu steigern, sondern, im Gegenteil, alles, sie nicht nur zu verbergen, sondern zu verzerren. Meistens sah sie ja aus wie verkleidet. Sie wollte wahrscheinlich entdeckt werden. Trotz all der weiten alten Ramschjacken und Sackkleider sollte einer merken: das ist sie ja. Das glaubte Gottlieb. Aber manchmal strahlte sie etwas aus, das ihm bewies, sie sei überhaupt ohne alle Spekulation. Für ihn schlechterdings nicht nachvollziehbar.

Julia reagierte ganz anders auf Annas Kleiderthema, als er gefürchtet hatte. Sie sagte vollkommen nachdrucklos, Lissi sei hübsch, also steigere sie ihr Hübschsein durch Kleidung. Judith Reinhold, zum Beispiel, sei weder schön noch hübsch, ziehe sich aber irre auffällig an und weise so auf ihre eher unscheinbare bis häßliche Verfassung hin. Ebendas wolle sie, Julia, meiden. Gottlieb lenkte noch einmal zurück zur *Fabrik*. Bitte, wie war es denn? Wie überall, sagte Julia, Männer haben geredet. Frauen würde es, glaubt sie, auffallen, wenn in ihrer Gegenwart Männer nicht zu Wort kämen. Männern sei dies offenbar egal. Warum trägst du, wenn du nicht auffallen willst, diese hohen Schuhe und die getigerten Strümpfe, fragte spitz Regina. Mimikry, sagte Julia zu Regina hin. Und weil Regina das Wort fremd sein konnte, ergänzte sie: Die brave Pferdefliege legt sich Hornissenstreifen zu, um als gefährlich zu gelten. Aha, als gefährlich gelten will sie, rief Regina. Wenn dich die Jäger nicht fürchten, bist du erledigt, sagte Julia, als habe sie ein Leben auf der Wildbahn verbracht. Was hast du gegen Männer, fragte Anna. Nichts, sie erzählen dir nur immer mehr von sich, als du wissen willst. Ist das alles, fragte Anna. Julia sagte, sie finde es nicht erregend, sich in den Mund pinkeln zu lassen. Und steht auf und sagt in das von ihr produzierte Schweigen hinein: Ohne Selbstbeherrschung ist Anarchie nicht möglich.

Dann sagt sie wahrhaft freundlich: Gute Nacht. Und geht. Gottlieb hätte ihr gern gesagt, geschworen, daß sie schön sei oder hübsch, daß sie gefalle, aber sie war unerreichbar, für ihn. Sie glaubte ihm nichts, das spürte er. Sie war krankhaft anspruchsvoll. Sie zerschnitt sich andauernd an ihren Ansprüchen. Und er konnte nichts sagen, nichts tun. Sollte sie das überleben, würde sie die Stärkste sein in dieser Familie. Dann dachte er: Du denkst wie ein Züchter.

Was für ein Tag, sagte Anna und stand auf.

Im Schlafzimmer ließ sie dann die Engführung zu, für die es nur Tarn- und Trotzwörter gibt. Gottlieb hätte nicht gewußt, wie dahin kommen. Anna schaffte beide heraus aus der Verödung, in der sie verfangen gewesen waren. Sie hat das genaueste Gefühl für das, was möglich ist. Sie zeigt, daß man einander genügen kann, und wie.

Am Morgen wurde Gottlieb wieder geweckt von dem Wasserschlachtgeräusch vom Ufer herauf. Aber diesmal träumte er keinen Rheinfall und eine singende Frau dazu, sondern eine taubstumme Frau, die vor ihrer Waschmaschine saß und sich von ihr weissagen ließ. Er stand wieder sehr leise auf, ging ans Ufer hinunter, sah den peitschenden Schwanzflossen zu, den jagenden Anschwimm- und den schrecklosen Wegschwimmbewegungen, aber er dachte an etwas anderes. Heute war Samstag. Jetzt sollte man sich beherrschen können, die Zeitung nicht holen. Und wenn man zum Nichtholen zu schwach ist, sie doch nicht aufschlagen, aber, falls man auch das nicht lassen kann, sie wenigstens nicht auch noch lesen, und schon gar nicht jene Seiten, auf denen die Konkurrenz mit ihren Inseraten prangt. Auch wenn man alles Schlimme erwartete, die Herren Schatz und Kaltammer waren Meister im Übertreffen jeder noch so auf alles gefaßten Erwartung. So trainierte er, während er hinaufging und die Zeitung holte. Er setzte sich auf die Terrasse, holte sich die Immobilienseiten, belächelte die breit über allen thronende Paul Schatz-Revue, durchsuchte die schlanke Kaltammersäule, aha, da ist es. Das hat er nicht gewußt, nicht geahnt, auch nicht gefürchtet. Eben nur ganz abstrakt hat er gewußt: an jedem Samstag ein Schlag wie noch nie zuvor. Unmöglich, sich vorzustellen, wie der Schlag heute beschaffen sein würde. Darauf wäre er einfach nicht gekommen. Jarl F. Kaltammers Kolumne dieses Samstags wurde so eröffnet: TRAUMHÄUSCHEN AUF GROSSEM GRUND UNTER MÄRCHENBÄUMEN. In Nonnenhorn. Alleinauftrag. Hätte Frau Reinhold ihn an Paul Schatz verraten, bitte! Aber daß sie noch einmal einen Tip, den sie ihm gibt, auch dem Erzreptil Kaltammer gibt und daß es wieder der Erztransvestit, der Baronessenstrichjunge und Exsozialist ist, der ihn auch diesmal einfach aus dem Rennen wirft, das hatte er sich einfach nicht vorstellen können.

Beim Wieder- und Wiederlesen dieses Inserats hatte er jedesmal das Gefühl, eine Jazzsynkope lifte ihm die Eingeweide. Aber viel weiter, als man's möchte. Es tat weh. Er zerknüllte die Immobilienseiten und stopfte sie unter das im Kamin gestapelte Holz. Niemand in diesem Haus sollte das lesen. Schau lieber in Annas Blumenwelt. Schau, wie in der Sonne die braunen Hummeln in die violetten Fingerhüte tauchen. Und der Rittersporn steht wie ein nachtblaues Tier mit hundert

weißen Augen. Anna trat neben ihn, schaute zu, legte
eine Hand auf seine Schulter. Was ist denn, fragte sie. Er
wollte es verschweigen, leugnen, aber da sie die Stimmung schon hatte, nannte er das Faktum dazu. Aber
wie das zugegangen war, daß er bei Frau Schönherr so
voll und schnell durchgefallen war, konnte er nicht erklären. Laß nur, sagte sie, sie habe heute noch ein Treffen mit diesem Dumoulin. Und der Name konnte ihr
nicht mehr entgleisen. Sie werde dessen Politikfurcht
mit einem Gesundheitsprogramm unterlaufen. Seine
Angstideen von Immobilienentwertung durch Türken-
präsenz werde sie mit einer Erkundung seiner Schlaf-
statt kontern. Dumoulins Angst komme ja doch sicher
daher, daß die Hartmannlinien und Curry-Gitter ihm
den Schlafleib zerschnitten. Nach dem Frühstück fuhr
sie fort wie in eine schon gewonnene Schlacht. Er saß im
gekippten Schreibtischstuhl und starrte hinauf zu den
Jahreszahlen auf den Ordnerrücken. Hinter dem Haus
fuhr der Zug vorbei und hinterließ eine Stille, die es vorher nicht gegeben hatte. Aber es gelang Gottlieb nicht,
sich im Starren zu verlieren. Die Zusammenarbeit
Schönherr–Kaltammer ließ seine Lieblingsstimmung
nicht aufkommen. Und wie billig der zu diesem Auftrag
gekommen war. Durch nichts als Hochmut und Verachtung. Plus Gottliebs Vorarbeit. Wenn Liliane überhaupt Kaltammer selbst ans Telephon gekriegt haben
sollte, hatte der ihr sicher ihre Redeausschweifungen
kühl abgeschnitten, hatte gesagt, daß er auf Nazitanten-
gejammer heute nicht scharf sei, aber wenn sie sonst
noch was vorzubringen habe, bitte. Und Liliane spürt
die Kraft, die Kälte und macht kusch und verkauft. Sich
und das Haus. Kaltammer will aber nur das Haus.

Wahrscheinlich bewundert sie ihn. Das Telephon befreite Gottlieb aus dem von Kaltammers Sieg produzierten Mißmut. Es war Schaden-Maier. Er rufe aus dem *Krankenhause* an. Ob Gottlieb wach sei für eine letzte Botschaft. Gottlieb sah die Kopfkugel auf dem kleinrundlichen Leib, die riesigen Angstaugen, die ewige Blässe, aber eine kühn gebogene Nase: das Mondkalb mit Baskenmütze. Ja, es geht zu Ende, rief Schaden-Maier mit seiner geradezu steinigen Stimme. Er rief wie in der Natur, nicht wie am Telephon. Als stehe Gottlieb jenseits einer tiefen, breiten Schlucht. Bluuutsturz, rief er. Etz butzt's me gar. Aber Rudi W. sitzt bei mir und hebt mir die Hand. Rudi W. läbe hoch! Vivat Rudi W., der größte Real Estate Appraiser der weschtlichen Wält! Ich scheide gern von dieser Scheißwelt, Gottlieb. Es ist aber schad um jeden, also auch um mich. Gottlieb, jetzt sag doch auch, daß es schad ischt um mich. Mensch, Gottlieb, kleinlicher Geischt, du hascht es nie begriffen, daß es darauf ankommt, nicht auszukommen mit der Wält wie sie ischt, wie sie nun einmal ischt, endgültig und unveränderlich, aber man darf äben nicht auskommen mit ihr. Das begreifscht du nicht, daß man sich in einem unheilbaren Zwischt befinden muß mit der Wält, wie sie nun einmal ischt, und nichts tun darf zur Verkleinerung, gar Vermeidung dieses Zwischts. Zwischtschdeigerung, Gottlieb, darauf kommt es an. Gottlieb, du bist eine kleine Anpassungsbegabung. JFK ist ein Anpassungsvirtuose. Paul Schatz ist der Gott der Anpassung, das heißt, er erzeugt den Schein, als paßten die anderen sich ihm an, nicht er sich ihnen. Ich bilde mir nichts ein auf meinen scharfen Blick. Er tut mir auch weh. Entschuldige, Gottlieb, der Bluuutsturz will mich nehmen. Adieu. Und legte auf. Es war nicht das erste Mal, daß der Schaden-Maier aus dem *Kranken-hause* anrief und sagte, es sei das letzte Mal. Aber es konnte natürlich jedesmal das letzte Mal sein. Gottlieb kippte seinen Sessel wieder nach hinten. Schaden-Maier, ein Genie, kein Zweifel. Dafür hat man einen Sinn. Von Schaden-Maier wird nichts bleiben als ein Gesicht, eine Anekdotensammlung, Aussprüche, Ausrufe, Schreie, eine Baskenmütze und, statt Krawatten, seidene Fliegen. Er wird jetzt gleich oder ein bißchen später verbluten, weil der Alkohol die Ader zerreißt. Jeder Mensch ist ein Dichter, aber Schaden-Maier ist ein Genie. Aber den Auftritt hat immer Jarl F. Kaltammer. TRAUMHÄUSCHEN AUF GROSSEM GRUND UNTER MÄR-CHENBÄUMEN. Gottlieb spürte, wie sein Blutdruck stieg. Schaden-Maier hat recht, wenn er dich jedesmal beschimpft. Du grüßt immer noch freundlich, wenn du Kaltammer irgendwo siehst. Du spuckst nicht aus. Schaden-Maier hat keine Kinder, dachte Gottlieb, um sich nicht noch unsympathischer zu werden. Ohne Kinder wär ich auch rein.

Er hatte sich offenbar immer noch nicht ausgekotzt in Richtung Kaltammer. Das mußte heraus. Diese Seiden-mantelhyäne, dieser Toupetjesuit, dieser Baronessen-strichjunge, dieser Plutokratensozialist. Zieht zigeu-nerndes Geld an wie das Aas den Geier. Tritt auf als Zyniker. Rühmt sich, Menschenverächter zu sein. Das freut die besseren Leute. Er sagt ihnen ins Gesicht, daß sie nichts sind, und sie klatschen. Er sagt alles. Nur, wie er sein Geld verdient, davon redet er nicht. Was er tut, tut er immer aus höheren Gründen. Inzwischen ist er durch Frankreich durch nach Spanien vorgestoßen, organisiert Feste, auf denen deutsche Reiche mit spanischem Adel in von Privatpolizei bewachtem Gelände große Welt spielen dürfen. Wer Rascherworbenes dauerhaft machen will, geht zu JFK. Er hat schon ausländische Orden, die er im Ausland trägt und über die er hier lästert. Und er sagt dazu, daß er sie in Spanien und Perú trägt und hier darüber lacht. In verschiedenen Klimazonen müsse man Verschiedenes tragen, sagt er... Gottlieb nahm alles, was über JFK geredet wurde, mit ebensoviel Neid wie Verachtung zur Kenntnis. So nichts zu taugen, das wär's. Plötzlich wurde er ganz durchdrungen von der Einsicht, daß zu seinen Lebzeiten die Welt nicht besser geworden war. Nichts war vorangekommen. Außer JFK. Der war unheimlich vorangekommen. Hast du das anders erwartet? Ach ja, schon. Man fühlt sich, als sei einem etwas versprochen worden, das je länger, desto weniger gehalten wird. Aber wahrscheinlich ist einem gar nichts versprochen worden. Es ist nur so eine Kindheitseinbildung, daß alles gut werde. Erwachsene wissen Bescheid. Gottlieb, bist du wieder zu wenig erwachsen? Er war froh, als das Telephon läutete und ihn zwang, die Schräglage zu beenden, sich zu aktivieren. Aber da er ja kein Inserat in der Zeitung hatte, war es auch kein Kundenanruf, sondern einer aus München: Gisela Ortlieb. Und sie heulte, schluchzte, konnte nicht sprechen. Gottlieb wartete, verbot sich Gedanken, Vorstellungen, ihn ging das doch alles nichts an, er hatte genug Peinlichkeit um sich herum. Als sie dann sprechen konnte, sagte sie, Annette habe sich erhängt. In ihrer Wohnung. An dem Haken, an dem die große Schale gehangen hatte, über deren

Rand die drei Kakteenarme ihre feurigen Blüten streckten. Erinnerst du dich?

Ja, natürlich, was glaubst denn du!

Annette hat ihre Mutter eingeladen, die Mutter hat sich so gefreut, sie ist ja mit Annette nicht immer gut ausgekommen, also ist sie pünktlich da, hat Zeug eingekauft, es soll richtig schön werden, die Tür ist nur angelehnt, sie geht hinein, ruft: Nettchen, und dann das. Gottlieb hätte am liebsten aufgelegt. Er wollte nicht mehr mit Frau Ortlieb telephonieren. Was, bitte, ging ihn Frau Ortlieb an? Er hatte das Gefühl, er telephoniere mit einer Fremden. Sie haben keine Zeit verbracht miteinander, also sind sie einander fremd. Gehen Sie in den *Birnbaum*, wollte er sagen, trinken Sie ein Bier zum Andenken an eine Frau, die wir beide nicht halten konnten.

Gisela hatte sich aus dem Weinen herausgeredet. Sie knurrte nur noch, stieß Flüche aus. Die ham se hingekriegt, sagte sie. An den Haken. Mit mir machen sie das nicht, sagte sie. In Gottliebs Vorstellung herrschte Annettes großes, trübes, fast schmutziges Auge, auf das aus der Stirn zwei scharfschwarze Falten zielen. Mit Jarl F. Kaltammer machen sie das auch nicht, dachte er. Achtundsechziger, dachte er, Annette und Kaltammer. Kaltammer, das ist der richtige Weg. Der einzige, richtige Weg. Die anderen verneinen anstatt sich selbst.

Wann kommst du, fragte Gisela in einem Ton, der alle Töne, die sie bei diesem Telephongespräch gebraucht hatte, voraussetzte. Diese eher einfache Frage erhielt durch den Ton eine solche Schicksalswucht, daß Gottlieb nur sagen konnte: Bald. Das will ich schwer hoffen, knurrte sie.

Man legt einen Hörer viel leichter auf, wenn man sich

und dem anderen vormacht, daß dies nicht das letzte Gespräch gewesen sei.

Er mußte die Rechnungen schreiben für Ganskes und Jetters. Zum Glück war heute Wechsel. Angemeldet waren Leute aus Göttingen und Oberhausen. Er legte die Rechnungen so hin, daß Anna sie sehen mußte, wenn sie zurückkam. Geld kassieren konnte Anna auch besser als er. Die Verabschiedung der Feriengäste war ihm jedesmal peinlich. Noch peinlicher als die Begrüßung. Diesmal wollte er die Verabschiedung einfach schwänzen. Das muß doch auch möglich sein. Einmal! Es regnete ja auch inzwischen. Er hatte das Gefühl, das sei genug Abschiedsveranstaltung. Und mähen soll er auch. Wenn Anna zurückkommt, womöglich mit einem Dumoulin-Auftrag in der Tasche, und er hat nicht einmal gemäht, dann wird sich ihr Gesicht mit einem Netz von Trostlosigkeit überziehen. Es regnet ja nur ein bißchen. Mähen tut gut. Es hüllt einen ein in Lärm und Gestank. Man ist wirklich geschützt, solange man mäht.

Dann ins Wasser. Schwimmen. Der See gehört jetzt ihm allein, dem einzigen Schwimmer. Der Regen veranstaltet mit seinen Tropfen ein sanftes Schlagzeugsolo auf Gottliebs Kopf. In die dunkelglatte Wasserfläche rundum schlagen die großen Tropfen ein. Jeder Tropfen, der in die Glätte einschlägt, läßt eine kleine Fontäne hochspringen. Man sieht gar nicht die Tropfen, die fallen, sondern nur die vom Einschlag erzeugten kleinen Fontänen. Das sieht aus, als entsprängen auf der weiten Fläche rundum Myriaden kleiner Vulkane. Winzige Glasvulkane, rundum. Gottlieb schwamm zwischen der immerzu übenden Haubentaucherfamilie durch.

Vielleicht bezog ihn die in ihr Übungsprogramm ein. Er wird nicht mehr zurückkehren ans Land. Er wird auch nicht untergehen. Schwimmend kann er es aushalten, jetzt. Die Familie kommt einem, solange man schwimmt, wie gerettet vor. Genauere Vorstellungen über Dauer und Ausmaß dieses Gerettetseins sind dem Schwimmenden nicht möglich. Dort, an Land, herrscht momentan Gerettetsein. Also schwimm und schwimm und schwimm. Dem Schwimmen ist, was den Zusammenklang von Tun und Lassen angeht, nichts vergleichbar. Schwimmen, ein körperliches Nachdenken. Schwimmend, auf einer Spur. Die führt weit über ihn hinaus. Schwimmend macht er die allgemeinste Erfahrung, die man überhaupt machen kann.

Der Regen stellte sein leises Getrommel ein. Gottlieb zuliebe. In der Luft ein Glockenton, dessen Anschlag Gottlieb nicht gehört hatte. Gottlieb war durchdrungen von der Einbildung, das Treiben ruhe.

Gottlieb schwamm auf einer Bühne. Auf seiner Weltbühne. Was er nicht sah, gab es nicht. Blaue Wände, hellere, dunklere, tiefviolette Wetterwände stehen im Südwesten und Westen vom Himmel in den See. Das Wasser säuft sich voll an diesen Blaufarben. Und vom hohen Osten scheint die Sonne aus einem nichts als hellen Himmel herein. Aber dieser Sonnenschein trifft auf das von den dunklen Wetterwänden tiefdunkle Wasser. Als öliges Gold oder goldenes Öl schwimmt der Sonnenschein im Wasser. Gottlieb schwimmt in diesem flüssigen Gold. Das ist das Merkwürdige bei Wasser und Sonne, ringsum hat das Wasser die dunklen Wetterfarben, nur wo man selber ist, reicht die Sonne hin. Immer ist die Blickbahn von dir zur Sonne auf dem Wasser eine Bahn aus nichts als Glanz. Alles andere ist dunkel. Also zur Sonne könnte man schwimmen. Gottlieb konnte sich solchen Vorstellungen ruhig hingeben, er wußte, er würde rechtzeitig umkehren.